車

梁塵秘抄

植木朝子 編訳

筑摩書房

目次

法文歌

四句神歌

雑

二句神歌

はじめに

平安時代末、京都で大流行したはやり歌があった。最盛期には、身分の上下を問わず、今様《いまよう》をうなって頭を振らない者はない、と言われるほどであったが、鎌倉時代以後は宮廷行事の一部に取り込まれて残るだけとなり、江戸時代にはほとんど忘れ去られてしまった。「今めかしさ」、すなわち目新しく派手な魅力を持つ故に「今様」と名づけられた歌謡である。この今様の魅力に取り憑かれた帝王・後白河院は今様集『梁塵秘抄』を編纂した。鎌倉時代末成立の『本朝書籍目録《ほんちょうしょじゃくもくろく》』「管絃」の項に「梁塵秘抄。廿巻。後白川院勅撰」とあるので、もと二十巻で、おそらく歌詞集『梁塵秘抄』十巻と、今様の歴史、口伝《くでん》などを記した『梁塵秘抄口伝集』十巻から成っていたと推測される。ただし、『梁塵秘抄』は『口伝集』巻一〇が群書類従におさめられていただけで、長い間埋もれていた。明治の末に歌詞集『梁塵秘抄』巻一断簡と巻二が発見され、にわかに注目をあびることになったのである。

本書では歌詞集『梁塵秘抄』から百五十首ほどの今様を選び、現代語訳と評を付した。『梁塵秘抄』本文は天理図書館善本叢書『古楽書遺珠』の写真版により、適宜漢字をあて、仮名遣いを改めた。なお、頻繁に引用する『梁塵秘抄』の注釈書については、以下のような略号を使用する（『梁塵秘抄』以外についてもシリーズものの注釈書の略号は左の原則に準じる）。

考＝小西甚一『梁塵秘抄考』三省堂、一九四一年
全書＝小西甚一　日本古典全書『梁塵秘抄』朝日新聞社、一九五三年
評釈＝荒井源司『梁塵秘抄評釈』甲陽書房、一九五九年
大系＝志田延義校注　日本古典文学大系『和漢朗詠集　梁塵秘抄』岩波書店、一九六五年
集成＝榎克朗校注　新潮日本古典集成『梁塵秘抄』新潮社、一九七九年
新大系＝武石彰夫校注　新日本古典文学大系『梁塵秘抄　閑吟集　狂言歌謡』岩波書店、一九九三年
新全集＝新間進一・外村南都子校注　新編日本古典文学全集『神楽歌　催馬楽　梁塵秘抄　閑吟集』小学館、二〇〇〇年
全注釈＝上田設夫『梁塵秘抄全注釈』新典社、二〇〇一年

貴族の世から武士の世へ、時代の大きなうねりの中で、人々にもてはやされた今様は、新しい価値観や美意識を生き生きと映し出している。評ではその新しさについて重点的に記すよう心がけた。真摯な信仰の歌、大胆な恋の歌、微笑ましいわらべ歌、知的な言葉遊びの歌、皮肉な笑いの歌、さまざまな歌のおもしろさを味わっていただければ幸いである。

梁塵秘抄

「評」中で参照している『梁塵秘抄』の今様は、本書で取り上げている歌については（↓三三六）のように矢印を付して、それ以外については（三三七）のように、ゴシック体で番号を示した。

そよ　春立つといふばかりにやみ吉野の　山も霞みて今朝《けさ》は見ゆらん

（長歌・二）

【現代語訳】

そよ、立春になったというだけのためであろうか、今朝は吉野の山も美しく霞んで見えるようだ。

【評】

「長歌《ながうた》」というジャンルに分類される一首。「長歌」は、五・七・五・七・七の短歌形式を持つ歌で、冒頭に、囃し詞「そよ」が付される。当該歌は三番目の勅撰和歌集『拾遺《しゅうい》和歌集』の巻頭歌で、作者は壬生忠岑《みぶのただみね》。奈良県の吉野山は雪の深い山として知られるが、その吉野山でさえ、立春の日には春らしく霞んで見えることを歌う。「み吉野」の「み」は美称の接頭語。「霞」は春の到来を象徴する景物で、『梁塵秘抄』には「春の初めの歌枕　霞たなびく吉野山　鶯佐保姫翁草《さほひめおきなぐさ》　花を見捨てて帰る雁《かり》」（一三）の一首もあり、和歌によく詠まれる春の素材として、まず第一に、霞のかかった吉野山が歌われている。

そよや　小柳《こやなぎ》によな　下《さ》がり藤《ふぢ》の花やな　咲き匂ゑけれ　ゑりな　睦《むつ》れ戯《たはぶ》れや　うち靡《なび》きよな　青柳《あをやなぎ》のや　や　いとぞめでたきや　なにな　そよな
（古柳・一一）

【現代語訳】

そよや、小柳にね、からみついて下がった藤の花がね、美しく咲き匂っているよ、ほら、柳と藤が仲良く戯れて、ね、風に靡いているよ、青柳のね、糸みたいな枝はとても素敵だよ、そら、全くね。

【評】

「古柳《こやなぎ》」というジャンルに分類される一首。「古柳」は、今様の中でも高度な技術が必要とされた難曲であったらしく、『梁塵秘抄口伝集』巻一〇には「沢に鶴高く」という「古柳」の歌い方について、議論のなされた様子が記されているが、「古柳」として歌詞が伝わるのはこの一首のみである。同じく『口伝集』巻一〇には、仁安四年（一一六九）、四十三歳の後白河院が熊野本宮で、「古柳「下がり藤」」を歌ったことが記される。これが当該今様に当たるのであろう。「古柳」は、神に奉納するにふさわしい大曲だったらしい。「そよや」「ゑりな」「や」「なにな」「そよな」と囃し詞が多用され、そこに音楽的特徴があった可能性も考えられる（渡辺大助「「こやなぎ」と「そよや」」『日本歌謡研究』三六号、一九九六年一二月）。

さて、当該今様は柳と藤とのからみ合いを歌うが、和歌や大和絵の図柄において定型となっていた松と藤ではなく、柳と藤を取り合わせたことは、文学的伝統上は意表をつくものである。さらに、当該今様は、美しい晩春の風景を描写するのみならず、「睦れ戯れ」の語によって、男女の愛撫、抱擁の様を重ねて表現しているものと考えられる。両者の密着性がより高くなるようなしなやかな姿態を持ち、またそれ自体が性的魅力の比喩ともなる柳（柳腰《やなぎごし》、柳眉《りゅうび》など）が選ばれたことで、一首の官能的趣は一層濃厚になっていよう。「いとぞめでたきや」の「いと」は柳の細くしなやかな枝を糸にたとえるのと同時に、大変に、の意味の「いとぞ」との掛詞になっている。

こうした自然の官能的把握ともいうべきものは、今様の特徴の一つと言い得る。

新年春《はる》来れば　門《かど》に松こそ立てりけれ　松は祝ひのものなれば　君が命ぞ長からん

（今様・一二）

【現代語訳】

新年になり春が来ると、家々の門には松が立ったことだ。松は祝いのためのものであるから、わが君の御寿命は長くあることだろう。

【評】

狭義今様の分類で最初に置かれた一首。春の歌であり、祝いの要素を含んでいる当該今様は冒頭に置かれるにふさわしい。陰暦では、一月・二月・三月が春であるため、「新年春来れば」と歌い出した。古来、常緑樹の松は長寿、繁栄の象徴として捉えられてきたが、正月、門口に松を立てる門松の風習は平安時代末に広まったらしい。平安時代後期成立の漢詩文集『本朝無題詩《ほんちょうむだいし》』巻六所収惟宗孝言《これむねのたかとき》（一〇一五?～一〇九七?）の詩に「門を鎖しては賢木もて貞松に換へたり」（原漢文）とあり、その自注に「近来世俗、皆松を以て門戸に挿す。而して余、賢木を以て之に換ふ」と見える。門松が和歌に詠み込まれるのも一一世紀後半からで、長治二年（一一〇五）頃詠進された『堀河百首《ほりかわひやくしゅ》』に「門松をいとなみ立つるそのほどに春あけがたに夜やなりぬらむ」（除夜・藤原顕季《あきすえ》）と見えるのが早い。また、嘉応二年（一一七〇）に藤原実国《さねくに》の家で行われた『実国家歌合』には「賎《しづ》の宿に立て並べたる門松にしるくぞ見ゆる千代の初春」（藤原公重《きんしげ》）、「おのがじし賎の門松もてさわぐ立つべき春や近くなるらん」（源頼政《よりまさ》）の例が見られ、庶民階級の風習として捉えられている。さらにこれら「門松」を詠み込んだ和歌の作者がいずれも今様に関心を寄せている人々であることも興味深い。当該今様は、一二世紀半ば以降の庶民階層における流行風俗を取り込んだ、まさに今様（＝当世風）の一首と言うことができる。

和歌にすぐれてめでたきは　人麻呂《ひとまろ》赤人《あかひと》小野小町《をののこまち》　躬恒《みつね》貫之《つらゆき》壬生忠岑《みぶのただみね》　遍昭《へんぜう》道《だう》
命《みやう》和泉式部《いづみしきぶ》

（今様・一五）

【現代語訳】

和歌にすぐれていて素晴らしい歌人は、柿本人麻呂《かきのもとのひとまろ》、山部赤人《やまべのあかひと》、小野小町《おののこまち》、凡河内躬恒《おおしこうちのみつね》、紀貫之《きのつらゆき》、壬生忠岑《みぶのただみね》、遍昭《へんじょう》、道命《どうみょう》、和泉式部《いずみしきぶ》。

【評】

著名な歌人を列挙した一首。柿本人麻呂と山部赤人は『万葉集』の代表歌人で、『古今和歌集』仮名序もまずこの二人を和歌の聖としてあげる。凡河内躬恒、紀貫之、壬生忠岑は『古今和歌集』の撰者、小野小町と遍昭は、それぞれ、六歌仙（『古今和歌集』仮名序に掲げられている平安初期の六人の名歌人）の一人として名があがる。

道命と和泉式部は、平安中期の歌人であるが、中世以降の説話伝承の中ではこの二人の恋愛関係が繰り返し語られる。たとえば、鎌倉時代前半に成立した説話集『宇治拾遺物語』の冒頭には、道命が、和泉式部と枕を交わした後、法華経を読誦した話が載る。五条の道祖神がこれを聴聞して語るには、日ごろは梵天や帝釈天が聴聞しているために、そば近くには来られなかったが、今日は共寝した身を清めないままに読誦したため、他の神々が寄りつかず、念願かなって聴聞することができたとのこと。皮肉な語り口で「色にふけりたる僧」としての道命を描いている。また、建長六年（一二五四）に成った説話集『古《こ》今著聞集《こんちょもんじゅう》』の巻八には、道命と和泉式部とが一つ車に同乗している様子が語られる。こうした伝承の行き着いた果ては、室町時代のお伽草子『和泉式部』に見られるような荒唐無稽な物語であった。そこでは、道命は和泉式部の生み捨てた子ということになっており、それを知らずに二人は恋に落ち、近親相姦の罪を犯してしまうのである。物尽くしの今様は、結句に何らかの重みを持たせることが多く、当該今様が道命と和泉式部を並べて提示するのは、こうした中世説話に先立つ二人の恋愛伝承がすでに存在していたからであろう（志田延義『梁塵秘抄評解』有精堂、一九五四年）。単純な名前の羅列と見える中にも、当時の人々の興味関心を引き付ける話題が巧みに内包されているのである。

常に消えせぬ雪の島　蛍こそ消えせぬ火はともせ　巫鳥《しとと》といへど濡れぬ鳥かな
一声《ひとこゑ》なれど千鳥《ちどり》とか
（今様・一六）

【現代語訳】
雪とはいっても、常に消えることのない壱岐《ゆき》の島。消えないといえば、蛍こそは消えない火を灯しているね。しとと――びしょ濡れ――という名前なのに全然濡れていない鳥もいるね。一声鳴いても千鳥とかいう鳥もいるよ。

【評】
「雪の島」に「壱岐の島」（現在は「いき」と読む。長崎県北部の島）を掛け、「巫鳥」（ホオジロ科の小鳥、ほおじろ、あおじ、ほおあか、くろじなど類似の鳥の総称）に副詞「しとど」（ひどく濡れるさま）を掛けた言葉遊びの歌。結句では数字の「一」と「千」を対比的に捉え、全体として名実そぐわぬ洒落を楽しむ。

巫鳥は、従来の伝統的な和歌に詠まれることはほとんどなかった鳥であるが、今様の流行期から用例が現れはじめる。

鳥を軒に差したりけるが、夜雨に濡れけるを見て　よみ人知らず

雨降れば雉もしととになりにけり（雨が降ったので軒につるしてある雉も巫鳥になってしまった――ぐっしょり濡れてしまった）

鵲《かささぎ》ならばかからましやは（笠を持つ鵲ならばこんなに濡れることもあるまいに）

（『金葉《きんよう》和歌集』雑・連歌）

雨降れば垣根の巫鳥そぼ濡れてさへづり暮らす春の山里

（雨が降って垣根にとまった巫鳥がびしょ濡れになって、一日中囀っている春の山里よ）

（『為忠家初度百首《ためただけしょどひゃくしゅ》』源仲正《なかまさ》）

これらの和歌では、巫鳥が濡れそぼった鳥として詠まれているが、鎌倉時代以降の和歌では、巫鳥と「濡れる」ことの連想関係は全く出てこなくなる。名前と実際の重なり、または食い違いといった言葉遊びに興じる時代の好みがよく反映されていると言えよう。

釈迦《しやか》の月は隠れにき　慈氏《じし》の朝日はまだ遥《はる》か　そのほど長夜《ちやうや》の闇《くら》きをば　法華《ほけ》

経《きやう》のみこそ照《て》らいたまへ　（今様・一八）

【現代語訳】

月が隠れるように釈迦は入滅なさり、朝日のような弥勒菩薩《みろくぼさつ》の出現はまだ遠い。それまでの長い闇夜を、『法華経』だけが照らしてくださるのだ。


【評】

仏教の祖・釈迦の入滅を月の隠れるさまに、弥勒菩薩の出現を朝日に譬え、仏のいない間、唯一の救いとしてある『法華経』をほめたたえた一首。『古今目録抄《ここんもくろくしょう》』今様にも、

釈迦の夕日は入りたまひ　慈氏の朝日はまだ遥かなり　そのほど長夜の闇きをば　法華経のみこそ照らいたまへ

と見え、釈迦の譬えが月ではなく夕日となっている他はほぼ同様である。
サンスクリット語 Maitreya（友愛の教師の意）の音写が「弥勒」であり、慈氏はその漢訳。弥勒菩薩は兜率天《とそつてん》の内院にあって修行中であるが、釈迦入滅後、五十六億七千万年を経てこの世に出現し、衆生を救済すると考えられていた。当該今様では仏のいない混乱と苦悩の時代を「長夜の闇」と表現している。一方、釈迦の入滅後二千年で末法の世（仏法

が衰退し、人がいかに修行しても、悟りを得ることが不可能な時代）になるという考え方により、日本では、永承七年（一〇五二）が、末法に入った年とされた（堀河天皇〈一〇八六～一一〇七在位〉の時代に成立した歴史書『扶《ふ》桑略記《そうりやつき》』永承七年一月二六日条に「今年始めて末法に入る」と見える）。こうした末法思想の高まりを背景に置くと、当該今様の「長夜の闇」の切実さと、唯一の救いである『法華経』への篤い信仰がより一層強く伝わってこよう。

『空也和讃《くうやわさん》』と呼ばれる和讃（仏や経典を和語でほめたたえた仏教歌謡）に「釈迦の入日は西に光り　弥勒の出世はまだ遥か　これほど長夜の闇き世を　照らし給ふは弥陀仏」と見える。この和讃は空也上人（九〇三～九七二）の作ではなく、平安時代末から鎌倉時代にかけて成立したものと考えられており、当該今様との先後関係ははっきりしないが、この和讃では闇夜の救いとなるものが阿弥陀仏になっている。

釈迦の正覚《しやうがく》成ることは　このたび初めと思ひしに　五百塵点劫《ごひやくぢんてんごふ》よりも　彼方《あなた》に
仏と見えたまふ
（法文歌・仏歌・二二）

【現代語訳】

釈迦が悟りを開かれたのは、このたびが最初であると思ったが、実は五百塵点劫よりも遥か昔に仏と成られて現れたのである。

【評】

『梁塵秘抄』巻二の巻頭歌。『法華経』如来寿量品《にょらいじゅりょうぼん》によると、諸菩薩に対して釈迦は次のように語ったという。世間では釈迦は王宮を抜け出して伽耶《がや》の町の近くで悟りを開いたものと思っている。しかし実は私が成仏したのは、遥かに遠い過去のことであり、それ以来、常にこの娑婆世界にあって説法を続けているのである、と。「五百塵点劫」は経本文には無い言葉であるが、釈迦が成仏してからどれほどの時が経ったかを譬えて、五百千万億那《な》由他阿僧祇《ゆたあそうぎ》(極大の数)の三千大千世界を砕いて微塵とし、五百千万億那由他阿僧祇の国土を過ぎる毎に一塵を下して行ったとして、その微塵が尽きる時間でさえ到底及ばないとする寿量品の内容に基づいている。気の遠くなるような長い時間であるが、この語に含まれる「塵」は、書名の「梁塵」を連想させ、巻二の冒頭に置かれるにふさわしい一首と言えよう。巻一の冒頭も「そよ　君が代は千代に一度《ひとたび》ゐる塵の　白雲かかる山となるまで」(一)の長歌で、「塵」の語を含む祝言である。

仏は常にいませども　現《うつつ》ならぬぞあはれなる　人の音せぬ暁《あかつき》に　ほのかに夢に見えたまふ

（法文歌・仏歌・二六）

【現代語訳】

仏はいつもおいでになるが、はっきりとお姿が見えないことこそ、しみじみ尊く思われることよ。人の物音のしない暁に、ほんのり夢に現れなさる。

【評】

静けさに包まれた暁、夢に出現するかすかな仏の姿を捉えた一首。第二句「あはれなる」については、しみじみ尊く思われる、悲しいことと嘆かれる、の二様の解釈がある。法文歌においては、「竜樹菩薩《りゆうじゆぼさつ》はあはれなり　南天竺《なんてんぢく》の鉄塔を　扉《とぼそ》を開きて秘密教を　金《こん》剛薩埵《がうさた》に受けたまふ」（四二）、「弥勒菩薩《みろくぼさつ》はあはれなり　天人大会《てんにんだいゑ》の前にして　昔の仏の有様を　文殊に問ひつつ説いたまふ」（六一）、「法華経聞くこそあはれなれ　仏もわれらも同じくて　平等大慧摩尼宝《びやうどうだいゑまにほう》　末の枝とぞ説いたまふ」（八一）、「大目連《だいもくれん》等はあはれなり　多くの仏に参り会ひて　供養して最後の身《しん》なせば　浄土の蓮《はちす》にぞ上るべき」（八三）のように、まずは仏・菩薩や経、修行者の尊いことを讃美して、その尊さの内容を説明していく形式が多いので、当該今様においても、まずは仏の尊さを捉えたものと見たい。

神仏が夢の中に現れることは、『更級日記』（阿弥陀仏が庭先に立って「後に迎えに来よう」と言った夢を見る）や『今昔物語集』巻一五－四〇話（尼・釈妙《しやくみよう》の夢にしばしば仏が出現し、極楽浄土に迎えとるために釈妙を守護していることを述べる）などに見え、『石山寺縁起絵巻《いしやまでらえんぎえまき》』や『春日権現験記絵《かすがごんげんげんきえ》』などの絵巻物などにも描かれて、当事者の感激が記されることが多いが、一方、現実に、生きた仏の姿を見ることへの望みもまた切なるものがあった。たとえば、建長四年（一二五二）に成立した説話集『十訓抄《じつきんしよう》』三－一五には、次のような説話が見える。

書写山《しよしやざん》の性空《しようくう》上人が、生身の普賢菩薩《ふげんぼさつ》を見たいと願ったところ、夢告を受け、神崎の長者（遊女を統括するかしら）を訪ねる。長者は酒宴で次のような今様を歌っているところであった。

周防室積《すはうむろづみ》の中なるみたらひに　風は吹かねども　ささら波立つ

（周防室積の御手洗の井に、風も吹かないのにさざ波が立つよ）

目をつぶって聞いていると、遊女は普賢菩薩の姿となり、今様は、

実相無漏《じつさうむろ》の大海に　五塵六欲《ごぢんろくよく》の風は吹かねども　随縁真如《ずいえんしんによ》の波の立たぬ時なし

（真実清らかな広い海に、煩悩欲望の風は吹かないけれど、縁に従って、悟りの波が立たないことはないのだよ）

と、仏法の真理を説くように聞こえる。目を開いてみると、もとの遊女であり、もとの今様である。やがて性空上人は帰途につくが、追って来た遊女は今見たことを誰にも言わぬよう口止めすると、そのまま息絶えた。素晴らしい香りが空に満ちて、遊女の往生を知らせていたが、一座の者も上人も悲しみの涙にくれた。

ここでは、遊女がすなわち生身の普賢菩薩であったが、上人がその姿を見たのは目をつぶって今様を聞いていたほんの一瞬であった。そのはかなさ故に、一層尊い奇跡であった。当該今様もそうした一瞬を切望する人々の信仰を深く捉えており、幽遠静寂の趣に満ちた秀作と言えよう。

弥陀の御顔《みかほ》は秋の月　青蓮《しやうれん》の眼《まなこ》は夏の池　四十の歯ぐきは冬の雪　三十二《さんじふに》相《さう》春の花

（法文歌・仏歌・二八）

【現代語訳】

阿弥陀如来のお顔は秋の月のように明るくまろやか。青蓮華のような青い眼は夏の池のように涼しげ。四十の歯は冬の雪のように真っ白。仏の備えた三十二相は春の花のように華麗であるよ。

【評】

仏の備えている三十二の身体的特徴（三十二相）を、四季の景物にあてはめて讃美した一首。第三句までの比喩表現は、『大般若経《だいはんにゃきょう》』以下、色々な経典に見られるが、源信《げんしん》（九四二～一〇一七）の『往生要集《おうじょうようしゅう》』巻中で阿弥陀のさまを四十二に分けて描写するところに、「六には、面輪《おもわ》……端正皎潔《かうけつ》（白く清らか）にして、猶し秋月の如く、……九には、仏《ぶつ》眼《げん》は青白にして……青きは青蓮華に勝れり、……十二には、四十の歯は……白きこと珂雪《かせつ》（白瑪瑙《めのう》のような真っ白な雪）に逾《こ》えたり」とあることが、広く知られる契機になっていると思われる。また、今様に先行する仏教歌謡の中にも同様の例が見られ、当該今様の成立に大いに影響を与えたと考えられるが（小島裕子「仏「三十二相」の歌考」『日本歌謡研究』三七号、一九九七年一二月）、たとえば「法成寺金堂修正教化《ほうじょうじこんどうしゅしょうきょうけ》」第七夜、三十二相に、

仏の御相好は　法界に満てりと聞くより　夏の池に鮮やかなる蓮　青蓮の眼とぞ覚りける　如来の御相好は　仏刹に遍しと承れば　秋月の満てるも　満月の御容かとぞ見

給ひける

とある。

「青蓮」とは、青い蓮華のことで、『大般若経』妙相品《みょうそうほん》には、「諸仏の眼相は、修広なること譬へば青蓮華の葉の如し」とあって、仏の眼が青蓮華の葉のように長く大きいことが記され、『注維摩詰経《ちゅうゆいまきつきょう》』（『維摩経』の注釈書として現存最古のもの）仏国品《ぶっこくほん》には「天竺に青蓮華あり。其の葉、修《なが》くして広し。青白分明たり」とある。すなわち、天竺にある青蓮華の葉は長く大きいことに加えて、葉の色が青と白とにはっきり分かれているとされ、それが仏の眼の形容になったのである。

このように、「葉」が問題にされていた仏典に対して、日本の教化や今様では、青蓮華の「花」の涼しげな様に焦点が当てられている。当該今様では、青い蓮の花のような眼がさらに夏の池に譬えられており、先にあげた教化では、夏の池に鮮やかに咲き出した青い蓮の花が仏の眼の比喩となっている。真夏に、池の中から咲く蓮は、それだけでも涼しげであるが、日本で一般に見られる、白や紅、桃色の蓮ではなく、青い蓮といえば、さらに清涼感が増すであろう。鴨長明（一一五五?～一二一六）の編んだ仏教説話集『発心集《ほっしんしゅう》』の巻三には、極楽往生した徴として、悪人・源太夫の舌の先から「青き蓮の花」が一房咲き出ていたという説話がある。いささかグロテスクではあるが、三十二相と関わって、もっぱら「葉」に注目されていた青蓮華の「花」に焦点を当てた日本の古典文学の例として興味深い。

「歯ぐき」とは、現代語とは異なり、歯そのものを指す。一二世紀の辞書『類聚名義抄《るいじゅうみょうぎしょう》』（観智院本）には、「歯」の訓として「ハクキ」が見える。人間の歯は三十二本であるが、仏はそれより多い四十本の歯を持っているのである。

三十二相を「春の花」そのものに譬える例は見出せず、当該今様の独創的な点と言ってよいかと思われる。たとえば「東寺修正作法裏書教化《とうじしゆしょうさほううらがききょうけ》」には「春を迎ふごとに如来の三十二相をぞ讃め奉り給ひける」とあって、三十二相をほめたたえることと、春の季節感が結びつけられてはいるが、仏の姿そのものを春の花に譬えた当該今様は、より一層鮮やかな印象があり、一首に雪月花をそろえた華やかさを持つ。

> 像法《ざうぼふ》転じては　薬師《やくし》の誓ひぞ頼もしき　一度御名《ひとたびみな》を聞く人は　万《よろづ》の病《やまひ》もなしとぞいふ
>
> （法文歌・仏歌・三二）

【現代語訳】

像法の世になっては、薬師如来の誓願こそが頼りに思われることだ。一度御名を聞く人はすべての病が癒えるということだ。

【評】

薬師如来の治病の力をほめたたえた一首。「像法」は、釈迦の入滅後の時期区分、正《しょう》法《ぼう》・像法・末法《まっぽう》の一つ。正法は、教《きょう》・行《ぎょう》・証《しょう》、すなわち、教えと、それに従って修行する者と、悟りを開く者がいる時期、像法は、教えと、それに従って修行する者はいるが、悟りを開く者はいない時期、末法は、教えのみがあって、修行する者も悟りを開く者もいない時期。「転ず」は、起こる意で、『薬師瑠璃光如来本願功徳経《やくしるりこうにょらいほんがんくどくきょう》』に、「像法転ずる時、諸の有情を利楽せん」と見える。

今様霊験譚の中で、今様を歌うことによって病が癒されたという話は多く見られ、たとえば、建長六年（一二五四）に成った説話集『古今著聞集《ここんちょもんじゅう》』巻六によると、今様の名手・藤原成通《なりみち》が、「雨降れば軒の玉水つぶつぶといはばや物を心ゆくまで」（雨が降ると軒の雨だれがぽたぽたと落ちるように、心の中にたまったことをぽつぽつと言いたいなあ、気のすむまで）と歌ったのを聞いた病人の具合がよくなったという。今様の詞章に病平癒の言葉が直接に含まれなくても、効果が発揮されているわけであるが、当該今様は、病平癒を祈る折に、特にふさわしいものであった。『梁塵秘抄口伝集』巻一〇によると、後白河院は、病床にあった今様の師である青墓《あおはか》の傀儡女《くぐつめ》・乙前《おとまえ》を見舞って、『法華経』を読み聞かせた後、当該今様を二、三度繰り返して歌った。乙前は『法華経』よりも、この歌の方をありがたがって涙を流して喜び、「これを承り候ひて、命も生き候ひぬらん」(この歌を承りまして、私も生き続けることができましょう)と言ったという。さらに、『口伝集』巻一〇の結び近くに、乙前の今様の師にあたる目井は、自分のパトロンである源清経《きよつね》が病気になってもう最期という重篤な状態だった時に、当該今様を歌って、すぐさま病を治したという奇跡が記されている。病への恐怖が、医療の発達した現代とは比べものにならなかった時代、薬師如来の霊験と今様の起こす奇跡への期待がいかに大きかったかが窺われよう。

瑠璃《るり》の浄土《じやうど》は潔《いさぎよ》し　月の光はさやかにて　像法転ずる末の世に　遍《あまね》く照らせば底もなし

(法文歌・仏歌・三四)

【現代語訳】

薬師如来のいらっしゃる瑠璃の浄土は清らかだ。月の光は澄みわたり、像法の起こる末の世までもあまねく照らして隠れるところもない。

【評】

薬師如来の浄土の美しさをほめたたえた一首。薬師如来の浄土ははるか東方にあり浄瑠《じょうる》璃《り》浄土《じょうど》と呼ばれた。その土地は瑠璃（光沢のある青い宝石。ラピスラズリ）から出来ているという（『薬師如来本願経』）。この今様では、瑠璃の輝きに月光が加わり、夢幻的な世界を描き出している。月の光は薬師如来の放つ光明と考えられるが、脇侍が月光遍照菩薩、日光遍照菩薩であるところからの連想も働いていよう。薬師如来の十二の大願の筆頭に「自身光明」によって、「無量無数無辺世界」を照らすことがあげられている（『薬師瑠璃光如来本願功徳経』）。

観音大悲《くわんおんだいひ》は舟筏《ふねいかだ》　補陀落海《ふだらくかい》にぞ浮かべたる　善根《ぜんごん》求むる人しあらば　乗せて渡さむ極楽《ごくらく》へ

（法文歌・仏歌・三七）

【現代語訳】

観音菩薩は舟筏のようなもの。補陀落海に浮かんだことよ。善根を求める人がいたならば、乗せて極楽浄土へ渡そうというわけで。

【評】

観音の慈悲を舟筏に譬えた一首。「大悲」は衆生に対するいつくしみ、慈悲の意で、その持ち主である観音を敬っていう。「補陀落海」は観音の住む補陀落山《ふだらくせん》をとりまく海。「善根」は善い果報をもたらすような行為のこと。

苦海に沈む衆生を救う仏・菩薩を舟や筏に譬えることは経典や和讃などにも多く見られるが、平安時代中期以降、熊野の那智の浜から、死を覚悟の上で補陀落山を目指して船出する補陀落渡海が盛んに行われたため、補陀落海に浮かぶ舟や筏は、単なる比喩としてではない、実感を伴った表現として捉えられたものと思われる。

当該今様では、人の導かれる先は補陀落山ではなく、阿弥陀の浄土である極楽となっている。観音菩薩は勢至菩薩とともに阿弥陀如来の脇侍であるから、それもうなずけるところである。

万《よろづ》の仏の願《ぐわん》よりも　千手《せんじゆ》の誓ひぞ頼もしき　枯れたる草木《くさき》もたちまちに　花咲き実《み》熟《な》ると説いたまふ

（法文歌・仏歌・三九）

【現代語訳】

多くの仏の願よりも、千手観音の誓願こそは頼みに思われるよ。千手観音に祈ったならば、枯れた草木もたちまちに花咲き実熟ると説いておられる。


【評】

霊験あらたかな千手観音をほめたたえた一首。千手観音は千本の手があり、それぞれに一つの眼を持つという無限の慈悲を備えた菩薩。「枯れたる草木もたちまちに　花咲き実熟る」は『千手経』に見られる思想で、弘仁年間（八一〇～八二四）に成立した『日本霊《にほんりょう》異記《いき》』下－一四に「千手経に説きたまふが如し「此の大神呪《だいじんじゅ》を呪すれば、乾枯樹《かれき》すらなほ枝《え》と柯《ひこえ》と華《はな》と菓《み》と生《お》ふること得《う》」」とある。

後白河院は千手観音を篤く信仰しており、千手観音を祀る三十三間堂を建てた。院は生涯に三十四度もの熊野詣を果たしているが、熊野の三神格（本宮の主神・家津御子《けつみこ》大神、新宮の主神・熊野速玉《はやたま》大神、那智大社の主神・熊野夫須美《ふすみ》大神）のうち、熊野夫須美大神の本地（仮に神として現れた姿〈垂迹〉に対し、本来の仏・菩薩の姿）は千手観音とされている。『梁塵秘抄口伝集』巻一〇には、熊野参詣の折、三山をめぐる間に院が『千手経』を転読し、さらに新宮の礼殿で『千手経』を誦んだ後、当該今様を歌ったところ、「心解けたるただ今かな」（わが心は今、くつろぎ楽しんだことだ）と応えて歌う神の声が聞こえたという示現譚が記される。

毎日恒沙《ごうじや》の定《ぢやう》に入り　三途《さんづ》の扉《とぼそ》を押し開き　猛火《みやうくわ》の炎をかき分けて　地蔵《ぢざう》のみこそ訪《と》うたまへ
（法文歌・仏歌・四〇）

【現代語訳】
毎日ガンジス河の砂の数ほどの瞑想の境地に入っては、三途の扉を押し開き、燃え盛る炎をかき分けて、地蔵菩薩だけが地獄を訪ねてくださるのだ。

【評】
地獄の衆生を救う地蔵菩薩の力強さをほめたたえた一首。扉を押し開く、燃え盛る炎をかき分けるといった、ダイナミックな菩薩の身体の動きをなまなましく表現することは、典拠とされる経典や地蔵説話の中には見られない、今様の新しさである。
「恒沙」はインドのガンジス河の砂のことで、数の多いことを譬える。「定」は心の動揺を鎮めた瞑想の境地。「三途」は、悪業を行った者が、罪に応じて死後に赴く三つの世界で、畜生道（動物に生まれ変わって苦を受ける世界）、餓鬼道（飲食物を得られず飢えに苦しむ世界）、地獄道（種々に責められ最も苦しみの多い世界）を指す。

仏・菩薩は多く存在するが、地獄にまでやって来て衆生を救うのは地蔵菩薩だけである。西行（一一一八〜一一九〇）の『聞書集《ききがきしゅう》』には地獄絵を見ての詠歌が収められているが、地獄を描写して次のように言う。

悲しきかなや、いつ出づべしともなくて苦を受けむことは、ただ地獄菩薩を頼み奉るべきなり、その御憐みのみこそ、暁ごとに炎の中に分け入りて、悲しみをばとぶらふたまふなれ、地獄菩薩とは地蔵の御名なり

多くの仏・菩薩の中で、地蔵だけが地獄にまで訪れてくださるのであり、その故に地獄菩薩とも呼ばれた。当該今様は地獄に対する切実な恐怖を抱えた民衆の熱烈な地蔵信仰を歌う。貴族階級の人々はたとえ地獄への恐怖を抱いても、現世で功徳を積めば地獄に堕ちることはないという意識のもとで、寺の建立や仏像の制作、写経、法会の開催その他、堕地獄からまぬがれる一応の手段を持っていたが、そのような財力を持たず、生活のためには狩りや漁などの殺生をおかさなければならなかった民衆は、地獄は必定とした上で、ひたすら地蔵にすがるほかなかったのである。

このような事情から、貴族社会においては地蔵を単独で造像崇拝することはほとんど見られなかったが、平安末期の庶民的な地蔵信仰においては、地蔵専修が盛んに現れた。当

該今様は、平安末期、まさに今めかしき素材としての地蔵を歌っているのである。

『梁塵秘抄』には、地蔵を歌う今様がもう一首収められている。

わが身は罪業《ざいごふ》重くして　終《つひ》には泥犂《ないり》に入りなんず　入りぬべし　佉羅陀山《からだせん》なる地蔵こそ　毎日の暁《あかつき》に　必ず来たりて訪うたまへ　（二八三）

（わが身の罪は重く積もって、最後は地獄へ入ろうとしている。きっと入るだろう。佉羅陀山に住んでおられる地蔵菩薩こそは、毎日夜明けに必ず地獄にやって来てくださることだ）

ここでも、地獄に入ることは定まったことだとした上で、唯一の救いとしての地蔵菩薩が歌われている。

般若《はんにや》の御法《みのり》を尋ぬとて　常啼《じやうたい》東《ひんがし》へ尋ね行き　妙香城《めうかうじやう》に至りてぞ　畢竟空《ひつきやうくう》をば悟りてし　（法文歌・般若経・五四）

【現代語訳】

般若の教えを尋ねて、常啼菩薩《じょうたいぼさつ》は東方へ進んで行き、妙香城《みょうこうじょう》に到着して、ついに「畢竟《ひっきょう》空《くう》」の真理を悟ったのであった。

【評】

『般若経《はんにやきよう》』に説かれる常啼菩薩の長い物語を簡潔にまとめた一首。常啼菩薩は、般若の教え（すべての道理を見抜く智慧《ちえ》）を求めて、その求めがたさに七日七晩泣き悲しんだが、「東へ行け」という空中の声を聞いて東方に向かって旅立つ。さまざまな苦難の末、妙香城にたどりつき、法涌《ほうゆ》菩薩から般若の教えを聞き、「畢竟空」（いっさいの事象には実体がないと考える、究極絶対の空）の真理を悟った。常啼菩薩は、一般的にはさほど知られない菩薩であり、釈教歌にもあまり詠まれないが、今様の流行期に生き、自らも今様を作っている唯心房寂然《ゆいしんぼうじやくぜん》（一一一八？〜一一八二？）の『法門百首《ほうもんひやくしゆ》』には「常啼菩薩」の題で詠まれた和歌が見える。

あはれにもむなしき法《のり》をこひわびて涙は色に出でにけるかな

（しみじみと心打たれることには、常啼菩薩は空の教えを求めて求め得ず、涙がそれとわかるように流れ出たことだよ）

同様に、寂然の兄・寂超《じやくちよう》も「常啼菩薩」を題として、

くちはつる袖にはいかが包ままし　むなしと説ける御法《みのり》ならずは　（『千載和歌集《せんざい》』釈教）

（涙で朽ち果ててしまった袖にはいったいどのように包もうか、一切は空であると説く般若の教えでなかったら、包むことはできないのだ──実体がない空であるからこそ、朽ち果てた袖にも包めるのだ）

の一首を詠んでいる。これらの和歌は、涙や涙に朽ち果てた袖を詠んでいて、常啼菩薩がその名のごとく、ひどく泣いたということに重点が置かれ、菩薩の苦労・苦心が強く印象づけられている。それに対して今様は、常啼菩薩が東に向かい、妙香城に至ったという行動に焦点を当てており、そこで真理を悟った明るい結末部分を歌っている。具体的な表現で菩薩の行動そのものに重点を置く歌い方は、地蔵菩薩の歌（→四〇）とも共通する今様の特徴と言える。

釈迦の法華経説く始め　白毫光《びやくがうひかり》は月の如《ごと》　曼陀羅《まんだら》曼殊《まんず》の華《はな》降りて　大地も六種《むくさ》に動きけり

（法文歌・法華経二十八品歌・序品・六〇）

【現代語訳】

釈迦が『法華経』を説かれた最初には、眉間の白毫から放たれた光は月の如く輝き、空から曼陀羅華《まんだらげ》や曼殊沙華《まんじゆしやげ》の花が降り、大地は六種に震動したのであった。


【評】

法華経二十八品歌の序品《じよほん》のうちの一首。序品は二十八章からなる『法華経』の第一章にあたり、釈迦のまわりで起こった、説法の前触れとなるさまざまな奇跡を記している。「白毫」は仏の眉間にある白い巻き毛で、『法華経』が説かれようとした時、白毫から放たれた光は世界中をあまねく照らしたという。この光を今様は月光に譬えて幻想的で美しい情景を描き出している。

「曼陀羅曼殊の華」は「曼陀羅華」と「曼殊沙華」。『法華経』によると、両者に「摩訶《まか》曼陀羅華」「摩訶曼殊沙華」をあわせて四種類の美しい花が天から降ってきたとされる。辺りに満ちあふれる月のような光、天から降ってくる美しい花々、重い響きをたてて揺れ動く大地。劇的な場面が簡潔に美しく表現されている。

いにしへ童子の戯《たはぶ》れに　砂《いさご》を塔となしけるも　仏に成ると説く経を　皆人持《みなひとたも》ち

て縁結べ　（法文歌・法華経二十八品歌・方便品・六八）

【現代語訳】

「昔、童子が遊びとして砂で仏塔を造ったことも、それが機縁となって仏に成る」と説く『法華経』を、すべての人が信じ、受持して成仏のための縁を結べよ。

【評】

法華経二十八品歌の方便品《ほうべんぼん》のうちの一首。方便品は、宇宙万有の真相を十のあり方（十如是《じゅうにょぜ》）で説く。方便とは、衆生に真実を明かすまでの暫定的な手段を意味し、三乗《さんじょう》（声聞乗《しょうもんじょう》・縁覚乗《えんがくじょう》・菩薩乗《ぼさつじょう》）の教えは仮の教え、方便であって、真実には一仏乗《いちぶつじょう》（一乗）があるだけなのだと説かれる。そして、過去における、布施・修福徳・造塔・造石廟・作仏像・楽や歌唄など、それぞれに応じた修行や供養をなした者がみな仏に成ったことを示す。

具体例のうち、子どもが戯れに、土や砂で塔や仏像を造っただけでも成仏の因となるのだとする点は、今様が最も注目したところである。一方、釈教歌（仏教に関する和歌）では、成仏のきっかけになる善行の例として、童子の造塔よりも、一枝の花を仏像に捧げることの方がよく詠まれる。季節感を表すことができ、優美なものとして伝統的によく詠まれてきた「花」を和歌が取り上げ、やや俗に近く、日常的な親近感のある子どもの「遊び戯れ」を今様が取り上げるのは、両者の性格の違いをよく示していると言えよう。

幼き子どもはいとけなし　三《み》つの車を請《こ》ふなれば　長者はわが子の愛《かな》しさに
白牛《びやくご》の車ぞ与ふなる
（法文歌・法華経二十八品歌・譬喩品・七二）

【現代語訳】
幼い子どもたちはあどけないものだ。三つの車を欲しがるので、長者はわが子が愛しくて、白牛の車をこそ与えるのだ。

【評】
『法華経』譬喩品《ひゆほん》で説かれる火宅三車の譬えを歌った一首。釈迦の聞かせた譬え話は次のようなものであった。一人の大富豪がいて、古い邸宅に住んでいたが、その屋敷には出口が一つしかない。ある日、突然火事が起こった。子どもたちは遊びに夢中になっていて、出てくるように言われても聞き入れない。そこで富豪は、「門の外には、お前たちの好きな羊の引く車、鹿の引く車、牛の引く車があるよ。早く出てきてこれで遊びなさい」と呼びかけた。つられて出てきた子どもたちに、富豪は宝物で飾り立て、大きな白い牛に引かせた車を一つずつ与えた。燃える家はこの世の譬え、羊車は声聞乗《しょうもんじょう》（自己の悟りのみを得ることに専念する者の乗り物）、鹿車は縁覚乗《えんがくじょう》（師なくして独自に悟りを開いた者の乗り物）、牛車は菩薩乗《ぼさつじょう》（自己一人の悟りを求めるのではなく、悟りの真理を携えて他者のために実践しようとする者の乗り物）、大白牛車は仏乗《ぶつじょう》（菩薩をも超えた超越的存在である仏の乗り物）の譬えである。声聞乗・縁覚乗・菩薩乗の三乗を説くのは一時の方便であり、究極の目的は一仏乗である、と釈迦は説いた。

火宅三車の譬えは絵画化されることも多く、人々に広く知られていたものと考えられるが、当該今様では、経典にはない「わが子の愛しさに」という表現を用いて、親の情愛を強調している。がんぜない子どもの可愛らしさや親の思いといった身近な家族愛に訴えかける表現に、今様の特徴が窺われよう。

> 窮子《ぐじ》の譬《たと》ひぞあはれなる　親を離れて五十年　万《よろづ》の国に誘はれて　草の庵《いほり》に留《とど》まれば
> （法文歌・法華経二十八品歌・信解品・七八）

【現代語訳】

窮子の譬え話はまことに感銘深く思われることよ。親の家を出て五十年間、あちらこちらを放浪し、ついに親の家に戻っても門外の草庵にとどまって、卑しい身と思っていたのだから。

【評】

『法華経』信解品《しんげほん》で説かれる長者窮子の譬えを歌った一首。釈迦の説法を聞いた迦葉《かしよう》ら四人の弟子が、自分たちの幸運を次のような譬え話に托して喜んだ。幼いころに家出をした息子が、生活に困窮し、諸国を流浪して五十年が過ぎた。たまたま父の長者の住む家の前を通りかかるが、それが父の家とは気付かない。父が人をやって呼ばせると、罰せられるのではないかと恐れるほどであった。そこで父は、貧相な男二人に「われわれと一緒に働こう」と誘わせ、息子を清掃人として雇う。長者自身も粗末な身なりをして息子に近づき、次第に親しくなる。そして息子を徐々に取り立てて、二十年後には財産の管理を一任する。臨終に際して、実子であることを告げ、全財産を相続させる。――自分たちはこの息子のようなもので、仏の方便によってまず小乗（声聞・縁覚 ↓七二）の教えを与えられたが、今日、真実の教えを聞くことができてうれしい、と迦葉は述べた。

当該今様は、第二句・第三句では困窮した息子の放浪生活を歌い、第四句では、息子が放浪の後、長者の家で二十年を過ごし、財産管理を任されるようになってからも草庵にとどまっていたことを歌う。第三句と第四句の間には大きな飛躍があるが、長者窮子の譬えがよく知られていることが前提にあり、特に有名な『法華経』の偈《げ》（詩の形で表現された部分）「猶門外に処し　草庵に止宿して」を生かしているのであろう。

第四句「草の庵に留まれば」と第一句「あはれなる」の関係については、親に救われて親と気付かぬ人間、すなわち仏に導かれながら迷界に流転して仏性を自覚せぬ人間のはかなさを嘆いたとする説（評釈）と、窮子が賢明で、多くの財産を扱うことになっても自制して身を持ち崩すことがなかったことをほめたたえたとする説（全注釈）があるが、真実の教えを聞いた弟子の喜びの表現としてこの譬え話が語られるところから、評釈のように嘆きの感情を主たるものとして捉えるよりも、全注釈のように、ほめたたえる気持ちが中心にあると考えたい。ただし、ほめたたえられる対象は、弟子たちの譬えである窮子ではなく、窮子の譬え話全体から浮かび上がる仏の導きだと考えられる。すなわち、仏のはからいによって、いまだ草庵にいるような状態なのに求めもせずに無量の宝（真実の教え）を得られたことがすばらしくありがたいことだとしているのであろう。

釈迦の御法《みのり》はただ一つ　一味《いちみ》の雨にぞ似たりける　三草二木《さんさうにもく》はしなじなに　花咲き実《み》熟《な》るぞあはれなる

（法文歌・法華経二十八品歌・薬草喩品・七九）

【現代語訳】

釈迦の説かれた教えはただ一つで、すべてのものを平等に潤す雨に似ている。雨の恵みを受けて、三草二木それぞれに、花が咲き実を結ぶのは尊いことだよ。

【評】

『法華経』薬草喩品《やくそうゆほん》で説かれる三草二木の譬えを歌った一首。釈迦は説法を聞いて喜んだ弟子の迦葉《かしょう》をほめ、次のような譬え話を語った。世界にはさまざまな植物がある。雨は一様に降るが、大中小の薬草、大小の樹木はそれぞれに応じて成長し、異なる花を咲かせ、異なる実を結ぶ。そのように、仏の説法は一様に衆生を潤し、素質能力に差のある衆生もやがてはそれぞれに悟りを開くことができるのだ。

「一味の雨」は同一の味の雨がすべてのものに平等に降り注ぐこと。衆生に差別なく恵みを与える仏の教えを譬える。経本文に「如来の説法は一相一味なり」「仏の平等の説は、一味の雨の如く」とある。

「三草二木」は大中小の薬草と大小の樹木。経本文には「三草二木」の語はなく、『法華《ほっけ》義記《ぎき》』『法華《ほっけ》玄義《げんぎ》』『法華《ほっけ》文句《もんぐ》』など、僧侶が記した『法華経』の注釈書に見られる言葉が取り入れられている。

「しなじなに」は、それぞれの階層に応じての意。三草二木の成長が異なることは、経本文に「一雲の雨《あめふ》らす所は、その種性《しゅしょう》に称《かな》ひて、生長することを得、華《け》・果《か》は敷《ひら》け実り」「仏の平等の説は、一味の雨の如くなるに、衆生の性《しょう》に随ひて、受くる所同じからざること、彼の草木の稟《う》くる所、各、異なるが如し」とある。

釈迦の教えの平等性を説く薬草喩品の内容を、経典に忠実にまとめた一首であるが、後半二句では、慈雨を受けて花を咲かせ、実を結んだ草木、すなわち悟りに導かれた衆生の立場に寄り添って、その喜びを表現する。薬草喩品を詠んだ和歌の中には、

草も木もおのがさまざまおひにけりひとつの雨のそそくしづくに　（『待賢門院堀河《たいけんもんいんほりかわ》集』）
（草も木もそれぞれの種類に応じて成長することだ。等しく同じひとつの雨が降り注ぐのに）

大空の雨はわきてもそそかねどうるふ草木はおのが品々《しなじな》　（『千載《せんざい》和歌集』釈教・源信）
（大空の雨は差別をつけて降り注ぐわけではないが、それによって潤う草木はそれぞれの種類によって異なることだ）

など、同様の発想のものがあるが、今様においては、聞き手を共感とともに巻き込んでいくような「あはれなり」という感情語が効果的である。

われらが疲れし所にて　休むる心しなかりせば　宝の所に近くとも　途中《みちなか》にてぞ帰らまし

（法文歌・法華経二十八品歌・化城喩品・八八）

【現代語訳】

われらが長旅に疲れ果てた場所で、休息させようという心が導師になかったとするならば、いくら宝の在り処に近くても、途中で引き返していたことだろう。

【評】

『法華経』化城喩品《けじようゆほん》で説かれる化城の譬えを歌った一首。宝を求めて荒野を旅する人々が疲れ切って進めなくなり、引き返そうと言い出した時、引率者が神通力で仮に城を作り出し、そこで一行を休ませてから再び進み、目的を達した。仏が衆生の意志の弱さを知り、方便によって彼らの回復を待つことの譬えである。

一首は、この譬え話がよく知られていることを前提にした反実仮想（事実に反することを仮定して想像すること）から成っており、化城喩の中心である、幻術によって城を仮に作り出したことには一切ふれない。「休むる」は「休息させる」意の他動詞、「心し」の「し」は強調の副助詞。導き手の、人々を休息させようという心に注目しており、疲れ果てて引き返そうとした衆生の行動と、導師の優しい配慮とが対置される。仏の慈悲の心に対する深い感謝の気持ちがにじむ。

一乗《いちじよう》実相《じつさう》珠《たま》清し　衣《ころも》の裏にぞ繋《か》けてける　酔《ゑ》ひの後《のち》にぞ悟りぬる　昔の親のうれしさに
（法文歌・法華経二十八品歌・五百弟子品・九二）

【現代語訳】
『法華経』の説く真実の教えは宝珠のように清らかだ。親友は宝珠を衣の裏に縫い込めたことだ。酔いからさめて、長い時を経た後にそれを知ったのだ。かつての親友の行いのうれしさ、ありがたさよ。

【評】
『法華経』五百弟子品《ごひやくでしほん》で説かれる衣珠《えしゆ》の譬えを歌った一首。親友の家で酔いつぶれた男の衣の裏に、友は高価な宝珠を縫い込んでおいたが、男は気づかないままに貧窮した。後日、親友に再会してやっと宝珠のことを知った。このように、愚かな衆生は、仏の教えを受けても悟ることができないのである。

「一乗実相」の語は経本文にはないが、『法華経』の注釈書『法華文句《ほっけもんぐ》』には、五百弟子品の中の「無価宝珠」(これ以上ないという貴重な宝珠)を注釈して「一乗実相真如智宝也」としている。親友が衣の裏に縫い込めた高価な珠を「一乗実相」(すべてのものを悟りに導く真実の教え。「一乗」で『法華経』の教えを指すことも多い)と捉えるのは、『法華経』の注釈、解説の中に出てくる認識であり、当該今様も経本文だけから作られたのではなく、広い『法華経』受容の中ではぐくまれた認識の上に成立していることがわかる。

最終句の「親」は、衣珠の譬え話には登場しないため、「親友」の「友」が脱落したもの(集成)と考えておく。

静かに音せぬ道場に　仏に花香《はなかう》奉り　心を鎮《しづ》めてしばらくも　読めばぞ仏は見えたまふ

(法文歌・法華経二十八品歌・法師品・一〇二)

【現代語訳】

静かで物音のしない道場で、仏に花や香をお供えし、心を落ち着けてしばらくの間でも『法華経』を読めば、きっと仏はお姿をお見せになるのだ。

【評】

『法華経』法師品《ほっしほん》が説く内容をまとめたものだが、典拠の知識がなくてもすんなりと理解できる法悦の世界を歌う。法師品の偈《げ》（詩の形で表現された部分）で「若し説法の人にして　独り空閑《しずか》なる処に在りて　寂寞《ひっそり》として人の声なきとき　この経典を読誦せば　われは　その時ために　清浄なる光明の身を現さん」とする部分にほぼ対応するが、仏をさまざまに供養することについては経本文に「種々に華《け》・香《こう》・瓔珞《ようらく》・抹香《まっこう》・塗香《ずこう》・焼香《しょうこう》・繒蓋《ぞうがい》（絹製の傘）・幢幡《どうばん》（旗とのぼり）・衣服《えぶく》・伎楽《ぎがく》を供養し、乃至、合掌し恭敬《くぎょう》せば」と見える。ここに示されている華以下の十種のものを仏に供養する儀式を十種供養と呼び、院政期には盛んに行われた。文治四年（一一八八）、後白河院の行った如法経会《にょほうきょうえ》（厳格な作法に従って『法華経』を書写供養する法会）は後世の如法経会のモデルの一つになったが、この折にも十種供養が行われている（林文理「中世如法経信仰の展開と構造」『中世寺院史の研究　上』法藏館、一九八八年）。

厳島神社蔵の国宝『平家納経』法師品見返し絵には、幡や天蓋のほか、羯鼓《かっこ》、笛、磬《けい》などの楽器が色鮮やかに描かれている。華麗な法会を想起させる図柄である。このように、法師品本文から連想される華やかな儀式の有様や、十種供養の流行といった背景を持ちながら、一首はむしろ、壮麗な儀式とは隔たって、たった一人で仏に向き合う静かな空間を描いている。『梁塵秘抄』には、同様の趣を持つ歌は多く、法師品の第一首目は、

寂寞《じやくまく》音せぬ山寺《やまでら》に　法華経誦《ず》して僧ゐたり　普賢頭《ふげんかうべ》を撫でたまひ　釈迦は常に身を護《まも》る　（九八）

（ひっそりと音もしない山寺に、『法華経』を読誦しつつ、僧は座っている。普賢菩薩は僧の頭をお撫でになり、釈迦如来は常に僧の身を護って下さるのだ）

というもので、『法華経』を読誦する山寺の僧とその身に寄り添っている普賢菩薩、釈迦如来の姿を物語的に描いている。また、普賢品の一首には、

草の庵《いほり》の静けきに　持経法師《ぢきやうほふし》の前にこそ　生々世々《しやうじやうせぜ》にも値《あ》ひがたき　普賢薩埵《ふげんさた》は見えたまへ　（一六八）

（静かな草庵で、『法華経』を信じ保つ僧の前にこそ、現世でも来世でもなかなかお会いできない普賢菩薩がお姿をお現しになることだ）

とあって、草庵の僧と普賢菩薩の邂逅を歌う。これらの歌が、主人公として、人里離れた場所で修行する僧を置くのに対し、当該今様は、誰にでも起こり得る奇跡として、仏との出会いを歌っている。仏の姿を目の当たりにすることに対する期待と高揚感に満ちていると言えよう。

宝塔《ほうたふ》出《い》でし時　遥《はる》かに瑠璃《るり》の地《ぢ》となして　瑪瑙《めなう》の扉《とぼそ》を押し開き　分身仏《ふんじんほとけ》ぞ集まりし

（法文歌・法華経二十八品歌・宝塔品・一〇六）

【現代語訳】

宝塔が出現した時、釈迦は見渡す限りを瑠璃の地に変え、宝塔の瑪瑙の扉を押し開いた。その時にはすでに、世界中の釈迦の分身仏が集まっていたのだった。

【評】

『法華経』見宝塔品《けんほうとうほん》に説く宝塔出現の場面を描いた一首。地から湧き出た七宝の宝塔は、虚空に静止した。塔の中から釈迦をほめる声が聞こえる。人々がわけを聞くと、釈迦は次のような話をする。過去に多宝という名の仏があった。その仏は、自分の滅後、法華経の説かれる場所には自分の遺体を収めた宝塔が出現し、『法華経』をほめたたえるだろうと言った。今ここにその多宝仏の宝塔が現れたのである――。一同は多宝仏を見たいと願ったが、そのためには十方世界に散在している釈迦の分身を集めなければならない。釈迦が白毫から光を放つと国土は瑠璃で輝き、分身の諸仏が集合した。釈迦が右の指で宝塔の扉を開くと中には多宝仏が座していた。釈迦は塔の中に入り、多宝仏と並んで座した。

経本文によると、宝塔の扉は、分身仏が集まってから開かれるため、第三句と第四句の順番は逆の方が解しやすいが、一首は、時間の流れより、宝塔の出現と分身仏の集結という動きのある表現を第一句と第四句に置き、瑠璃の地と瑪瑙の扉という華麗な情景描写を中に挟むという構成を重視したのであろう。第二句が「娑婆世界は即ち変じて清浄となり、瑠璃を地と為し」という経の表現を踏まえているのに対し、第三句の「瑪瑙の扉」は経本文には見えない。見宝塔品に言う七宝（金・銀・瑠璃・硨磲《しゃこ》・瑪瑙・真珠・玫瑰《まいえ》）の中に瑪瑙は含まれるものの、宝塔の扉が特に瑪瑙で作られていたという記述はない。ここでは、青色系統の瑠璃と赤色系統の瑪瑙を対比的にならべ、より具体的な色彩対比の効果を狙ったものと思われる。『梁塵秘抄』極楽歌には、

極楽浄土の宮殿《くでん》は　瑠璃の瓦《かはら》を青く葺《ふ》き　真珠《しんじゆ》の垂木《たるき》を造り並《な》め　瑪瑙の扉を押し開き　（一七八）

（極楽浄土の宮殿は、瑠璃の瓦を青く葺き、真珠の垂木を造り並べ、瑪瑙の扉を押し開いている）

とあって、「瑪瑙の扉」の表現が見え、瑠璃の青、真珠の白と並べられている。

宝塔出現の場面はしばしば経旨絵《きようしえ》にも描かれるが、多くの場合、赤や緑で美しく彩色された大宝塔が雲の上に乗っており、分身仏が取り囲む中、開いた扉から二仏並座の様子が

窺われるといった図様である。

達多《だった》五逆《ごぎやく》の悪人と　名には負へども実《まこと》には　釈迦の法華経習ひける　阿私仙人《あしせんにん》これぞかし

（法文歌・法華経二十八品歌・提婆品・一一一）

【現代語訳】

提婆達多《だいばだった》は五逆の大罪を犯した悪人として知られているが、本当のところは、釈迦が前生で『法華経』を習った阿私仙人こそが、この達多なのであるよ。

【評】

『法華経』提婆達多品《だいばだったほん》前半の内容をまとめた一首。釈迦が過去の世に、王位を捨てて法を求めていた時、阿私仙という仙人がやってきて、「自分の言いつけどおりにしたならば、『妙法蓮華経』という素晴らしい法を教えよう」と言う。釈迦は喜んで千年の間仙人に仕え、やっと法を得ることができた。その時の仙人が今の提婆達多である。「提婆達多は遠い未来に天王如来という名の仏になるであろう」と釈迦は説いた。

「五逆」は、仏教倫理に背く五つの大罪で、(1)母を殺す（殺母）、(2)父を殺す（殺父）、(3)

阿羅漢（修行者）を殺す（殺阿羅漢）、⑷教団を分裂させる（破和合僧）、⑸仏に危害を加えて仏の身体から血を流させる（出仏身血）という五種の行為を指す。『法華経』の注釈書『法華文句《ほっけもんぐ》』によると、提婆達多が犯したのは、①五百人の比丘を誘拐したこと、②大石を投げつけて仏身より血を出させたこと、③阿闍世王《あじゃせおう》をそそのかして酔象を放ち、仏を害そうとしたこと、④華色比丘尼《けしきびくに》を撲殺したこと、⑤手の指に毒を塗り、仏足を礼することによって仏を害そうとしたこと、の五つである（『今昔物語集』巻一－一〇話「提婆達多、奉諍仏語」にも同様の五つの行為が記される）が、これは、一般的な五逆罪にあてはめると、殺阿羅漢（④）、破和合僧（①）、出仏身血（②③⑤）の三つの罪に対応しよう。提婆達多は殺母、殺父の罪は犯していないが、ここでは、提婆達多の悪の面を強調するために「五逆」の語を用いたものと考えられる。

提婆達多が極悪人であることは、『法華経』提婆達多品には記されないが、説話や経の注釈書にしばしば見られる。当該今様は、経本文にはない悪の面をあわせ表現することによって、大罪を犯した提婆達多こそ、実は釈迦の師であったのだ、と、一首に劇的な反転をもたらしている。救済から最も遠いところにいるはずの極悪人提婆達多が、釈迦の師であったという輝かしい過去を持ち、釈迦に成仏を保証されたことは、この今様を聞く人々を大いに勇気づけたことであろう。

輪王頭《りうわうかしら》に光あり　久しく隠して人知らず　法華経一度《いちど》も聞く人は　頭《かうべ》の珠《たま》をぞ手に得たる

（法文歌・法華経二十八品歌・安楽行品・一二二）

【現代語訳】

転輪聖王《てんりんじようおう》の髻《もとどり》の中には光り輝く珠がある。長く秘していて人は知らないが、『法華経』を一度でも聞いた人は、その髻の中の珠を手に入れるようなものだ。

【評】

『法華経』安楽行品《あんらくぎようほん》で説かれる髻中明珠《けいちゆうみようしゆ》の譬えを歌った一首。仏が文殊に対して述べた譬え話は次のようなものであった。転輪聖王（正義をもって世界を支配する理想の王）が諸国を討伐する際、戦功を立てた部下にはさまざまの恩賞を与えるが、髻（頭上に束ねた髪）の中の明珠（輝く宝石）だけは、みだりに与えることはない。このように、仏も人々に諸経を説いて聞かせたが、今まで『法華経』だけは説かなかった。しかし、王が特別に大きな戦功のあるものに明珠を与えるように、今、この最上の宝石のような『法華経』を与えるのだ。

安楽行品の偈《げ》（詩の形で表現された部分）「末後に乃《すなは》ち為に　是の法華を説くこと　王が

髻の明珠を解きて之を与えんが如し」に依っているが、当該今様は、経本文のような明珠を与える王（法華経を与える仏）の立場からではなく、明珠の存在を知らなかった人、『法華経』を聞き得た人と、教えを受ける人の立場から歌われている。救われるべき人々に寄り添った表現になっていると言えよう。同様の表現は、今様と同時代の釈教歌の中にも散見する。

元結の中なる法《のり》のたまさかにとかぬ限りは知る人ぞなき
（『続後撰《しよくごせん》和歌集』釈教・京極前関白家肥後）

（元結の中にある法の玉はたまたま髪を解かない限りは知る人もないことだよ）

その玉を結びこめたる元結もとくべきほどのありけるものを
（『平忠度集』）

（明珠を結びこめた元結もとくべき時はあったものを）

釈迦《しやか》の御法《みのり》のそのかみは　さまざま見知らぬ人ぞある　地《ち》より涌《わ》きつる菩薩たち　みなこれ金《かね》の色なりき
（法文歌・法華経二十八品歌・涌出品・一二五）

【現代語訳】

釈迦が『法華経』を説いたその時、さまざまの見知らぬ人たちがいたことだ。それは地から涌《わ》き出た菩薩たちで、みな金色に輝いていたのだったよ。

【評】

『法華経』従地涌出品《じゅうちゆじゅっぽん》で説かれる地涌の菩薩の出現場面を描いた一首。経本文に「仏、是を説く時、娑婆世界の三千大千の国土は、地、皆、震裂《しんれつ》して、その中より、無量千万億の菩薩・摩訶薩《まかさつ》ありて、同時に涌出せり。是の諸の菩薩は、身、皆、金色にして、三十二相と無量の光明とあり」とあって、地涌の菩薩の身が金色に輝いていたことがわかる。「見知らぬ人」は、弥勒菩薩以下が、地から出現した菩薩たちを不審に思って釈迦に尋ねる偈《げ》（詩の形で表現された部分）の一節「無量千万億の大衆の諸の菩薩は　昔より未だ曾《かっ》て見ざる所なり」によるが、突然現れたさまざまな「見知らぬ人」をまず提示し、謎解きをする構成は、耳から聞く歌として効果的である。

従地涌出品をテーマにした和歌は、地涌の菩薩の様子を詠むよりもむしろ、釈迦が成道してからわずか四十年ほどの間に、このように多くの求法者たちを教化し得たことに対する驚きを比喩的に詠む例の方が多い。それは、釈迦が多くの求法者たちを短期間で教化し得たというのは、とても信じられないことで、百歳の老人が二十五歳の若者を父と呼ぶようなものだという譬えである。この比喩に依拠した例として、たらちねの親よりこそは老いにけれ年あらがひを人もしつべし　　（『公任集《きんとう》』）
（年若い者が、親より年をとって老いたなどということは、人々も信用せず疑いを持つに違いない）

いかでかは子よりも親の若からん老いては若くなるにやあるらん　　（『赤染衛門集《あかぞめえもん》』）
（どうして子よりも親の方が若くあることがあろうか。老いては若くなるということがあるのだろうか）

のようなものがある。また、地から涌き出た菩薩たちを詠む場合も、和歌においては、次のように、菩薩の内面のけがれのなさに焦点を当てており、出現の姿の鮮やかさを描く今様とはやや異なっている。

いさぎよき人の道にも入りぬれば六つの塵にもけがれざりけり　　（『発心《ほっしん》和歌集』）
（地涌の菩薩たちは、清らかな境地に入っているので、煩悩と迷いの世界にもけがされることがないのであった）

世の中のにごりになにかけがるべき御法《みのり》の水にすすぐ心は　　（『法門百首《ほうもんひゃくしゅ》』）
（地涌の菩薩たちは、どうして世の中の濁りにけがされることがあろうか。御法の水にすすがれた清らかな心は）

一方、涌出品の経旨絵《きょうしえ》においては、多くの菩薩が地から涌きだす場面が繰り返し描かれている。半身はまだ土に埋まったままの菩薩たちの姿は、きわめて視覚的印象の強いものであり、絵画化されるのにふさわしいが、当該今様もそうした劇的な場面を鮮やかに切り取っている。

数多《あまた》の菩薩の頂《いただき》を　釈迦の右の手房《たぶさ》して　三度《みたび》かい撫でたまひしは　一乗弘《ひろ》めむためなりき
（法文歌・法華経二十八品歌・嘱累品・一四八）

【現代語訳】

多くの菩薩たちの頭を、釈迦が右の手で三度お撫でになったのは、法華の教えをさらに広めようというためであった。

【評】

『法華経』嘱累品《ぞくるいほん》の内容を平易にまとめた一首。嘱累品冒頭に「爾《そ》の時、釈迦牟尼仏は法座より起《た》ちて、大神力を現し、右の手を以て無量の菩薩・摩訶薩《まかさつ》の頂を摩《な》でて、この言《ことば》を作《な》したまはく「我は無量百千万億阿僧祇劫《あそうぎこう》において、この得難き阿耨多羅三藐三菩提《あのくたらさんみゃくさんぼだい》の法を修習せり。今以て汝等に付嘱《ふぞく》す。汝等よ、応当《まさ》に一心にこの法を流布して、広く増益《ぞうやく》せしむべし」と。是の如く三たび諸の菩薩・摩訶薩の頂を摩でて……」とある。

「一乗」は、衆生を仏の悟りに導く唯一の教え、すなわち『法華経』を指す。経本文に忠実な作ではあるが、数多・三（度）・一（乗）と数を並べた面白さがある。

「手房」は手首、腕の意味で用いられることもあるが、ここでは手と同義。

この劇的な場面は「摩頂付嘱」の画題でしばしば絵画化されており、釈迦が右手を伸ばし、ひざまずく菩薩の頭に触れている様子が描かれる。

法華経持《たも》てる人そしる　それをそしれる報いには　頭《かしら》七つに破《わ》れ裂けて　阿梨《あり》樹《ず》の枝に異ならず

（法文歌・法華経二十八品歌・陀羅尼品・一六三）

【現代語訳】

『法華経』を信じ保つ人を非難するなら、その非難した報いとして、頭は七つに割れ裂けて、阿梨樹《ありじゅ》の枝に異ならぬ無残な有様になるだろう。

【評】

『法華経』陀羅尼品《だらにほん》にある十羅刹女《じゅうらせつにょ》（仏教の守護神。羅刹は本来、インドの神話・伝説に現れる鬼であるが、陀羅尼品の十羅刹女は法華行者を守る善神である）の言葉「若《も》し我が呪《しゅ》に順《したが》はずして説法者を悩乱せば　頭《かうべ》は破れて七分と作《な》ること　阿梨樹の枝の如くならん」による。陀羅尼品では、薬王菩薩以下の菩薩や仏教の守護神がそれぞれ『法華経』信仰者を守る呪文を説く。その最後に置かれたのが十羅刹女の呪文「イデイビ　イデイビン　イデイビ　アデイビ　イデイビ　デイビ　デイビ　デイビ　デイビ　デイビ　ロケイ　ロケイ　ロケイ　ロケイ　タケイ　タケイ　タケイ　トケイ　トケイ」であった。

「阿梨樹」はインドにあったとされる樹の名。七つの花托《かたく》（花柄《かへい》の頂上にあって、花弁、雄しべ、雌しべ、蕚《がく》などをつける部分）を持つとされる。「枝」というのはこの花托をいうらしい。

当該今様では、『法華経』受持者を誹謗した者の側に下される罰の酷さを強調し、『法華経』受持者に与えられる守護の強さを反対側から歌っている。「人そしる　それをそしれる報い」という続き具合には、むごたらしい罰を提示する前の息せき切った感じが表れていよう。

『法華経』普賢菩薩勧発品《ふげんぼさつかんほっぽん》では、「もし『法華経』を軽んじるものがあれば、歯は欠け、唇は黒く鼻は平らになり、手足はねじれ、口は歪み、目は斜視となり、体には悪しき瘡《かさ》ができて膿みただれ、悪臭を放ち、その他ひどい病気を得るだろう」とされており、『法華経』誹謗の報いがここでも具体的に表現されている。こうした報いのむごたらしさは、地獄絵の詳細さなどと同様、一方では人々の怖いもの見たさの好奇心を満たすものでもあり、たとえば弘仁年間（八一〇〜八二四）に成った説話集『日本霊異記《にほんりょういき》』でも、『法華経』を書写して寺に奉納した女人を謗った者の顔が醜く歪んだ話（下−二〇）や、『法華経』を読誦する僧を嘲笑した者の口が歪み、そのまま死んでしまった話（中−一八）が語られている。

> 行住坐臥《ぎやうぢゆうざぐわ》にこの経を　読む人あらば隙《ひま》もなく　普賢《ふげん》遥《はる》かに尋ね来て　縁をば結びたまひけり
>
> （法文歌・法華経二十八品歌・普賢品・一六九）

【現代語訳】

毎日の立ち居振る舞いにつけ、いつもこの『法華経』を読む人がいたならば、たちまちのうちに、普賢菩薩《ふげんぼさつ》は遥か東方からやって来て、縁を結んでくださるということだよ。

【評】

『法華経』の最終章・普賢菩薩勧発品《ふげんぼさつかんぼつぽん》で説かれる普賢菩薩の加護を歌った一首。普賢菩薩が釈迦に言った言葉「是の人、若《も》しくは行《あゆ》み若しくは立ちて、この経を読誦せば、我は爾《そ》の時、六牙《ろくげ》の白象王《びゃくぞうおう》に乗り、大菩薩衆と俱に其の所に詣《いた》りて、自ら身を現し、供養し守護して、其の心を安んじ慰めん。……是の人、若し坐して此の経を思惟《しゆい》せば、爾の時、我は復《また》、白象王に乗りて、其の人の前に現れん」による。

『法華経』によると、普賢菩薩は遥か遠い東方の「宝威徳上王仏国《ほういとくじょうおうぶっこく》」からやって来たとされ、『観普賢経《かんふげんきょう》』によると、「東方浄妙国土《とうほうじょうみょうこくど》」に住むとされる。白象に乗った美しい普賢菩薩の姿はしばしば絵画化されたが、現存する普賢菩薩像の頂点に位置するとして高く評価されているのは、まさに今様の流行期、一二世紀前半から中頃にかけて制作された、東京国立博物館蔵普賢菩薩絵像（国宝）である。『法華経』は、女人成仏を説くところから、平安時代以降、女性の篤い信仰を集めたが、『法華経』の守護神である普賢菩薩像も同様であった。その結果、普賢菩薩像は、女性たちの好みを反映して、より細身に優雅に造像される傾向にある。遊女が生身の普賢菩薩として現れる話（→二六）などを思い合わせると、普賢菩薩は、今様の担い手である遊女とも因縁浅からぬ存在と言える。

白河院政期を経て鳥羽院政期に至る間に、普賢菩薩造像には追善《ついぜん》（死者の冥福を祈るため、仏事・善事を行うこと）の意味が強く付加されるようになったらしく（増記隆介「普賢菩薩画像論」『普賢菩薩の絵画』大和文華館、二〇〇四年）、後白河院も、嘉応元年（一一六九）四十三歳の折、自らの後世の冥福を祈る逆修《ぎゃくしゅ》として、金色等身の普賢菩薩像を造っている（『本朝文集《ほんちょうぶんしゅう》』「後白河天皇逆修功徳願文《くどくがんもん》」）。時代はやや下るが、藤原俊成（一一一四～一二〇四）も遺言の中で、自らの納棺の際に普賢菩薩像を供養するように指示している（『明月記』元久元年〈一二〇四〉一二月一日条）。

当該今様は、こうした時代背景の中で『法華経』の内容を超えて、さらに特別な普賢菩薩への思いに支えられていると言えよう。

二月十五日朝《あした》より　これらの法文《ほふもん》説きおきて　やうやく中夜《ちゆうや》に至るほど　頭《かうべ》は北にぞ臥したまふ

（法文歌・涅槃歌・一七四）

【現代語訳】

釈迦は二月十五日の朝からこれらの尊い法文を説きおかれて、ようやく真夜中になったころに、頭を北にして横になられたのであった。

【評】

釈迦の入滅を歌った一首。涅槃会《ねはんえ》（釈迦入滅の日に行う法要）で用いられる永観《ようかん》（一〇三三～一一一一）作『舎利講式和讃《しやりこうしきわさん》』の一部を抜き出している。和讃には「世間もとより常なくて　これをぞ生死《しやうじ》の法といふ　生をも滅をも滅しをへ　寂滅なるをぞ楽とする　一切

衆生ことごとく　常住仏性備はれり　仏は常に世にゐます　実には変易《へんにやく》ましまさず　二月十五の朝《あした》より　これらの妙法説きをへて　やうやく中夜に至るほど　頭《かうべ》を北にて臥したまふ」とあり、「これらの法文」が、①世間は無常であり、寂滅（煩悩の消えた悟りの境地）こそ真の楽であること、②一切の衆生には仏性が備わっており、仏は常に存在して変化することがないこと、という教えを指すことがわかる。独立した歌謡としては「これらの」という指示語がやや唐突であるが、対象が曖昧なまま、法のありがたさだけを、自明のこととして「これ」と身近に受け取っていくような感覚的な表現と言えようか。

今様の名手・源清経《きよつね》を外祖父に持つ西行は、

願はくは花の下にて春死なんその如月の望月の頃　（『山家集』）

と詠み、釈迦入滅の「その」二月一五日に死にたいと願ったが、ほぼ望み通り、文治六年（一一九〇）二月一六日に没した。このことは、多くの人々を感動させたが（藤原俊成『長《ちよう》秋詠藻《しゆうえいそう》』、九条良経『秋篠月清《あきしのげつせい》集』、慈円『拾玉《しゆうぎよく》集』、藤原定家『拾遺愚草《しゆういぐそう》』など）、釈迦の入滅が、「その」という指示語で表されている点、「これらの」という指示語を使った当該今様の表現と響き合うところがあるように思われる。

釈迦は入滅の前に、頭を北に、顔を西に、右脇を下にして横たわったと伝えられる。釈迦入滅の姿を描いた涅槃図も多く描かれ、涅槃会の折には堂の中央に掛けられた。和歌山・金剛峯寺蔵の仏涅槃図（国宝）は、わが国現存最古の絵画による涅槃図であるが、これは応徳三年（一〇八六）、まさに白河院が院政をはじめた年に制作されたものである。この涅槃図は、インドの浮彫や敦煌の壁画、中国の絵画に比べて、釈迦の横たわる宝台前のスペースが広くなって、会衆の数が多くなっていること、その結果、参加型ともいえるような、礼拝者自身が涅槃図の情景に参入する会衆の一人になりかわるような効果があることが指摘されている（赤澤英二『涅槃図の図像学』中央公論美術出版、二〇一一年）。

今様もしばしば、経典の物語の世界に、歌い手聞き手が入り込んでいくような表現を持ち、金剛峯寺蔵仏涅槃図の画面構成とも一脈通じるところがある。当該今様を歌い聞く人々はこうした涅槃図の場面をも、ありありと思い浮かべたであろう。

極楽浄土のめでたさは　一つもあだなることぞなき　吹く風立つ波鳥もみな
妙《たへ》なる法《のり》をぞ唱《とな》ふなる
（法文歌・極楽歌・一七七）

【現代語訳】

極楽浄土のめでたさといったら、何一つ無駄なことなどないのだ。吹く風、池に立つ波、鳥のさえずり、すべてがみな尊い法文を唱えていることだよ。

【評】

極楽の素晴らしさを聴覚的にまとめて讃美した一首。『無量寿経《むりようじゆきよう》』には、極楽では、宝樹に風が吹いて、すばらしい妙法の音をたてること、池の波が仏の声とも法の声とも僧の声とも聞こえることが記され、『阿弥陀経《あみだきよう》』には、極楽に七宝の池があること、孔雀《くじやく》や鸚鵡《おうむ》、迦陵頻伽《かりようびんが》などの美しい鳥たちが鳴くこと、風に吹かれて宝樹が妙音をたてることなどが記される。これらによって広く浸透していた極楽のイメージであるが、千観《せんかん》（九一八〜九八四）作『極楽国弥陀和讃《ごくらくこくみだわさん》』には、「八功徳水《はちくどくすい》池すみて　苦空無我の波唱へ　常楽我浄の風吹きて……孔雀鸚鵡《くじやくえいぶ》声々に　妙法門をとなふれば」とあり、当該今様の表現に類似している。

極楽絵においても阿弥陀三尊の前に大きく池が描かれるのが定型となっており、その池に蓮が咲き乱れていたり、竜頭鷁首の船が浮かんでいたり、色彩豊かな水鳥が描かれていたりして（真保亨『極楽絵』毎日新聞社、一九七七年）、視覚的に鮮やかな宝池の姿が浮かび上がるが、当該今様はその池に立つ波の音に注目して聴覚に訴える一首となっている。

迦葉尊者《かせふそんざ》の古道《ふるみち》に　竹の林ぞ生《お》ひにける　孤独園《こどくをん》の園《その》見れば　昔の庵《いほり》ぞあはれなる

（法文歌・僧歌・一八五）


【現代語訳】

迦葉尊者《かしようそんじや》の住んだ鶏足山《けいそくせん》の古道には竹の林が生い茂っていることだ。孤独園の荒れた庭を見ると、昔の僧院の繁栄がしのばれてしみじみと悲しいことだよ。


【評】

釈迦の弟子・迦葉尊者の遺跡を歌った一首。釈迦の十大弟子として、今日よく知られるのは、『維摩経《ゆいまきよう》』弟子品による、舎利弗《しやりほつ》、目連《もくれん》、迦葉、須菩提《しゆぼだい》、富楼那《ふるな》、迦旃延《かせんねん》、阿那律《あなりつ》、優波離《うばり》、羅睺羅《らごら》、阿難《あなん》の十人であるが、『梁塵秘抄』今様に名前が見えるのは迦葉が圧倒的に多い。他の弟子たちの名は取り上げられない場合もあり、多くても二、三首にしか出て来ないのに対して、迦葉の名は八首に見えている。当該今様の収められている僧歌十首のうち、七首は迦葉の歌、残り三首は個人を特定しない聖《ひじり》（修行僧）の歌である。

迦葉は釈迦の弟子のうち、頭陀《ずだ》（衣食住に関して欲望を払い捨てる修行）第一と称された。釈迦の死後、教団をまとめて、第一回結集《けつじゆう》（記憶暗唱によって受け継がれてきた釈迦の教えを書き留め、編纂するための会議）を行った。その後、鶏足山に登って禅定《ぜんじょう》（心が静かに統一された状態）に入った。
「孤独園」は祇樹給孤独園《ぎじゆぎっこどくおん》の略。祇陀《ぎだ》太子の土地を須達《しゆだつ》長者が買い取って、園中に僧院を建立し、釈迦とその教団に寄贈した。この僧院を祇園精舎《ぎおんしょうじゃ》と言う。厳密に言えば、「孤独園」は「鶏足山」のように迦葉一人と強く結びつく場所ではなく、むしろ「孤独園」から連想されるのは釈迦であるが、「迦葉尊者の」という歌い出しによって、当該今様は、僧歌として、迦葉尊者を歌う一連の今様と並べられたのであろう。

法文歌においては、当然予想されることながら、ほとんどの場合、仏や経や僧侶たちの素晴らしさが讃美される。しかし当該歌は、意外にも行き交う人のない荒れ果てた仏跡を歌うのである。

永観二年（九八四）に完成した仏教説話集『三宝絵《さんぼうえ》』中の序文には、「もろこしの貞《ちやう》観《ぐわん》三年に、玄蔵《ぐゑんざう》の天竺に行きめぐりし時に、鶏足山の古き室《むろ》には、竹茂りて人も通はず、孤独苑の昔の庭には、室失せて僧も住まざりけり」とあり、これを摂取したと思われる、歴史物語『栄花物語』巻一五にも、「世の中像法《ざうほふ》の末になりて、天竺は仏の現れたまひし界《さかひ》なれども、今は鶏足山の古き道には、竹茂りて人の跡も見えず、孤独園の昔の庭、薄伽《ばが》梵《ぼん》（釈迦の尊称）失せて人住まずなり……あはれなる末の世にて」と見える。当該今様はこれらの記述と密接に関わる表現を持っているが、先行するこれらの例が、今現在の仏教遺跡の荒れ果てた様子を客観的に描写するのに対し、今様はそこに「昔」の繁栄を重ね合わせ、時間を重層的にとらえた上での無常の哀感を、「あはれ」という感情語で強く打ち出している。廃墟を一種の美的なものと捉えていく感覚として注目されよう（↓三九七）。

釈迦の説法聞きにとて　東方浄妙国土《とうはうじやうめうこくど》より　普賢文殊は獅子《しし》象《ざう》に乗り　娑婆《しやば》の穢土《ゑど》にぞ出《い》でたまふ

（法文歌・雑法文歌・一九五）

【現代語訳】

釈迦の説法を聞こうとして、東方浄妙国土《とうほうじょうみょうこくど》から、普賢菩薩と文殊菩薩はそれぞれ、象と獅子に乗り、娑婆の苦悩に満ちた世界にこそいらっしゃったことだよ。

【評】

普賢・文殊が聴聞にやって来るという躍動的な場面構成で釈迦の説法を印象付けた一首。普賢は仏の行徳《ぎょうとく》を、文殊は仏の智慧《ちえ》を象徴するとされるが、両菩薩は、釈迦如来の左右の脇侍として、文殊は獅子に乗った姿、普賢は白象に乗った姿に造形されて人々に親しまれた。当該今様はこうした仏教美術の世界と深く関わっているものと思われ（鈴木佐内

『仏教歌謡研究』近代文藝社、一九九四年)、釈迦三尊像を目の前にして歌っているかのような臨場感がある。

「東方浄妙国土」は固有名詞として普賢菩薩の住処とされることもあるが(→一六九)、ここでは、文殊の住処も含んで、東方の清らかな国土の意であろう。『法華経』普賢菩薩《ふげんぼさつ》勧発品《かんほつほん》によれば、普賢は東方の「宝威徳上王仏国《ほういとくじょうおうぶつこく》」にいるとされ、『華厳経』(六〇巻)菩薩《ぼさつ》住所品《じゅうしょほん》によれば、文殊は「東北方」の「清涼山」にいるとされる。

「娑婆の穢土」は煩悩のけがれに満ちた現世を指す。第二句の浄妙国土と第四句の穢土が対比され、遠い浄土からこの穢土へ、はるばる移動してきた両菩薩の行動が巧みに表現されている。

龍女《りゅうにょ》は仏に成りにけり　などかわれらも成らざらん　五障《ごしやう》の雲こそ厚くとも　如来月輪《にょらいぐわちりん》隠されじ

(法文歌・雑法文歌・二〇八)

【現代語訳】

龍女は仏に成ったということだ。どうしてわれら女人も成仏できないことがあろうか。女の身に五つの罪障があって、雲のように厚く覆いかぶさってきても、成仏できる本性は月の光のように輝き出て、雲に隠されることはないのだ。

【評】

龍女成仏を歌った一首。龍王の八歳の娘は、龍宮で文殊菩薩の教えを聞いて悟りを開き、たちまちに男子と成って南方無《なんぼうむ》垢《く》世《せ》界《かい》へ行き、成仏を遂げた。『法華経』提婆《だいば》達多《だった》品《ほん》に説く龍女成仏の話は、法華経二十八品歌の中だけではなく、雑法文歌の中にも収められており、龍女に対する関心の高さが窺われる。

「五障」は女性にだけ存在する障害で、梵天王《ぼんてんおう》、帝釈《たいしゃく》、魔王《まおう》、転輪聖王《てんりんじょうおう》、仏身《ぶつしん》の五つの身分になれないことであるが、龍女は、女であるのみならず、子どもであり畜類であるという、三重の悪条件を超えて救われたのである。「われら」の語によって、当該今様の享受者が龍女と一体化していく臨場感が生まれ、同じような奇跡を熱望する切実さが伝わる。

なお、「建永三年」（＝承元二年・一二〇八）の書写奥書のある石山寺蔵「結縁灌頂声明《しょうみょう》」に「龍女ハホトケニナリニケリ。ナトカワレラモ。ナラサラム。五障ノクモコソアツクトモ。如来月輪カクサレヌモノコソアリケレ」の歌謡が載る（『石山寺の研究　深密蔵聖教篇下』法藏館、一九九二年）。また、『梁塵秘抄口伝集』の断簡と思しい穂久邇《ほのくに》文庫《ぶんこ》蔵今様断簡は第三句を「五障の雲こそ厚からめ」とする。このように、当該今様は、人々の心を捉え、多少の異同を持ちながら、広く流布し享受されたのである。

太子《たいし》の身投げし夕暮れに　衣《ころも》は掛けてき竹の葉に　王子の宮を出《い》でしより　沓《くつ》はあれども主《ぬし》もなし
（法文歌・雑法文歌・二〇九）

【現代語訳】

薩埵《さった》王子《おうじ》が自ら虎の餌になろうと身を投げた夕暮れに、衣は掛け置いてあった、竹の葉に。悉達《しった》太子《たいし》が王宮を出てから、沓は残っているけれど、持ち主の姿はもはやないのだ。

【評】

薩埵王子（前世の釈迦）が、飢えた虎を養うために身を捨てた話と、悉達太子（出家前の釈迦）が、人生に悩み王宮を出た話を並べる。後半も薩埵王子の捨身飼虎《しゃしんしこ》の話と見る説もあるが、とすると、第三句「王子の宮を出でしより」のおさまりが悪い。

『梁塵秘抄』今様には、

傅氏《ふし》が巌窟《いはや》の嵐には　殷《いん》の夢見て後《のち》ぞよき　厳子瀬《げんしらい》の池の水　今こそ汲むには濁るらめ
（一九三）

（傅説《ふえつ》が住んでいた岩屋に嵐が吹いたのは、殷の武丁《ぶてい》が良い臣下を得ると夢に見た後で、傅説は出世の幸運に恵まれた。厳陵瀬《げんりようらい》の池で釣りをしていた厳光は、後漢の光武《こうぶ》に招かれたが、それを断った。もし応じていたら、世の濁りに染まっただろう）

鷲《わし》の行ふ深山《みやま》より　聖徳太子ぞ出《い》でたまふ　鹿が苑《かせぎ》《その》なる岩屋《いはや》より　四果《しくわ》の聖《ひじり》ぞ出でたまふ　（二二〇）

（鷲が仏法を行うという深山・霊鷲山《りようじゆせん》から聖徳太子はお出ましになった。鹿野苑《ろくやおん》にある岩屋から四段階の悟りを得た高僧はお出ましになった）

のように、前半（第一句・第二句）と後半（第三句・第四句）とに二つの別の話を置く構成が散見する。前者は漢詩をもとに作られたものであるが、前半後半に二分される構成においては対句的な表現がよく見られる。当該今様も「太子の身投げし」と「王子の宮を出でし」、「衣は掛け」と「沓はあれ」のように、ゆるやかな対句仕立てになっている。

薩埵王子の捨身飼虎の話は『金光明最勝王経《こんこうみようさいしようおうきよう》』捨身品《しやしんぼん》に見え、投身の時には大地が六種に動き、太陽が光を失ったかのように辺りが暗くなったとされる。それを当該歌は「夕暮れ」と表現したものであろう。衣を竹上に置いたことも同経に記されている。この逸話は法隆寺の玉虫厨子に描かれていることでもよく知られている。玉虫厨子の絵は上・中・下三段に分かれているが、上段、崖の上では王子が上衣を脱いで木に掛けている。中段は虚空に身を躍らせた王子の姿を描く。両手をそろえて伸ばし、裳裾を翻してまっさかさまに落下する姿である。下段、崖の下では、身を横たえた王子に、母虎と七匹の子虎が群がり、喰いついている。母虎の口からは赤い血のしたたるすさまじい光景である。このような描写に対し、今様は、崖下への落下や虎の姿を表現せず、スピード感や残虐さを排除して、静かに残された衣にだけ焦点を当てている。

悉達太子出家の際の沓のエピソードは、捨身飼虎のエピソードほど有名とは言えず、直接的な典拠も見出だせないが、『仏本行集経《ぶつほんぎようじつきよう》』に、夭逝した母親に代わって太子を育てた叔母・摩訶波闍波提《まかはじやはだい》の嘆きの言葉として、「きゃしゃで柔らかな足裏だというのに、裸足で歩いて行く（「徒跣《とせん》地を蹈《ふ》む」）とは、棘や砂利や凍った水や焼けた道の上を、一体どうやって進むつもりなのか」という内容が見える。ここから残された沓に焦点を当て、薩埵王子の衣と対比させたところに当該今様の工夫が窺われる。残された衣や沓によって主の不在を印象づける巧みな表現と言えよう。

> 摩耶《まや》のなかより生《む》まれ出《で》て　宝《たから》の蓮《はちす》足を受け　十方七度歩《じつぽうななたびあゆ》みつつ　四句《しく》の偈《げ》をぞ説いたまふ
>
> （法文歌・雑法文歌・二一八）

【現代語訳】

釈迦は、摩耶夫人の胎内から誕生した。足を上げるたびに七宝の蓮華がそれを受け、十方に七歩ずつ歩きながら、四句の偈をお説きになった。

【評】

釈迦誕生の際の奇瑞を歌った一首。生まれてすぐ十方（東・西・南・北・北東・南東・北西・南西・上・下）に歩き出すと、釈迦の足を受けるようにして美しい七宝の蓮華が花開く。釈迦は高らかに四句の偈（仏の教えや仏・菩薩の徳をほめたたえる韻文）を唱えたという。典拠として『仏本行集経《ぶつほんぎょうじっきょう》』巻八、『方広大荘厳経《ほうこうだいしょうごんぎょう》』巻三、『大方便仏報恩経《だいほうべんぶつほうおんぎょう》』巻七、『過去現在因果経《かこげんざいいんがきょう》』巻一などの経、および『今昔物語集』巻一―二話「釈迦如来、人界《にんがいに》生給語《うまれたまへること》」などが指摘されてきたが、より直接的な典拠として、近年紹介された金沢文庫蔵の声明資料があげられる（高橋秀榮「仏伝歌謡の新出資料――『梁塵秘抄』の法文歌二首を含む」『仏教美術と歴史文化』法藏館、二〇〇五年）。

摩耶ノ右脇ヨリ生レ　宝蓮ミアシヲ受シカバ　十方七歩ヲ行ジツ、　四句ノ偈ヲゾ説キ給フ先にあげた諸経でも釈迦は摩耶夫人の右脇から生まれたとされ、釈迦の誕生を題材にした絵画や彫刻でも、嬰児たる釈迦は、摩耶夫人の右袖から顔をのぞかせている。胎内からの誕生であれば、特に珍しいことはないので、本文としては、新出資料の「右脇」がよりよい形のように思われる。今様の音数からすると、「なか」は「わき」とでもあるべきところか。「宝蓮」を「宝の蓮」とし、「行ジツ、」を「歩みつつ」として、今様は、よりやわらかな表現になっている。

さらに新出資料においては、問題の歌の三首後に「我生胎分身《がしやうたいぶんしん》　是最末後身《ぜさいまつごしん》　我已得漏《がいとくろ》尽《じん》　当復度衆生《とうふくどしゆじよう》」（私は輪廻転生の業が尽き、もう二度と生まれ変わることはないから、これが最後の人間としての身である。私はすでにすべての煩悩を超越したので、これからは仏となって一切の衆生を救おう）という四句の偈が見える（『今昔物語集』巻一―二話にもほぼ同じ偈が載る）。当該今様では具体的な内容が記されない「四句の偈」であるが、当時の人々には、この「我生胎分身」の偈が強く意識されていた可能性もあるだろう。

狂言綺語《きやうげんきぎよ》の誤ちは　仏を讃《ほ》むるを種として　あらき言葉もいかなるも　第一義《だいいちぎ》
とかにぞ帰るなる
（法文歌・雑法文歌・二二二）

【現代語訳】

でたらめの言葉、飾り立てた言葉で作った文学の営みは間違った行いではあるが、それも仏を讃嘆する機縁となし得る。荒々しい言葉もどんな言葉も、すべては仏法の絶対的真実に帰するということだよ。

【評】

文芸即仏道の思想を、二つの典拠によって歌った一首。

前半は、寛弘九年（一〇一二）頃には成立していた『和漢朗詠集《わかんろうえいしゅう》』仏事の白居易《はっきょい》の漢詩による。

願はくは今生世俗文字《こんじやうせぞくもんじ》の業《ごふ》狂言綺語の誤りを以《もつ》て　翻して当来世《たうらいせ》世《ぜ》讃仏乗《さんぶつじよう》の因転法輪《いんてんぼふりん》の縁《えん》と為《な》さん

（私は現世で俗っぽい文学の営みを生業とし、でたらめの言葉、飾り立てた言葉を使って作品を作るという誤りを犯してきたが、今後は何とかしてそれを転じて、未来永劫に仏をたたえ仏の教えを説く機縁にしたいと願っている）

この漢詩は、文学と仏教とを結び付けるものとして日本にも大きな影響を与えた。朗詠として歌われることで広く流布し、さらに、『狭衣《さごろも》物語』『栄花物語』『平家物語』など多くの文学作品に引用されている。

当該今様後半は、次に掲げる『涅槃経《ねはんぎょう》』梵行品《ぼんぎょうほん》の一節による。

諸仏は常に軟《ぜん》を語り、衆の為め故に麤《そ》を説く。麤語及び軟語、皆第一義に帰す。

（さまざまな仏は常にやわらかなことを語って、衆生のために荒々しいことを説く。荒っぽい言葉、やわらかい言葉はみな究極の真理に帰す）

この一節も広く知られ、安居院《あぐい》流唱導《しょうどう》（経典や教義を説いて人々を導くこと）の祖とされる澄憲《ちょうけん》の「和歌政所一品経供養表白《わかまんどころいっぽんきょうくようひょうびゃく》」（一一六六年）に「伝へ聞く、麤語及び軟語、皆第一義諦の風に帰し、治世語言、併ながら実相真如の理に背かず」とあり、今様と関わりの深い歌人・寂然《じゃくぜん》（一一一八?～一一八二?）の『法門百首《ほうもんひゃくしゅ》』にも「廉言耎語《れんげんぜんご》（廉は「かどがある」の意、耎は「やわらかい」の意）みな第一義に帰して、一法としても実相の理に背くべからず」という注が見える。

このように、朗詠や唱導といった一定の旋律に乗せて歌われ唱えられた一節が、今様にも取り込まれていったことが窺われる。

後白河院は自らの今様生活を振り返って記した『梁塵秘抄口伝集』巻一〇の終わりに、

法文《ほふもん》の歌、聖教《しやうげう》の文に離れたることなし。法華経八巻が軸々《ぢくぢく》、光を放ち、二十八品《ほん》の一々の文字《もんじ》、金色《こんじき》の仏にまします。世俗文字の業、ひるがへして讃仏乗の因、などか転法輪とならざらむ。

（法文の歌は、仏の教えの文言にはずれたことはない。『法華経』八巻の軸はすべて光を放ち、二十八品の一つ一つの文字は金色の仏でいらっしゃるのだ。世俗の文学の営みも転じて仏を讃嘆し仏の教えを説く機縁にならないことがどうしてあろうか）

と述べて、白居易の漢詩を引きながら、今様即仏道の考え方を述べている。仏道と矛盾するのではないかという恐れを抱えながら文芸活動に携わる人々すべてにとって、当該今様に表現された考え方は、この上なく頼もしい心の支えであったことだろう。

烏瑟翠《うしつみどり》の元結《もとゆひ》は　髪筋《かみすぢ》ごとにぞ光るなる　龍女が妙《たへ》なる声引《こわびき》は　聞けども聞けども飽く期《ご》なし

（法文歌・雑法文歌・二三二）

【現代語訳】

龍女の結い上げた黒髪は、髪の筋目ごとにつやつやと光り輝いている。龍女の説法の美しい声の調子はいくら聞いても飽きることがない。

【評】

龍女（↓二〇八）の成仏した姿を、優美な仏像のイメージで捉えた一首。ここには「烏瑟」（肉髻《にくけい》とも。仏・菩薩の頂上の骨肉が隆起して、結い上げた髪のようになったもの）という、仏の相貌を表す言葉が使われてはいるが、美しい女性の姿と声とが官能的な印象をもって歌われている。

龍女成仏のテーマはしばしば絵にも描かれた。厳島神社蔵の国宝『平家納経』提婆《だいば》達多《だった》品《ほん》表紙には、大きな口や鋭くとがった背びれ、飛び出した目玉などを持つ怪魚が数匹描かれ、龍女の住む暗く怪しい世界を暗示する。それに対して見返し絵は龍女が宝珠を捧げ持って海中から出現し、二人の侍女を従えて、仏の待つ天上世界へまっすぐに進んで行く様子をきらびやかな色彩で描く。経の中では「変じて男子と成りて」とされる龍女であるが、この絵の中では、結い上げた黒髪に、袂と領巾《ひれ》を風に翻し、美しい女人のまま、天空を目指す姿で描かれている。当該今様にも、『平家納経』の絵のように、龍女を成仏後も美しい女人として捉えていこうとする傾向が窺われよう。

「声引」は歌謡や説経などの声の延ばし具合。『法華経』提婆達多品では、龍女の智慧あることに触れ、「心に念じ、口に演《の》ぶることは、微妙・広大にして慈悲・仁譲《なさけ》あり」とする。「声引」に関連して、諸注、当該箇所を引くが、経では、声そのものではなく、口に出される言葉について、素晴らしく立派なことであり、慈しみ深く憐みに満ちていた、としている。髪のつややかさと声そのものの美しさを取り上げて、それを肉感的に表現したのは、『法華経』の内容を超えた今様の工夫であろう。

聴聞者が美貌・美声の説経者に憧れる様子を歌った今様には、他に「峰の花折る小大徳《こだいとく》面立《つらだち》よければ袈裟《けさ》よし　まして高座《かうざ》に上《のぼ》りては　法《のり》の声こそ尊けれ」（→三〇四）があり、聴聞者と説経者の性が逆になったもの（聴聞者が男／説経者が女〈二三一〉↔聴聞者が女／説経者が男〈三〇四〉）として対比的に見ることもできよう。

仏も昔は人なりき　われらも終《つひ》には仏なり　三身仏性《さんじんぶつしやうぐ》具せる身と　知らざりけるこそあはれなれ

（法文歌・雑法文歌・二三二）

【現代語訳】

仏も昔は人間だった。われらも最後には仏に成れるのだ。仏に成るべき性質を本来備えている身だと知らずに、仏道をなおざりにしているのは悲しいことだよ。

【評】

すべての衆生が仏性を持っていることを歌う一首。たとえば『涅槃経《ねはんぎょう》』獅子吼菩薩品《ししくぼさつぼん》に「一切衆生悉《ことごと》く仏性あり」とするのはよく知られているが、当該今様は、その仏性の存在に気づかない凡夫の悲しさの方に焦点を当てて、深い哀感を漂わせる。

「三身」は法身《ほっしん》（永遠不変の真理そのもの）、報身《ほうじん》（修行の報いとして得た、功徳を備えた身）、応身《おうじん》（さまざまな衆生救済のため、それぞれに応じて現れる身）の三者を指すが、いずれも仏の身を現したものであり、「三身仏性」は「仏性」というのと同じ。衆生が本来備えている仏に成り得る資質をいう。

『平家物語』巻一「祇王」の章段には、白拍子の祇王がこの今様を歌い替えた話が見え、よく知られている。祇王は平清盛に愛されて栄華を極めていたが、やがて別の白拍子・仏御前が清盛の寵愛を得るようになると、屋敷から追い出されてしまう。翌年になって、祇王は突然呼び出され、清盛と仏御前の前で今様を歌うように命ぜられる。祇王が涙ながらに歌ったのは次のような今様であった。

仏も昔は凡夫なり　われらも終には仏なり　いづれも仏性具せる身を　へだつるのみこそ悲しけれ

（仏も昔は凡人であった。われらも最後には仏に成れるのだ。どちらも仏性を備えている身であるのに、分け隔てをするのが悲しいことだ――私も仏御前も同じ白拍子であるのに、清盛様が私たち二人を分け隔てして扱うのが悲しいことです）

この今様は『梁塵秘抄』二三二番歌の「三身」を「いづれも」と歌い替え、「知らざりけるこそあはれなれ」を「へだつるのみこそ悲しけれ」と歌い替えて、仏道をなおざりにする愚かな人々についての一般的な嘆きを、清盛が自分と仏御前とを分け隔てすることへの個人的な嘆きに巧みに転換している。『源平盛衰記《げんぺいじょうすいき》』では、第三句以下が「三身仏性具しながら　へだつる心のうたてさよ」になっており、「悲し」という自分自身の感情ではなく、「うたて」という相手に対する不満を表す言葉を用いることで、「仏性を有しているはずなのに、分け隔てなどをする清盛様の心のなさけないことよ」と、清盛に対する批判がより強まっている。この祇王の歌い替えは、その場にいた人々の心を動かし、皆、涙を流したという。

今様の歌い手には、美しい声で歌う音楽的な技術だけでなく、このように、その場にふさわしく歌い替える能力も求められた。臨機応変に歌詞を歌い替えられる、いわば文学的な力も重視されたのが、今様という歌謡の大きな特徴だったのである。

われらは何《なに》して老いぬらん　思へばいとこそあはれなれ　今は西方極楽の　弥陀の誓ひを念ずべし
（法文歌・雑法文歌・二三五）

【現代語訳】
自分はいったい、何をしてきてこのように年老いたのだろう。考えてみれば本当に悲しいことだよ。今はただ、西方極楽浄土の阿弥陀如来の誓願におすがりしよう。

【評】
自分の来し方を振り返り、後悔の思いに沈む哀感に満ちた一首。「われら」の「ら」は複数を表すのではなく、卑下の気持ちを表す接尾語。仏道修行に励むこともなく無為に過ごしてきた老いの身にとっては、衆生の極楽往生の願いをかなえようという阿弥陀の誓いがただ一つの救いになっているのである。

後白河院の今様の弟子である平康頼《やすより》が編んだ説話集『宝物集《ほうぶつしゅう》』巻七には次のような話が収められている。

神崎の遊女とねぐろは、仏道に心を向けることもなく、往き来の客に身をまかせては日々を過ごしていた。ある男と一緒に西国に下る旅の途中、海賊に襲われて何か所も斬られ、命が尽きるという時に、西方に向かってこの今様を何度も歌って息絶えた。すると西の方からかすかに音楽が聞こえ、海上に紫雲がたなびいたという。

遊女が死に臨んで、自らの得意芸であった今様をもって阿弥陀如来への信仰心を吐露し、それによって極楽往生を遂げたという説話は、後白河院にも深い感銘を与えたらしく、『梁塵秘抄口伝集』巻一〇の末尾近くに「遊女とねぐろが戦《いくさ》に遭《あ》ひて、臨終の刻《きざ》めに「今は西方極楽の」とうたひて往生し」と簡略化した形で紹介されている。

暁《あかつき》静かに寝覚《ねざ》めして　思へば涙ぞ抑《おさ》へ敢《あ》へぬ　はかなくこの世を過ぐしては　いつかは浄土へ参るべき

（法文歌・雑法文歌・二三八）

【現代語訳】

夜明けの静けさにふと目覚めて思いにふけると、あふれる涙を抑えられないことだよ。ただいたずらにこの世を過ごしてしまっては、いったいいつ浄土に往生することができようか。

【評】

老境にさしかかった人の切実な悲嘆を歌った一首。同想の和讃や和歌は多く、たとえば平安時代末期から鎌倉時代に成立した『空也和讃《くうやわさん》』に「長夜《ぢやうや》の眠《ねぶ》りはひとりさめ　五更《ごかう》の夢に驚きて　静かに此の世を観ずれば　僅かに刹那《せつな》のほどぞかし」（長い闇夜の眠りから覚醒し、夜明け前の夢に目覚めて、静かにこの世に思いをめぐらせば、ほんの一瞬に過ぎないものだったよ）とあり、大治三年（一一二八）成立の『菩提心讃《ぼだいしんさん》』に「此のたびはかなく過ぐしなば　いづれの時とか思ふべし」（今この時をむなしく過ごしてしまったなら、一体いつ仏道へ心を向けるというのだろうか）と見える。また、寂然《じやくぜん》（一一一八?〜一一八二?）の歌集『唯心房集《ゆいしんぼうしゆう》』の今様に「静かに寝ざめてつくづくと　はかなき此の世を思ふ間に　夜や明け方になりぬらん　賀茂の河原に千鳥なく」（静けさにふと目覚めて、つくづくとはかないこの世を思っているうちに夜は明け方になってしまったらしい。賀茂の河原に千鳥がないているよ）がある。

これらの類例に比べて、当該今様は抑えられぬ涙を歌い、より直接的実感的な嘆きを表現しているとともに、暁という幻想的な時間や静かに流される涙によって、一種の甘美な感傷を潜ませてもいよう。

はかなきこの世を過ぐすとて　海山稼《うみやまかせ》ぐとせしほどに　万《よろづ》の仏に疎《うと》まれて　後生《ごしやう》わが身をいかにせん
（法文歌・雑法文歌・二四〇）

【現代語訳】

はかないこの世を生きていこうとして、海や山で生き物をとらえて暮らすうちに、多くの仏に見放されてしまった。来世の自分の身をどうしたらよいのだろう。


【評】

生きるために殺生の罪を犯さざるを得ない人の深刻なおののきを歌った一首。『梁塵秘抄』には、「鵜飼」の罪の意識に焦点を当てた今様もある（→三五五・四四〇）。当該今様では、第三句に表現される多くの仏に見放されてしまったという自己認識が、堕地獄の恐怖をより一層切実なものとしている。

仏に捨てられたことを嘆く今様として、建長六年（一二五四）に成った説話集『古今著聞集《ここんちょもんじゆう》』巻八には次のような今様が見える。

過去無数の諸仏にも　捨てられたるをばいかがせん　現在十方の浄土にも　往生すべ

き心なし　たとひ罪業おもくとも　引接《いんぜふ》したまへ弥陀仏

（過去世の無数の諸仏にも捨てられてしまった身の上をどうしたらよかろう。現在十方の浄土にも往生できるほどの心の修行ができていない。たとえ罪深い私でも、どうぞ来世は極楽へお連れ下さい、阿弥陀様よ）

仁和寺の覚性《かくしよう》法親王に千手《せんじゆ》という寵童がいたが、新しく参った三河という優れた童におされ、やや影が薄くなってしまった。人に合わせる顔がないと思ったためか、千手は退出して、長い間、寺に参らなかった。ある日、酒宴が催され、笛や今様が得意であった千手が特に呼び出された。そこで千手が歌ったのが先の今様である。ここでは、「過去無数の諸仏にも　捨てられたる」に、覚性法親王の寵愛が薄れたことを響かせているが、一首全体は、罪深い身が仏に見放されてしまったこと、仏道修行に励むこともなく過ごしてきてしまったこと、それでも阿弥陀仏を唯一の頼りとすること、を歌い、『梁塵秘抄』二四〇番歌と二三五番歌を合わせたような趣になっている。なお、当該説話に見られる、仏教的な内容の今様に主人の寵を失った悲しみを込めるという趣向は、『平家物語』の祇王の逸話（→二三二）と重なるもので、両者の何らかの交渉を感じさせる。

万《よろづ》を有漏《うろ》と知りぬれば　阿鼻《あび》の炎も心から　極楽浄土の池水《いけみづ》も　心澄みては隔てなし
（法文歌・雑法文歌・二四二）

【現代語訳】すべては煩悩のなせることと知ってみれば、阿鼻地獄の炎で身を焼かれる苦しみも、わが心のせいなのだ。一方、極楽浄土の池水の清らかな救いも、わが心が澄んでいるならば、すぐ近くにあるのだよ。

【評】
地獄の苦しみも極楽の救いも、自分の心ひとつなのだとする法文歌の最終歌。
「有漏」はけがれや迷いを持つことで、「無漏」の反対語。「阿鼻」は「阿鼻地獄」のこと。「無間《むげん》地獄」とも言い、八大地獄のうち最も下に位置し、極悪人が堕ちるとされる。『阿弥陀経』には、極楽の七宝の池に八功徳水《はちくどくすい》（八つのすぐれた美点を持つ水）のあることを説き、『梁塵秘抄』にも「極楽浄土のめでたさは　一つもあだなることぞなき　吹く風立つ波鳥もみな　妙《たへ》なる法《のり》をぞ唱《とな》ふなる」（↓一七七）とあって、極楽の池の波が尊い法文を唱えているとする把握が見られる。当該今様では、特に阿鼻地獄の熱い炎に対して、極楽の涼しくさわやかな水を対比させたものであろう。「水」からは「澄む」の語が容易に連想されるため、「心澄みては」の句とのつながりも自然である。

近江《あふみ》の湖《みづうみ》は海ならず　天台薬師《てんだいやくし》の池ぞかし　何《な》ぞの海　常楽我浄《じやうらくがじやう》の風吹けば
七宝蓮華《しちほうれんげ》の波ぞ立つ
（四句神歌・神分・二五三）

【現代語訳】
琵琶湖はただの湖ではない。比叡山薬師如来の池なのだよ。どのような湖か。常楽我浄の風が吹くと、七宝蓮華の波が立つのだよ。

【評】
琵琶湖を薬師如来の池と見立てた一首。「神分《じんぶん》」（神々を題材とする歌）に分類されているが、神仏習合（日本古来の神信仰と新たに伝来した仏教信仰との融合現象）が進んでいた時代にあっては、神と仏との明確な区別はなく、当該今様は、天台山すなわち比叡山の根本中堂の本尊である薬師如来を意識したものになっている。南北朝時代ごろまでの延暦寺の記録『山門堂舎記《さんもんどうしやき》』によれば、根本中堂は、延暦七年（七八八）、最澄が比叡山に小堂を立てて、自作の薬師如来を安置したのが始まりであった。

「海」は海洋に限らず、湖沼などを含んで広く水をたたえている場所を指す。「常楽我浄」は悟りの境地を表し、永遠不変（常）であり、苦を離れて安楽であり（楽）、他に縛られることなく自在であり（我）、煩悩を離れて清浄である（浄）こと。千観《せんかん》（九一八〜九八四）作『極楽国弥陀和讃《ごくらくこくみだわさん》』に「八功徳水池《はちくどくすい》すみて　苦空無我の波唱へ　常楽我浄の風吹きて」とあるのをはじめとして（→一七七）、仏教歌謡の世界では類例が多く、常套的な表現であったことが確認できるが、当該今様は現実世界の広大な琵琶湖を浄土の池と捉えてみせる点で、実感を伴った壮大さを持っていると言えよう。きらきらと輝く波を、七宝（→一〇六）でできた蓮の花びらと見る譬えも美しく、瑠璃《るり》（光沢のある青い宝石。ラピスラズリ）から出来ているという薬師如来の浄土（→三四）にいかにもふさわしい。

近江《あふみ》の湖《みづうみ》に立つ波は　花は咲けども実《み》も熟《な》らず　枝ささず　や　比叡《ひえ》の御山《おやま》の西裏《にしうら》にこそ　や　水飲《みづのみ》ありと聞け

（四句神歌・神分・二五四）

【現代語訳】

琵琶湖に立つ波には、花は咲くけれど実もならず、枝も伸びないよ。だけどね、比叡のお山の西裏にはね、水の実ならぬ水飲があると聞いているよ。

【評】

琵琶湖の波を題材に、言葉遊びを展開した一首。荘厳な趣を持つ前歌（↓二五三）と好対照をなす。波頭を白い花に譬えることは古くから見られ、『万葉集』巻一三には「逢坂をうち出でてみれば近江の海白木綿花《しらゆふばな》に波立ち渡る」（逢坂をうち出てみると、琵琶湖には白い木綿の花のように波が立っている）とある。こうした見立てから「波の花」という歌語も生まれ、『古今和歌集』秋下、文屋康秀《ふんやのやすひで》詠に「草も木も色かはれどもわたつ海の波の花にぞ秋なかりける」（秋になれば、草も木も色が変わるけれど、色を変えることのない大海の波の花には秋はないのだなあ）と見える。このように波には花は咲くが、しかし、実はならず、枝も伸びない、とし、それなのに、比叡山の西裏には、ないはずの「水の実」があると洒落た。

「西裏」は琵琶湖のある東側（延暦寺や日吉大社のある坂本側）を比叡山の表とし、西の京都側を裏とみた表現。京都の西坂本（今の修学院離宮の辺り）からの登山路を雲母坂《きららざか》といい、「水飲」はその頂上付近の地名。一三世紀後半に成立した比叡山延暦寺の寺誌『叡岳要記《えいがくようき》』所収の天禄元年（九七〇）慈慧《じえ》大師良源《りょうげん》の起請文には、比叡山に籠る僧がいるべき場所を区切って、東は悲田院、南は般若寺、西は水飲、北は楞厳《りょうごん》院までとし、それ以上出てはならないことが記されている。その西の結界が「水飲」であり、『梁塵秘抄』三一二番歌「根本中堂へ参る道」の道行歌謡の中にも「雲母谷《きららだに》」と共に「水飲」の地名が見える。当該今様は、こうした重要な結界の地である「水飲」を、重々しい信仰の中にではなく、軽やかな洒落の中に歌い込めているのである。

遊女との交流も知られ、今様と関わりの深い歌人・源俊頼《としより》（一〇五五？〜一一二九？）は「比叡の山その大たけはかくれねどなほみづのみはながれてぞふる」（『永久百首』且見恋）と詠んでいる。ここでは「水のみ」（水だけ）と地名の「水飲」が掛けられている。

祇園精舎《ぎをんさうざ》のうしろには　世も世も知られぬ杉立てり　昔より　山の根なれば生《お》ひたるか杉　神のしるしと見せんとて

（四句神歌・神分・二五五）

【現代語訳】

祇園社の背後には何代を経たとも知られぬ古い杉が立っている。昔から山の麓であるからというので生えているのだろうか、杉よ。神の霊験を示そうとして。

【評】

祇園社、すなわち八坂神社の神木として杉をたたえた一首。「祇園精舎」は本来、インドの寺院名であるが、ここでは祇園社（今の八坂神社）を指す。祇園社を「祇園精舎」と言った例としては、元久元年（一二〇四）、俊成《しゅんぜい》九十一歳の折の『祇園社百首』に、「立春」の題で「逢坂の杉よりすぎにかすみけり祇園精舎の春のあけぼの」（逢坂山の杉林を過ぎてこちらの杉までずっと霞みがかかっていることだなあ、祇園社の春のあけぼのは）と詠んだものがある。

当該今様では、その「祇園精舎」の「うしろ」に杉の立っていることが示されるが、「うしろ」という空間は神秘性の強い特殊な空間であった。たとえば、強大な霊威を発揮する異質な仏神は、寺院の「後戸」に祀られ、やがてそれが歌舞芸能の神としての性格を付与されていったことなども思い合わされる（服部幸雄『宿神論——日本芸能民信仰の研究』岩波書店、二〇〇九年）。神秘性の強い空間に、長い時間を経て立ち続けてきた杉を取り上げることで、祇園社の森厳な雰囲気を強調し、強い畏怖の念を表していると見ることができよう。ただし、「生ひたるか杉」と、杉に親しく呼びかける表現は、信仰する人間と信仰される神とが厳しく隔てられているのではない、親愛の情に裏打ちされた信仰のあり方を示しているように思われる。

先に引用した俊成の和歌には、祇園社と杉とがともに詠み込まれていたが、同じ俊成の『祇園社百首』には「霜」の題で「冬くれば杉の梢の初霜に神さびにけるほどぞ知らるる」

（冬が来ると杉の梢におりる初霜に神々しさのまさる時を知ることだ）の一首もあり、祇園社の杉が詠まれている。時代は下るが、元徳三年（一三三一）に祇園社の大絵師・隆円によって作られた『祇園社絵図』（八坂神社蔵）には、本殿の後ろに三本の杉が描かれており（小椋純一「八坂神社境内の植生景観の変遷」『日本の神々と祭り――神社とは何か？』国立歴史民俗博物館、二〇〇六年）、戦国時代後期の『洛中洛外図屛風』（上杉本）にも同様に数本の杉が描かれている（盛本昌広『草と木が語る日本の中世』岩波書店、二〇一二年）。また、宝永五年（一七〇八）一〇月一四日の「祇園社御法楽和歌」には「ふかみどり山の岩根のかげふかくしげるも幾代杉の一むら」（深い緑の山の岩根の陰に鬱蒼と茂って幾代を経たのだろうか、この杉の一群は）の一首が見え、「山の岩根」「しげるも幾代」の表現が、当該今様の「山の根」「世も世も知られぬ」「昔より」の表現と類似しているが、この和歌が古色蒼然たる杉の神秘性を詠んでいるのに対し、当該今様はそうした杉に対する畏怖の念だけではなく、呼びかけによる親愛の情をも巧みに歌い込み、親しみやすい一首に仕立てている。

熊野へ参るには　何か苦しき修行者《しゆぎやうじや》よ　安松姫松五葉松《やすまつひめまつごえふまつ》　千里《ちさと》の浜
（四句神歌・神分・二五七）

【現代語訳】

熊野へ参詣するには何で苦しいことなどあろうか、修行者よ。苦しいどころか、たやすいという安松の地もあり、姫松、五葉松が茂り、美しい千里の浜もあるよ。

【評】

熊野詣の厳しさを慰める沿道の美しい風景を言葉遊びで仕立てた一首。「安松」は大阪府泉佐野市にある。蟻通神社の付近で、京から淀川を下り、和泉国（現在の大阪府南西部）・紀伊国（現在の和歌山県と三重県南部）の海岸伝いに南下する熊野参詣路（紀伊路）の途中にあたる。「日野根村近隣絵図」（一三一六年頃・九条家文書）に、熊野街道に沿った北側に家屋二棟が描かれ、「安松」と記されているのが文献上の初出である（『日本歴史地名大系　大阪府の地名Ⅱ』平凡社、一九八六年）。言葉遊びの上では、「苦し」に対して「易し」を導くために「やす」の音を含む「安松」の地名を出していると言えよう。「安松」から「松」の連想で「姫松」「五葉松」が続く。「姫松」は小さい松の愛称であるが、しばしば女性の譬えともなる。当該今様においても「修行者」と「姫」の取り合わせにはほのかな笑いを誘われる。

なお、現在、大阪市阿倍野区帝塚山一丁目にある熊野街道と南港通（大阪市の南港と平野を東西に結ぶ）の交点が姫松交差点と称され、その近くに阪堺電気軌道上町線の停留場の姫松駅がある。住吉の松がしばしば「住吉の岸の姫松」「住の江の岸の姫松」と和歌に詠まれたことから、その名勝が付近の地名となったらしい。地名としての「姫松」が確実に存在したのがいつからかは定かでないが、当該今様の「姫松」に地名が掛けられていた可能性もある（「梁塵秘抄選釈　第五回」『奈良教育大学国文』三六号、二〇一三年三月。当該今様の注釈担当者は西川学）。

「五葉松」は針葉が五本ずつ束になって生えるところから言う。

「千里の浜」は和歌山県日高郡みなべ町の海岸であるが、景勝地として古来、著名であったらしい。『伊勢物語』七八段には、「紀の国の千里の浜にありける、いとおもしろき石」が見え、贈り物とされるような美しい石を産したことが窺われる。『枕草子』「浜は」の段には「千里の浜、ひろう思ひやらる」とあって、名称からも広々とした美しい浜辺が想像されている。『平家物語』巻一〇「維盛出家」には「藤代の王子を初として、王子王子ふしをがみ参り給ふ程に、千里の浜の北、岩代の王子の御前にて……」とあり、藤代王子から南下して、岩代王子のさらに南側に千里の浜が位置することがわかる。下って建仁元年（一二〇一）一〇月一四日、後鳥羽上皇が熊野御幸の途次、滝尻王子で開催した和歌会において「浜月似雪」の題で詠まれた和歌が残っており、「千里の浜」が詠み込まれている。

雪にのみうつりはてぬる心かな千里の浜に澄める月影　（源通光）

雲消ゆる千里の浜の月影は空に知られて降らぬ白雪　（藤原定家）

これらの和歌には静かで清らかな海岸にさす月の光がまるで雪のように白く見える様子が幻想的に描かれているが、当該今様の「千里の浜」はむしろ、「千」と「松」とが結びついためでたさ、明るさを醸し出しており、修行者をはげます気分に満ちていよう。

鎌倉時代後期成立の類題和歌集（和歌を歌題別に分類したもの）『夫木和歌抄《ふぼくわかしょう》』に、

ちさとのはま　未国

くまのへまゐり侍るとて　寂恵法師

末遠き千里の浜に日は暮れて秋風おくるいはしろの松

とあり、編者は「ちさとのはま」の所在地を未詳としているが、詞書より、熊野詣の途次に通った場所であることは明らかである。道の遥かさを「千里」に込めつつ、過ぎてきた岩代王子の松を取り合わせている。当該今様の背景にも、この和歌に見えるような「千里の浜」と「松」との連想関係が働いていると言えよう。

熊野へ参らむと思へども　徒歩《かち》より参れば道遠し　すぐれて山峻《きび》し　馬にて参れば苦行《くぎやう》ならず　空より参らむ　羽賜《た》べ若王子《にやくわうじ》

（四句神歌・神分・二五八）

【現代語訳】

熊野にお参りしようと思うけれど、歩いて参詣すれば道が遠い。とりわけ山が険《けわ》しい。馬で参詣すれば苦行にならない。空からお参りしよう。羽を授けてください、若王子《にやくおうじ》の神よ。

【評】

馬の旅を否定しながら、翼を望むという、熊野詣に関するユーモラスな一首。身体的苦痛に耐えることこそ功徳となって、神仏の利益を得られるという考え方が前提にあるため、熊野詣には、馬に乗るほど楽をしてはならないが、かといって徒歩で行くのはひどくつらい。徒歩の旅と馬の旅との間に位置付けられるのが、与えられた翼を使い、自力ではばたいていくことであった。自由奔放な想像力がほほえましい。熊野に祀られた十二の神（十二所権現《ごんげん》）の中に「飛行夜叉《ひぎようやしや》」のいることや、神武天皇が東征の折、熊野で八咫烏《やたがらす》に導かれたという『日本書記』に見える伝承が、空から参詣するという発想のきっかけになった可能性もあろう。

「若王子」は、若宮とも呼ばれ、十二所権現の一つで、熊野の御子神（主神の子である神）の第一位とされた。当該今様では、直接には、その若王子の神を勧請し、祀った藤代《ふじしろ》王子を指すと考えられる（「梁塵秘抄選釈　第一回」『奈良教育大学国文』三二号、二〇〇九年三月。当該今様の注釈担当者は岡本大典）。熊野参詣路には、熊野の御子神を祀った社が設けられ、九十九王子と総称された。王子では奉幣や経供養、芸能の奉納が行われている。藤代王子は若一《にゃくいち》王子とも呼ばれ、和歌山県名草《なぐさ》山付近和歌の浦にある。十二所権現が初めに示現した地であり、熊野の神域の最初の入り口（一ノ鳥居）であった。

建仁元年（一二〇一）一〇月の藤原定家『熊野御幸記』によると、京都を出発してから藤代王子までは四日かかっており、それから七日で熊野本宮に到着している。京都から本宮までの道のりのおおよそ三分の一、いささか疲れも溜ってきた折、いよいよ熊野の神域に足を踏み入れるその藤代王子という結界の地で、参詣者は思いを新たにしたことであろう。当該今様の次に置かれた一首には、「和歌の浦」の地名とともに、若王子（藤代王子）が歌われている。

熊野の権現は　名草《なぐさ》の浜にこそ降りたまへ　若《わか》の浦にしましませば　歳はゆけども若王子　（二五九）

（熊野の神様は名草の浜にこそ降臨なさるのだ。和歌〈若〉の浦においでになるから、歳

を経てもいつまでも若い若王子でいらっしゃることよ）

> 八幡《やはた》へ参らんと思へども　賀茂川桂川《かもがはかつらがは》いと速し　あな速しな　淀《よど》の渡りに舟浮《う》けて　迎へたまへ大菩薩《だいぼさつ》
>
> （四句神歌・神分・二六一）

【現代語訳】
石清水八幡宮《いわしみずはちまんぐう》にお参りしようと思うけれど、賀茂川も桂川も流れがとても速い。ああ速いことだなあ。淀の渡し場に舟を浮かべて、お迎えください、八幡大菩薩《はちまんだいぼさつ》よ。

【評】
石清水八幡宮（京都府八幡市男山に鎮座）への水路参詣の困難さを歌う一首。八幡大菩薩自身の舟のお迎えで救ってほしいと望む。熊野詣に羽を望む前歌（→二五八）と同様の趣向である。

京都市を南北に流れる賀茂川は、北西から東南に流れる桂川（桂川の上流は大堰川、そのさらに上流は保津川と呼ばれる）と合流し、その桂川は宇治川、木津川と合流して淀川となる。淀は、桂川・宇治川・木津川三川の合流地点で水運の中心地であった。八幡神は、平安時代初期には鎮護国家の神として、護国霊験威力神通大自在王大菩薩、大自在王菩薩などと称され、「八幡大菩薩」の略称が広く用いられた。神仏習合現象の一つである。煩悩の海に沈む衆生を仏・菩薩が救い上げて船に乗せ、彼岸（悟りの境地）あるいは浄土に渡すという発想は仏教歌謡の中にしばしば見られるが、当該今様の背景にも同様の考え方が窺える。

目前に見る自然の脅威によって、その困難な道の先にある社の尊さはさらに増すであろう。仏教的常套表現が、生き生きとした実感をもって捉え直されている一首と言えよう。

金《かね》の御嶽《みたけ》にある巫女《みこ》の　打つ鼓《つづみ》　打ち上げ打ち下ろしおもしろや　われらも参らばや　ていとんとうとも響きなれ　響きなれ　打つ鼓　いかに打てばか　この音《ね》の絶えせざるらむ

（四句神歌・神分・二六五）

【現代語訳】

金峰山にいる巫女が打つ鼓よ、打ち上げ打ち下ろしして面白いことだよ。われらも鼓を打ち申し上げたいことだ。テイトントウとも響き鳴れ、響き鳴れ。打つ鼓よ。どんな風に打っているから、このように音が途絶えることなく響くのだろう。

【評】

巫女が神を降し、神がかりするために鼓を打つ様子を歌った一首。金の御嶽は奈良県吉野郡の金峰山。名高い霊山で、源顕兼《あきかね》（一一六〇〜一二一五）編の『古事談《こじだん》』巻三−一二五話には、金峰山の「正しき巫女」（占いのよくあたる巫女）が登場する。「打ち上げ打ち下ろし」は、鼓の音の緩急（高く強く速くなったり、低く弱く遅くなったり）を示すとともに、それと連動して鼓を構える位置に高低が生じているものと考えたい。

中世の絵巻物を繙くと、『春日権現験記絵《かすがごんげんげんきえ》』巻一五には、座って、左肩の上に置いた鼓を打つ巫女の姿が描かれ、『馬医草紙《ばいぞうし》』には胸の下あたりで縦向きに持った鼓の下面を右手で打っている巫女の立姿が描かれる。また、『石山寺縁起《いしやまでらえんぎ》』巻五には、座った膝の上に横に倒した鼓を置き、右側の革を右手で打っている巫女の姿も描かれている。体に対してさまざまな高さで鼓が打たれていることが窺われるのである。当該今様では、巫女の持つ鼓自体のダイナミックな動きと音の変化とがあいまって「おもしろや」の感嘆につながるものと思われる。

「参る」は、従来、「参詣する」の意に解されてきたが、当該今様ではすでに参詣して巫女の鼓の音を「この音」として聴いていると考えられるから、この「参る」は「する」の謙譲語で、鼓を打つことそのものを指しているのであろう（「梁塵秘抄選釈　第一回」『奈良教育大学国文』三二号、二〇〇九年三月。当該今様の注釈担当者は佐々木聖佳)。神を降す巫女の興奮状態に引き込まれ、巫女と一体となって、鼓に「響き鳴れ、響き鳴れ」と命じる歌い手の様子が髣髴する。『梁塵秘抄』には、

寝たる人　うちおどろかす鼓かな　いかに打つ手のたゆかるらん　いとほしや　(四七一)

(寝ている人の目をはっと覚まさせる鼓の音だよ。その鼓を打つ手はどんなにだるいことだろう。かわいそうにね)

という一首もある。鼓を打つ巫女に寄り添う表現を持つ点で二首は共通するが、二六五番歌が巫女への賞賛を、四七一番歌が巫女への同情を歌っている点で好対照をなしている。

不動明王《ふどうみやうわう》恐ろしや　怒《いか》れる姿に剣《けん》を持ち　索《さく》を下げ　うしろに火炎《くわえん》燃え上《のぼ》ると
かやな　前には悪魔寄せじとて降魔《がま》の相《さう》
(四句神歌・仏歌・二八四)

【現代語訳】
不動明王は恐ろしいことだ。忿怒《ふんぬ》の姿で剣を持ち、縄を下げ、背後には火炎が燃え上がる

とかいうことだ。前には悪魔を寄せつけまいとして、猛々しい降魔の形相をしているよ。

【評】

不動明王の姿を具体的に生々しく歌う一首。不動明王は、仏法を悪から守り、すべての悪を退治すると信じられた神。煩悩を断ち切る剣と、言うことを聞かない者を調伏する縄(羂索《けんさく》)を持つ。背後の火炎は、毒蛇を食らうという迦楼羅《かるら》(金翅鳥《こんじちょう》と訳される伝説上の巨鳥)を象ったもの、「降魔の相」は、悪魔を降伏させる時の怒りの形相。『梁塵秘抄』には、仏・菩薩の慈愛に満ちた優しい姿を歌う今様が多く収められているが、一方で当該今様のような全身に怒りを漲らせた不動や、猛火の地獄を訪れる地蔵(→四〇)などの荒々しさ、勇猛さに焦点を当てたものもあって印象的である。

不動明王は、今様の流行した平安時代末期から鎌倉時代には修験道における主要な崇拝対象になっていった。たとえば、熊野の那智の滝で修行した文覚(一一三九〜一二〇三)の不動明王信仰はよく知られている。今様には、修験者としての聖や山伏を歌ったものも多く(→三〇六、四二五、四二七)、恐ろしくも霊験あらたかな不動明王への関心は、山伏らの活躍を通しても、今様を支えた人々の間に高まっていったであろう。

不動明王は多数の絵画・彫刻に表現されているが、今様と同時代の画像で著名なものは、身の色から「青不動」と通称する青蓮院蔵のもの、「赤不動」と通称する高野山明王院蔵のものである。平安前期の作で園城寺蔵の「黄不動」と合わせ三不動と呼ばれる。当該今様はこうした画像を目の前にしたような具体的な表現を持っている。「青不動」は特に華麗な迦楼羅炎が特徴的だが、当該今様の持つ視覚的鮮やかさはこのような画像によって育まれたものと考えられる。鎌倉時代前半に成立した説話集『宇治拾遺物語』三八話には、絵仏師良秀《よしひで》が自分の家の焼けるのを見て、不動明王の火炎の描き方を会得したと喜ぶ話が見え、不動明王の背負う炎が絵画制作上の重点になっていたことが窺われる。

> 極楽浄土の東門《とうもん》に　機《はた》織る虫こそ桁《けた》に住め　西方《さいはう》浄土の灯火《ともしび》に　念仏の衣《ころも》ぞ急ぎ織る
> （四句神歌・仏歌・二八六）

【現代語訳】

極楽浄土の東門たる四天王寺の西門で、機織る虫こそはその桁に住んでいるよ。西方浄土の灯火をたよりに、念仏の衣を急ぎ織っているのだよ。

【評】

大阪の四天王寺西門で見出したキリギリスを、一生懸命に念仏の衣を織っていると捉えてみせた一首。自由自在な見立てと聞きなしが楽しい。

「機織る虫」は「はたおり」「はたおりめ」「はたおりむし」とも言い、キリギリスの古称。ギーッチョン、ギーッチョンという鳴き声を機織りの音と聞いたところからの名称だが、ここでは、その鳴き声を念仏唱和の声としてもとらえ、二重の意味を持たせて「念仏の衣を織る」とした。

舞台となる大阪の四天王寺の西門は、極楽浄土の東門と向かい合っている、あるいは極楽浄土の東門そのものであるという考え方があった。前者の考え方を表すものとして、『梁塵秘抄』には「極楽浄土の東門は難波《なには》の海にぞ対《むか》へたる」と歌う今様(一七六)があって、極楽浄土の東門と四天王寺の西門が難波の海(大阪湾)をはさんで向かい合っているという認識が示される。二八六番歌においては、四天王寺西門を極楽の東門そのものとして、桁(柱と柱を結ぶように渡してその上に構築するものの支えとする材木)に住むキリギリスに焦点が当てられている。

本来、四天王寺の信仰の中心は、宝塔・金堂にあったが、西方極楽浄土への憧れが高まると、信仰の中心は、より西側にある西門に移った。鳥羽院の頃から盛んになってきた新興の西門信仰を歌った当該今様は、まさに「今様」(=当世風)の一首だったのである(植木朝子「四天王寺西門信仰と今様」『日本歌謡研究』四七号、二〇〇七年一二月)。

妙見大悲《めうけんだいひ》者《しや》は　北の北にぞおはします　衆生《しゆじやう》願ひを満《み》てむとて　空には星とぞ見えたまふ

（四句神歌・仏歌・二八七）

【現代語訳】

妙見菩薩様は、空の北の果てにいらっしゃるよ。衆生の願いをかなえようというので、空には星としてのお姿を現していらっしゃるのだよ。

【評】

星の信仰を歌った一首で、四句神歌・仏歌の最終歌。

「妙見大悲者」は北極星を神格化した妙見菩薩を言うが、信仰の対象にはしばしば北斗七星も含まれる。「大悲者」は大きな慈悲の心を持つ者の意で、ふつう、観音菩薩の尊称に用いるが、妙見菩薩の本地を観音とする考え方もあり（『覚禅抄《かくぜんしよう》』）、ここでは妙見菩薩に用いて、信仰の深さを強調しているのであろう。妙見菩薩は、国土を擁護し、災難を消滅させ、敵を退ける菩薩とされ（『七仏八菩薩所説大陀羅尼神呪経《しちぶつはちぼさつしよせつだいだらにしんじゆきよう》』）、三井寺では、この菩薩を本尊とする修法・尊星王法《そんしようおうほう》は、秘法中の秘法とされる。尊星王法は今様の流行した院政期に特に重んじられるようになり、白河・鳥羽両天皇によって、三井寺には二つもの尊星王堂が建てられた。応永年間（一三九四〜一四二八）に、三井寺の記録を集大成した『寺門《じもん》伝記補録《でんきほろく》』によると、「尊星王堂　北院」は、承暦四年（一〇八〇）、白河天皇によって建てられたものであり、等身の尊星王菩薩（妙見菩薩）像が安置された。また、「尊星王堂中院」は、三井寺の平等院内に鳥羽天皇が一堂を建てて、尊星王菩薩像を安置したことに始まるが、後白河院もまた信仰が深く、永暦二年（一一六一）には、この尊星王堂の供養に臨幸した。こうした時代背景を考えると、今めかしい素材としての妙見菩薩は、仏歌の最後を飾る一首にふさわしいものと言えよう。

文殊の海《かい》に入りしには　娑竭羅王《しやがらわう》波をやめ　龍女《りゆうによ》が南へ行きしかば　無垢《むく》や世界にも月澄めり
（四句神歌・経歌・二九三）

【現代語訳】

文殊菩薩が海にお入りになった時には、娑竭羅王《しやがらおう》は荒波をしずめてお迎えし、龍女が南へ行ったので、南方無垢世界にも月が澄み渡っている。

【評】

龍女成仏（→二〇八）とそれに先立つ文殊菩薩の龍宮行きを歌った一首。『法華経』提婆《だいば》達多品《だつたほん》には、文殊菩薩が海中で『法華経』を説いたことは記されるが、海に入る時の描写は見られない。当該今様は、龍女の父・娑竭羅王が荒波をしずめて文殊を歓迎したであろうと想像し、荒海に入ろうとする文殊、命令する娑竭羅王、静まる波、といった動きのある劇的な場面を作り上げている。

「無垢や世界」の「や」は音の調子を整えるために添えた間投助詞で、「無垢世界」と同じ。龍女の浄土は「南方無垢世界」と呼ばれる。『法華経』提婆達多品によると、龍女は文殊菩薩の教えを聞いて悟りを開き、たちまちに男子と成って南方無垢世界へ行き、蓮華の上に坐して、衆生のために法を説いた。月の描写も経本文には見えないが、当該今様は、龍女の悟りを澄んだ月に譬え、静かな波と対比させて美しい一首に仕立てている。

なお、鎌倉時代には、獅子に乗った文殊菩薩が四人の侍者とともに海を渡る、渡海《とかい》文殊像（彫刻・絵画）が制作されるようになる。一群の像は、中国における文殊の聖地五台山信仰を背景に生まれた図像に基づくが、海を渡る表現は日本に独特のものとされる。古い作例として、文永一〇年（一二七三）康円作、渡海文殊像があるが、この像では台座の框の上面に波が描かれている。また、醍醐寺蔵「文殊渡海図」（一三世紀）では海の波の上に雲が描かれ、その上に、四人の眷属を従えて獅子に乗った文殊菩薩が描かれる。平安時代の現存例は知られないが、海に入る文殊を歌う今様の成立は、このような図像の成立と軌を一にするものと言えるのではないだろうか。

われらが修行に出《い》でし時　珠洲《すず》の岬をかい回り　うち巡り　振り捨てて　一人《ひとり》越路《こしぢ》の旅に出でて　足打《あしうち》せしこそあはれなりしか

（四句神歌・僧歌・三〇〇）

【現代語訳】

私が修行に出た時は、珠洲の岬をぐるりと回り、ずっと巡って行き、ついには岬を振り捨てて、一人北陸路の旅に出て、足を痛めたことこそしみじみとつらいことだったよ。

【評】

孤独で苦しい修行の日々を回想した一首。「われら」の「ら」は、後の句に「一人」とあることから、複数を表す接尾語ではなく、自らを卑下していうものと考えられる。「珠洲の岬」は能登半島の北東端の岬。承元三年（一二〇九）長尾社歌合《ながおしやうたあわせ》に「海辺帰雁」の題で詠まれた和歌として、

いくつらぞ珠洲の岬を振り捨てて越なる里へいそぐ雁がね

（『夫木和歌抄《ふぼくわかしよう》』顕昭《けんしよう》）

（幾列になるだろうか、珠洲の岬を振り捨てて越の里へと急ぎ飛んでいく雁たちよ）

の一首が見える。「珠洲」に「鈴」を掛け、「鈴」の縁語である「振る」に続けていく表現、「珠洲の岬」から「越」への移動を詠む点は（人と雁との違いはあるものの）、当該今様と共通している。

『源平盛衰記』巻四六によれば、文治元年（一一八五）九月に能登国へ流罪となった平時忠の配所は「鈴の御﨑」であった。都から遠い辺境の地というイメージが見てとれる。珠洲の岬に聳える須須嶽《すずがだけ》には、須須神社が鎮座しており、『延喜式』神名帳《じんみょうちょう》の「能登国　珠洲郡三座」の筆頭にも「須須神社」が挙げられているが、一一世紀後半から一二世紀にかけて、修験霊場へと変貌していった（『珠洲市史』第六巻「中世の珠洲」石川県珠洲市役所、一九八〇年。執筆者は東四柳史明）。

「越路」は北陸道のことで、日本海沿岸の若狭・越前・越中・越後・加賀・能登・佐渡の七国（現在の福井・富山・石川・新潟の四県）を指す。

「足打」は、足がもつれること、足を痛めること、地団駄を踏むこと、足の疲れをとるためにたたいて揉みほぐすことなど諸説あり、「足占《あしうら》」（歩いて行って左右どちらの足で目標地点に着くかによって吉凶を占うこと）ととる説（集成）もあるが、「あはれ」に直接つながることからすると、足を打ちつけて痛めたというような直接的な苦痛を言っているものと考えたい。しかしその肉体的苦痛は回想の中に歌われていることによって、ややおぼろげになり、珠洲の岬といった都からはるかに遠い場所に焦点を当てることとあいまって、感傷的な気分を漂わせてもいよう。

春の焼野《やけの》に菜《な》を摘めば　岩屋《いはや》に聖《ひじり》こそおはすなれ　ただ一人　野辺《のべ》にて　たびたび会ふよりは　な　いざたまへ聖こそ　あやしの様《やう》なりとも　わらはらが柴《しば》の庵《いほり》へ
（四句神歌・僧歌・三〇二）

【現代語訳】
春の焼野で若菜を摘んでいると、岩の洞窟に聖がいらっしゃる。一人ぼっちで。野辺でたびたび会うよりは、ね、さあいらっしゃいませ、聖よ。見苦しい所ではあるけれど、私の粗末な柴の庵へ。

【評】
若菜摘みの女性が修行の聖を誘惑する歌。
「焼野」は早春に枯れ草を焼き払った野。その後に萌え出てきた若菜を摘む。「聖こそ」

の「こそ」は呼びかけ、「わらはら」は女性の謙遜した一人称代名詞「わらは」に、卑下の意を添える「ら」がついたもの。聖への敬意を示しながら巧みに誘惑する女性の言葉遣いには、つい引き込まれそうな臨場感がある。『梁塵秘抄』の中で次に置かれた三〇三番歌と連作と考えると、天魔が美女に変身して（あるいは天魔が魔性の女を送り込んで）、聖の修行を妨げる歌とも読めるし、もう一首後に置かれた、若く美しい僧に対する関心を歌った三〇四番歌のように、教えを受けるべき女性が聖に恋愛感情を抱いた歌とも読めよう（→三〇三・三〇四）。いずれにせよ、若菜摘みをする女性と一人石窟で修行する聖とがいる状況を独白的に説明する導入部に、聖に誘いかける女性の台詞が続くという戯曲的な構成を持っており、演劇に伴う歌謡であった可能性が高いようにも思われる。

藤原明衡《あきひら》（九八九？～一〇六六）の記した『新猿楽記《しんさるがくき》』には、「山背大御《やましろおほいご》が指扇《さしあふぎ》」という寸劇の演目が記されるが、これは、扇で顔をさし隠し、つつましやかに装いながらも、男性をじっと見つめて気を引こうとしている女性の様子を滑稽に演じたものと考えられる（植木朝子『梁塵秘抄とその周縁』三省堂、二〇〇一年）。当該今様がこうした寸劇に伴う歌謡であったと考えると、この今様を台詞として歌っている女性に対し、その誘惑に負けそうになっている、あるいは負けてしまったという聖の（役者の）身振りは、観客を大いにわかせたことであろう。

柴《しば》の庵《いほり》に聖《ひじり》おはす　天魔《てんま》はさまざまに悩ませど　明星《みやうじやう》やうやく出づるほど　終《つひ》には従ひ奉《たてまつ》る
（四句神歌・僧歌・三〇三）

【現代語訳】

粗末な柴の庵に聖が修行をしていらっしゃる。天魔は一晩中さまざまな妨害をして聖を悩ませたけれど、明けの明星がやっと出たころ、遂に天魔は、聖に従い申したのであった。

【評】

修行者が天魔の誘惑に打ち勝った場面を歌う一首。源信（九四二〜一〇一七）作『天台《てんだい》大師《だいし》和讃《わさん》』の「其後華頂峰《かちやうほう》にして　後夜に座禅し給ふに　天魔は種々《さまざま》悩ませど　降伏《がうぶく》し給ひ終りにき　明星漸く出づる程　胡僧《こそう》形を現じてぞ」とある部分に依拠しているが、天台大師個人の修行譚を離れ、修行者一般の物語として受け取られたものと思われる。天魔が修行者を妨害するという話は多く見られ、たとえば平安時代後期の説話集『今昔物語集』巻一ー六話には、悟りを開く前の釈迦が修行しているところに、天魔が自らの美しい娘三人を遣わして誘惑させたり、恐ろしい異形の者たちを送って脅させたりした話が載る。典拠の和讃が、大師が天魔を降伏した、としているのに対し、当該今様は、天魔が修行者に従い申した、と一貫して天魔の側に視点がある点は興味深い。『梁塵秘抄』には他にも、天魔と八幡神の対話を含んだ今様がおさめられているが、それらも、天魔からの働きかけに中心があって、八幡神の反応は描かれていない。

天魔が八幡《やはた》に申すこと　頭《かしら》の髪こそ前世《ぜんせ》の報《ほう》にて生《お》ひざらめ　そは生ひずとん　絹蓋《きぬがさ》長幣《ながぬさ》なども奉らん　呪師《じゅし》の松犬《まついぬ》とたぐひせよ　しないたまへ　（三三七）

（天魔が八幡の神に向かって言う言葉。「頭の髪こそ前世の報いで生えないのでしょう。それは生えなくてもよい。頭を隠せるように、絹蓋、長幣なども差し上げましょう。呪師の松犬と仲良くおやりなさい。そうしなさいよ」）

吉田野《よしだの》に神祀《まつ》る　天魔《てま》は八幡《やはた》に葉椀《くぼて》さし　葉盤《ひらで》取り　賀茂《かも》の御手洗《みたらし》に精進《さうじ》して　皿には石陰子《かせ》こそさ砂《いさご》ほどは取れ　（四一八）

（吉田野に神を祀る。天魔は八幡の神に葉椀〈柏の葉などを何枚も重ねて綴り、中を窪ませて作った椀型の食器〉を供え、葉盤〈柏の葉などを重ね合わせて作った皿〉を設け、「賀茂の御手洗川で精進して、皿には海胆《うに》をほんの砂粒ほどだけお取りなさい」）

本来ならば主役であるべき八幡神がからかわれる対象となり、芸能者の呪師と仲良くおやりなさい、と暗に男色を勧めるような言葉（三三七）や、精進中に海胆といった生臭物を勧めるような様子（四一八）が連ねられ、天魔の行動や言葉の方に焦点が当てられている

（植木朝子『梁塵秘抄の世界』角川選書、二〇〇九年）。三〇三番歌において、天魔は聖に敗北するのではあるが、あくまでもその天魔の側に寄り添って歌っていく姿勢は、権威あるものを批判的に見ようとする今様の性質の一端を示していると言えよう。

> 峰の花折る小大徳《こだいとく》　面立《つらだち》よければ裳袈裟《もげさ》よし　まして高座《かうざ》に上《のぼ》りては　法《のり》の声こそ尊けれ
>
> （四句神歌・僧歌・三〇四）

【現代語訳】

峰の花を折っている小大徳、顔だちもいいし、裳や袈裟をつけた姿もほれぼれする。まして高座に上がった時は、説経の美声が本当に尊く聞こえることよ。


【評】

若く美しい僧に対する関心を率直に歌った一首。「大徳」は高徳を備えた人の意で、僧に対する敬称。ここは「小大徳」で年若い僧を表す。「裳」は腰に着用する衣、「袈裟」は僧服で左肩から右脇下にかけて掛けるもの。

鎌倉時代前半に成立した説話集『宇治拾遺物語』一七五話には、文殊菩薩が「小大徳」

の姿で現れるという描写があり、同じ人物が「小僧」とも呼ばれている。すなわち、当該今様の「小大徳」の語は、少年のように見えるほどの年若さを提示しているのである。「峰の花折る」は仏に供える花を折っていることを表すが、少年のように若く、姿も声も美しい僧が花を手折る様子は、官能的な連想をも誘う。僧が花のように美しいことを示すと同時に、「花を折る」とはしばしば、男性が女性を得ることの比喩になるからである（→四五一）。僧の魅力に心ときめかせている聴聞の女人たちは、自らがあたかも折られた花々のようでもある。和泉式部との恋愛説話で著名な道命（→一五）も、「経をめでたく読み」（『宇治拾遺物語』一話）、「その音《こゑ》微妙《みめう》にして、聞く人皆、首《かうべ》を低《かたぶ》け貴《たふと》ばずと云ふ事無し」（『今昔物語集』巻一二―三六話）という美声の持ち主であった。和泉式部も伝承の中で、美声の僧に手折られた一輪の花だったと言えようか。

『枕草子』には「説経の講師《かうじ》は、顔よき。講師の顔をつとまもらへたるこそ、その説くことの尊さもおぼゆれ」とあり、説経の講師は顔が美しければこそ、その顔をじっと見つめて説経を聞くから、教えの尊さも身にしみるといっており、美貌の僧への熱いまなざしが普遍的なものであったことを窺わせる。ただし、『枕草子』が、講師の顔かたちが説経を左右するといった不謹慎なことは仏罰が恐ろしいので書き続けるまい、として途中で書き止めているのに対して、当該今様はより一層大胆な心情吐露になっていると言えるだろう。

聖《ひじり》の好むもの　木の節《ふし》鹿角《わさづの》鹿の皮　蓑笠《みのかさ》錫杖《しやくぢやう》木欒子《もくれんじ》　火打笥《ひうちけ》岩屋《いはや》の苔《こけ》の衣《ころも》
（四句神歌・僧歌・三〇六）

聖の好むもの　比良《ひら》の山をこそ尋ぬなれ　弟子やりて　松茸《まつたけ》平茸《ひらたけ》滑薄《なめすすき》　さては
池に宿る蓮《はす》の蔤《はひ》　根芹《ねぜり》　根蓴菜《ねぬなは》　牛蒡《ごんばう》河骨《かはほね》独活《うど》蕨《わらび》土筆《つくづくし》
（四句神歌・雑・四二五）

【現代語訳】
修験者の好むものは、木の節、鹿角、鹿の皮、蓑笠、錫杖、木槵子《もくげんじ》、火打笥、岩屋の苔の衣。

修験者の好むものは、比良の山をこそ探したことだ、弟子を遣って。探し当てたものは、松茸、平茸、滑薄、それから池に生えている蓮の蔤《はい》、根芹、根蓴菜《ねぬなわ》、牛蒡《ごぼう》、河骨《こうほね》、独活、蕨、土筆《つくし》。

【評】
聖の好むもの尽くし。「聖」は山野で修行する修験者のこと。僧歌の部に入っている前者は身にまとうものを中心に道具類を並べ、雑の部に入っている後者は全体にややくだけた趣で、山で採れるさまざまな食べ物を並べる。

三〇六番歌の「木の節」は中が空洞になった木のこぶで、托鉢用の鋺《かなまり》の代用とした。永観二年（九八四）に完成した仏教説話集『三宝絵《さんぼうえ》』下・熊野八講会に「僧供《そうぐ》は鉢鋺《はちかなまり》をも設《まう》けず、木のこぶに受け……鹿皮衣《ししのかはごろも》を着、脛巾《はばき》をしたり」と見える。「鹿角」は鹿の角で杖の頭に付けた。『今昔物語集』巻二九‐九話に「鹿の角を付けたる杖」を持つ法師が見える。明応九年（一五〇〇）末に成立した、歌合形式をとった職人絵『七十一番職人歌合《しちじゅういちばんしょくにんうたあわせ》』では、鉢叩《はちたたき》（瓢簞を叩いて歩き回る宗教的芸能者）の持ち物として、瓢《ひさご》を結びつけた鹿角杖が描かれている。「鹿の皮」はなめして僧衣とした（右に引用の『三宝絵』）。

「錫杖」は頭部に数個の金属の環をつけた杖。振ると音が鳴る。「木欒子」は木槵子の別称。落葉高木で実を数珠《じゅず》玉《だま》にする。鎌倉時代前半に成立した説話集『宇治拾遺物語』六話には「木欒子の念珠《ねんず》の大きなる繰りさげたる聖法師《ひじりほふし》」が見える。「火打筒」は火打石を入れておく箱。「岩屋の苔の衣」は岩屋（岩窟）に生えている苔を衣と見立てたものか。「苔の衣」は僧侶や隠者の衣を言うので言葉遊びとして「衣」を続けたのであろう。

四二五番歌はまず三種の茸《きのこ》をあげ、山菜の名前が続く。「比良の山」は琵琶湖西岸、比叡山北方にある山地。「滑薄」は榎茸《えのきだけ》の異称、「蓮の蕾」は蓮根の古称、「根芹」は芹の異称、「根蓴菜」はじゅんさいの異称である。茸と聖や僧は関係が深く、『今昔物語集』や

『宇治拾遺物語』『沙石集』などの説話集には、茸にあたって死んでしまったり、死ぬはずが助かったり、死後、茸に生まれ変わったりする僧の話が散見する（小峯和明『説話の森――中世の天狗からイソップまで』岩波現代文庫、二〇〇一年）。中国に目を向けると唐代の小説『冤債誌《えんさいし》』には次のような話が見える。

徽州《きしゅう》の汪氏《おうし》の墳墓を二十年間守っていた僧がいた。その遺骸を葬った跡に多くの茸が生えてきた。この茸は大変美味で、いくら採っても次々生えてくる。汪氏は盗まれるのを恐れて周囲に垣根を作った。隣人が、夜ひそかに垣根を越えて中に入り、茸を採ろうとすると、茸の生えていた木が話し出す。「この茸はお前が食べられるようなものではない。無理に採れば必ず災いを受けるであろう。私は昔の庵主であるが、修行もせずにただ布施を受けるのみだったため、死後に罰を受け、茸となって生前の償いをしなければならなくなった。この茸の美味なのは、私の精血の化するところだからである。しかし、その償いもすでに終わったので、そろそろここを立ち去るつもりだ」。隣人が驚いて汪氏に告げたので、汪氏が見に行ってみると、確かに茸は一つ残らずなくなっていた。

僧の精血の化した茸とはいささか気味が悪いが、茸の不思議な力（いくら採っても次々生えてくる、一夜にして姿を消す、種類によっては毒を持つ、など）から生み出された話であろう。

下って、狂言「茸《くさびら》」では、抜いても抜いても生えてくる茸を気味悪く思った男が山伏に祈禱を依頼する。山伏が自信たっぷりに祈ると茸はますます増えて、しまいには山伏を追い払ってしまう。当該今様で歌われるような聖と茸との関わりの深さは、やがて力関係の逆転を生み、滑稽な笑いの芸能となっていくのである。

「〇〇の好むもの」という初句を持つ今様は多く、「博打《ばくち》の好むもの」(一七)、「遊女《あそび》の好むもの」(→三八〇)、「武者《むさ》の好むもの」(四三六)などがあるが、その中で「聖の好むもの」が二首、「凄き山伏《やまぶし》の好むもの」(→四二七)が一首あることからすると、特に、今様の修行者に寄せる関心の高さが窺われる。

> いづれか法輪《ほふりん》へ参る道　内野《うちの》通りの西の京　それ過ぎて　や　常磐林《ときはばやし》のあなたなる　愛敬《あいぎやう》流れ来る大堰川《おほゐかは》
> (四句神歌・霊験所歌・三〇七)

【現代語訳】

どれが法輪寺へ参詣する道かといえば、内野を通って西の京、それを過ぎて、ほら、常磐林の向こうに見えるのは、ほんのり色っぽい感じの漂ってくる大堰川。

【評】

御利益の著しい寺社について詠じた霊験所歌《れいげんしよのうた》の中の一首。洛中から法輪寺への参詣路を歌う。法輪寺は嵐山渡月橋の南にあり、虚空蔵菩薩を祀る。『枕草子』の「寺は」の段にも「壺坂《つぼさか》」「笠置《かさぎ》」について名が見えている。「内野」は大内裏跡の野の意。大内裏はしばしば焼亡したため、その跡を「野」とした呼び名である。「西の京」は平安京のうち朱雀大路より西の区域。『梁塵秘抄』では「西の京行けば　雀　燕《つばくらめ》　筒鳥《つつどり》や」（→三八八）と歌われ、鳥類に譬えられる遊女たちがたむろする場所でもあったらしい。「常磐林」は右京区太秦広隆寺北一帯の林で、現在でも京福北野線の駅に「常盤《ときわ》」がある。歌枕としては「常磐の森」が多く詠まれるが、鎌倉時代後期成立の類題和歌集（和歌を歌題別に分類したもの）『夫木和歌抄《ふぼくわかしよう》』に、「常磐林」の用例がある。

嵯峨野なる常磐林は名のみしてうつろふ色に秋風ぞ吹く　（実冬《さねふゆ》）

（嵯峨野にある常磐林は、色が変わらない常緑樹という意味の「ときは」という名を持つのに、それは名ばかりで、実際の常磐林の木々は紅葉しており、そこに秋風が吹いていることだ）

最終句「愛敬流れ来る」の「愛敬」は愛らしさ、特に女性の媚を含んだなまめかしさを表すが、ここは、大堰川沿いの遊女を念頭に置いたものと解されている。南北朝初期に成立した事典『拾芥抄《しゅうがいしょう》』霊所部には「大井河」の注として「傀儡《くぐつ》、上一町バカリニ居住ス」と記されているからである。「傀儡」とは芸能者の集団で、男女がグループを形成した。男たちは狩猟に従事し、奇術幻術の類や木偶《でく》を舞わせるなどの芸を見せた。女たちは歌を歌い、客をとって夜をともに過ごすこともあった。したがって傀儡女《くぐつめ》は広義の遊女といってよい。法輪寺に限らず、寺社の周りには参詣客をあてこんで遊女らがひしめきあっていた。今様は寺社参詣に付随する性的なものをも、のびのびと掬い上げているのである。当該今様では、先の和歌で見たように、「ときは」すなわち色を変えない常緑樹のごつごつした印象を持つ「常磐林」と、「愛敬」すなわち柔らかな色っぽい雰囲気の漂う「大堰川」が対比的に並べられていて、言葉遊びの上でも味わい深い。

> 黄金《こがね》の中山《なかやま》に　鶴と亀とはもの語り　仙人童《わらは》の密《みそ》かに立ち聞けば　殿《との》は受領《ずりやう》になりたまふ
> （四句神歌・雑・三二〇）

【現代語訳】

黄金に輝く山の中で、鶴と亀とが何か語り合っている。仙人に仕える童子がこっそり立ち聞きしてみれば、殿様が受領におなりになるというめでたいお話だったよ。

【評】

神仙世界と現実世界を結ぶような祝い歌。屋敷の主人が受領になった（あるいはこれからなるであろう）ことを寿ぐ歌で、貴族の邸宅に出入りする芸能者が歌ったものであろう。「中山」は、仙境の中心の山といった意味にも受け取れるが、『梁塵秘抄』には、修行時代の釈迦が「檀特山《だんどくせん》の中山《なかやま》に　六年行ひたまひしか」（檀特山の山中で六年間も仏道修行をなさった）（二一九）と歌う一首があって、「中山」が山中の意味で使われているので、第一句は「黄金に輝く山の中で」と解しておきたい。黄金でできた山とはいかにもめでたく、富の象徴としてふさわしい。受領になれば、そうした山のような黄金を手にすることができるのだということも暗示されているだろう。

鶴も亀も不老長寿を表すめでたいもので、『梁塵秘抄』の祝い歌にもしばしば登場する。ただし、海に亀が「遊ぶ」（三一八・三二一）、松の梢に鶴が「遊ぶ」（三一六）のように、「遊ぶ」と表現されることが多いのに対し、当該今様は、鶴と亀とが「もの語り」と、積極的な擬人化によって両者の対話の様子を取り上げている。さらに、仙人に仕える童が立ち聞きをするという、世俗のいたずらっ子のような姿を描き、童話風の微笑ましい情景を作り上げている。

「受領」は、中央から派遣され、国の支配にあたった地方官（国司）の最高者であり、任国内の支配は受領に大きくゆだねられたので、徴税を強化するなどして、莫大な財産を得た者も多かった。平安時代の漢詩文集『本朝文粋《ほんちょうもんずい》』六には国司の楽しみとして「金帛蔵に満ち、酒肉案に堆す」（金銭や絹などの財宝が蔵に満ち、酒や贅沢な料理が食卓にあふれる）ことをあげている（「案」は机《つくえ》の意）。豊かさを体現する存在として、受領は人々の憧れであった。（↓三七六）

よくよくめでたく舞ふものは　巫《かうなぎこ》　小楢葉《ならは》車《くるま》の筒《どう》とかや　やちくま侏儒舞手《ひきまひて》　傀儡《くぐつ》　花の園《その》には蝶《てふ》小鳥
（四句神歌・雑・三三〇）

をかしく舞ふものは　巫小楢葉車の筒とかや　平等院なる水車　囃《はや》せば舞ひ出《い》づる蟷螂《いぼうじり》蝸牛《かたつぶり》
（四句神歌・雑・三三一）

【現代語訳】
とりわけすばらしく舞うものは、巫女、小楢の葉、車の筒とかいうことだよ。やちくま、侏儒舞、手傀儡も。花園では蝶と小鳥だよ。

おもしろく舞うものは、巫女、小楢の葉、車の筒とかいうことだよ。平等院の水車、囃すと舞い出す蟷螂《かまきり》や蝸牛《かたつむり》よ。

【評】

舞うもの尽くしの二首。第二句を共通にする。「巫女」「小楢葉」「車の筒」はいずれもカ行音ではじまり、人間、植物、人工的な器物、と、さまざまな範疇のものを取り上げている。「小楢」はブナ科の落葉高木であるが、「舞ふ」とは、落ち葉についていったとする説（大系）と、風に裏葉が翻るさまをいったとする説（新大系）がある。後者は、『梁塵秘抄』に「楢柴は風の吹くにぞ　ちうとろ揺るぎて裏返る」（→三五三）とあるのを念頭に置いたと思われるが、「まふ」とは、「まは（回）る」と同根で、「をど（踊）る」が上下に動く跳躍を原義とするのに対し、基本的には円形に回る旋回運動を中心に言うから、落ち葉が風に吹き寄せられクルクルと円を描いて動いてゆく様子を捉えたものと考えたい。「車の筒」は、車輪の中心部で、車軸が貫いている箇所。

三三〇番歌は、第三句に三種の芸能を並べている。「やちくま」は、よくわからないが、「八千独楽《やちこま》」とみて、多くの独楽をいっせいに回す芸かとする説（大系・新大系）や、「八《やつ》玉《たま》」の誤写で、多くの玉を扱う曲芸であろうとする説（萩谷朴「梁塵秘抄今様歌異見」『国語と国文学』三三巻二号、一九五六年二月）もある。「八玉」は、藤原明衡《あきひら》（九八九？～一〇六六）の記した『新猿楽記《しんさるがくき》』に見え、平安時代後期の芸能の一つであった。いずれにしても、「侏儒舞」（こびとが面白おかしく演じる舞。『新猿楽記』にもその名が見える）、「手傀儡」（手であやつる人形芸）と並べられているところからすると、「やちくま」も何らかの曲芸的なものであったと考えられる。

三三一番歌の「平等院なる水車」は平等院（一〇五二年、藤原頼通によって創建）の傍をながれる宇治川の水車のことであろう。現在の平等院の後ろには、高い堤防が連なっており、庭園は閉ざされた空間になっているが、この堤防は秀吉が宇治川治水のために築いた堤の一部をなすものと考えられ、それ以前は、境内は宇治川の川岸まで続いていた。藤原定頼《さだより》（九九五～一〇四五）の和歌に「世のなかをうぢの川辺の水車かへるをみるに袖の濡れつつ」とあり、平等院創建以前から宇治川の水車が存在していたことがわかる。兼好法師（一二八三？～一三五二？）の『徒然草』五一段には、水車を造る達人として「宇治の里人」が取り上げられている。水車は宇治川の名物と言ってよいものであった。

両今様とも、最終句には、鳥や虫が取り上げられている。蝶や小鳥がひらひらと飛ぶ様子、蟷螂が鎌を振り上げてゆらゆらと前後に揺れ、他者を攻撃しようとする様子、蝸牛が殻から身を出し入れしたり、触角を動かしたりする様子をそれぞれ「舞ふ」と表現したものであろう。全体として、大きくゆるやかな円環運動を構成するものから、より微細で複雑な（予想しにくい）動きをするものへ、緩やかにその対象が移っているように思われる。「いぼうじり」は「いぼむしり」が変化したもので、かまきりの異称。かまきりの鎌で疣を刈らせるようにさせると、疣がきれいにとれるという俗信からの名らしい。

蟷螂については、『新猿楽記』に「蟷螂舞」という芸が見えるほか、室町時代にいたっても「蟷螂《たうらう》の能《のう》」「蟷螂《たうらう》の真似《まね》」といった芸能があったことが知られる。太極拳にも「蟷《とう》螂拳《ろうけん》」という型があり、蟷螂の動きを模倣することの、時間空間を越えた普遍性が窺われる。

蝸牛については「舞へ舞へ」と囃し立てる今様（→四〇八）もある。

思ひは陸奥《みちのく》に　恋は駿河《するが》に通ふなり　見初《みそ》めざりせばなかなかに　空に忘れて止《や》みなまし

（四句神歌・雑・三三五）

【現代語訳】

思いは満ちて陸奥まで、恋する気持ちは駿河にまで通うことだ。あの人を見初めなかったなら、かえってぼんやりしたまま中途で忘れて、苦しむこともなく終わっただろうに。

【評】

「陸奥」の「みち」に「（思いは）満ち」を掛け、「駿河」の「する」に「（恋は）する」を掛ける。和歌の伝統にのっとった恋の歌であるが、一首の中に、陸奥と駿河、二か所の地名を出し、都から遠い陸奥国（現在の福島・宮城・岩手・青森の四県）、駿河国（現在の静岡県中央部）の地まで自分の思いが広がっていくことを暗示して、孤独な切なさが強調されている。相手への恨みよりも恋の苦しみをわが身に引き受ける、静かな諦めを感じさせる一首であり、特に「見初めざりせばなかなかに　空に忘れて止みなまし」という一節は、その調べの美しさのためか、佐藤春夫や芥川龍之介の詩に引用されている。

後の日に

つれなかりせばなかなかに
そらにわすれて過ぎなまし
そもいくそたびしぼりけむ
たもとせつなしかのたもと
（後聯略）

（佐藤春夫『殉情詩集』大正一〇年刊）

相聞一

あひ見ざりせばなかなかに

そらに忘れてやまんとや
野べのけむりも一筋すぢに
立ちての後はかなしとよ

（芥川龍之介　大正一四年）

さて、当該今様の主体としては、女を考えるのが一般的であり、それを積極的に否定すべき根拠はないが、「通ふ」「見初む」の語から、この今様の主体に男を考えてもよいのではないだろうか。ここでは恋の「思ひ」が通うのであって、人が通うわけではないから、女が主体でも問題はないが、当時の恋のあり方を考えると、「通ふ」の語からは、男が想起されやすい。また、恋の場で「見初む」というと、男が女を、という場合が圧倒的に多い。男が女を「見初む」といっている例は、『源氏物語』『狭衣《さごろも》物語』『うつほ物語』『浜松中納言物語』『夜の寝覚め』などにあわせて三十例ほど見られるのに対し、女が男を「見初む」といっているのは、管見では『蜻蛉《かげろう》日記』の一例のみであった。女が主体の場合は「見え初む」となるのが一般的である（倉田実「平安貴族の「見初め」とする結婚事例」『大妻国文』四五号、二〇一四年三月）。

このように考えると、当該今様からは、まさに春夫や芥川の詩に見えるような、恋に悩める優しい青年の姿が浮かび上がってくる。

百日百夜《ひやくにちひやくや》はひとり寝《ぬ》と　人の夜夫《よづま》は何《なじ》せうに　欲しからず　宵《よひ》より夜半《よなか》まではよけれども　暁《あかつき》鶏《とり》鳴けば床《とこ》寂し
（四句神歌・雑・三三八）

【現代語訳】
百日百夜は一人寝をしようとも、他人の夫など何としよう、欲しくはない。宵から夜中まではなんとか過ごしたけれど、暁、鶏が鳴くころには、さすがに一人寝の床の寂しさが身にしみること。

【評】
孤独な夜を過ごす女の、強がりから、やるせなさの表出へ、揺れ動く心を歌った一首。この一首の解釈の上で最も問題になるのは「よづま」という言葉であり、従来、「夜妻」と読んで男の立場の歌と見るか、「夜夫」と読んで女の立場の歌と見るかの二説が提出されてきた。「つま」は夫のことも妻のことも表し得る言葉で、『伊勢物語』には、女の詠んだ和歌として、著名な一首、

武蔵野は今日はな焼きそ若草のつまもこもれりわれもこもれり

（武蔵野は今日は焼いてくださるな。私の夫も隠れているし、私も隠れています）

があるが、この「つま」は明らかに夫（男性）を表す。ただし「よづま」となると、その用例が示す性別はほとんど女で、「夜夫」ではなく「夜妻」をあてるべきものが圧倒的に多いため、用例からすると前者の説が有力にも思える。しかし、男は女のもとに通うことができるが、女は待っているのが基本であった当時の恋のあり方を考えると、「床寂し」の切実さは女の方がずっと強かったであろう。したがって一首は女の立場の歌と見て、「よづま」は「夜夫」と考えておきたい（植木朝子「『梁塵秘抄』ところどころ」『梁塵　研究と資料』二二号、二〇〇四年一二月）。なお、「夜」の語は、夜の共寝を意識して添えられた語であって、時には、本妻に対して愛人（隠し妻）といったニュアンスを持つこともある（『蜻蛉《かげろう》日記』など）が、ほとんどの場合、「夜」が付かない「つま」と同義と考えてよい。

時代が遡るが、『万葉集』には、

わが門《かど》に千鳥しば鳴く起きよ起きよわが一夜夫《ひとよづま》人に知らゆな　（巻一六）

（わが家の表で多くの鳥がしきりに鳴いています。起きてよ起きてよ、私の一夜夫。人に知られないでくださいな）

という歌が見える。「一夜夫」となると、特定の関係でもないのに、偶然の事情で一夜を共にした相手の男といったニュアンスが強くなるが、人目につかないうちに男を追い返そうとする女の強さが窺われる。神前に奏せられる歌謡として上代から宮廷に伝承されてきた神楽歌《かぐらうた》にも同想の一首が見える。

鶏《にはとり》は　かけろと鳴きぬなり　起きよ起きよ　わが門に　夜《よ》の夫《つま》　人もこそ見れ

（鶏はもう「かけろ」と鳴いてしまったようです。起きてよ起きてよ。私の家の門口で、夜をともにした夫よ、人が見たら大変です）

当該今様で「人の夫なんか欲しくない」と歌う女の強い口吻は、「人に知られないうちに早く帰って」と男を追い出すような『万葉集』や神楽歌の女の口吻と通い合うものではないか。そして、その強さがやがて、「床寂し」という切実な哀感に収斂してゆく点が、この今様の面白さであり、精一杯の強がりから、はからずも心細さを吐露していくところに、女の生な感情があふれている一首と言えよう。

厳粧狩場《けしやうかりば》の小屋《こや》並《なら》び　しばしは立てたれ閨《ねや》の外《と》に　懲《こ》ろしめよ　宵のほど　昨《よ》夜《べ》も昨夜《ようべ》も夜離《よが》れしき　悔過《けくわ》はしたりとんしたりとん　目に見せそ

（四句神歌・雑・三三八）

【現代語訳】

美しく飾った狩場の小屋の並び。しばらくは立たせて置いてやれ、寝所の外に。懲らしめてやるんだよ、宵のほどはね。昨夜もその前もやって来なかったのだから、あやまったって、どんなにあやまったって、逢ってやってはいけないよ。

【評】

足が遠のいて夜離れが続く男を怒る遊女の歌。立腹する遊女を朋輩がけしかけている歌と見る説（集成）、当人が召使に指図していると見る説（集成別解）、当人の独白と見る説（新大系）、相手の男に向けた言葉（新全集）と見る説がある。気弱になっては、強い言葉を重ねる口ぶりは、ひとまずは自分に向けているものであろうが、相手を強く意識している言葉と考えたい。

「厳粧」は美しく飾った、の意。薄情な男を懲らしめよ、と言っておきながら、「宵のほど」は、と譲歩し、気弱な自分を励ますように、「昨夜も昨夜も」来なかったんだから、罰を受けて当然だとする。「ようべ」は「よべ」と同じことであるが、昨晩以前もずっと来なかったと強調したものであろうか。「悔過」はもともと仏教語で、仏・法・僧に罪を懺悔する意であるが、ここでは、女のもとに足しげく通わなかったことを悔いわびること。「したりとん」の「とん」は「とも」と同じ意味の接続助詞であるが、院政期に現れ、「とも」よりも俗語的な響きを持っていた。「見せそ」の「そ」は禁止を表す終助詞。「したりとん」を繰り返し、どんなにあやまってきても、逢ってやってはいけない、と自戒する。しかしそれは、相手の言い訳や口先だけの謝罪の言葉に、もろくも崩れて、部屋に入れてしまうであろう自分を予想しているからこその言葉ではなかったか。すねた口ぶりが、相手に届くことを十分意識した甘えを感じさせる。

> われを頼めて来《こ》ぬ男　角三つ《つのみ》生《お》ひたる鬼になれ　さて人に疎《うと》まれよ　霜雪霰《しもゆきあられ》降《ふ》る水田《みづた》の鳥となれ　さて足冷たかれ　池の浮草《うきくさ》となりねかし　と揺《ゆ》りかう揺り揺られ歩《あり》け
>
> （四句神歌・雑・三三九）

【現代語訳】

私を頼みに思わせておきながら訪ねて来ない男よ。角の三本生えた醜い鬼になれ。そして人に嫌われよ。霜や雪や霰の降る水田を歩き回る鳥になれ。そして足が冷たく凍えてしまえ。池の浮草になってしまえよ。あちらへ揺られこちらへ揺られして、定めなく漂い歩け。

【評】

あてにさせておきながら通って来ない、薄情な男に投げかけた女の呪詛。

「角三つ生ひたる鬼」について、『梁塵秘抄』の注釈史においては、長く、鬼の角は通常一本か二本であり、三本角の鬼の例が知られないことを前提に醜さの強調であろうとされてきた。しかし、早くに、追儺《ついな》（大晦日の夜、一年の災厄を払うため、それを象徴する鬼を追い払う年中行事。後世の「豆まき」に繋がるもの）の鬼の面や絵巻の中に見出されるという重要な指摘がなされていた（田吉明「風景」『楕円律』四四号、一九七八年一月。「角三つ生ひたる鬼」『藍生』二二巻二号、二〇一一年二月に用例の追加あり）。恐ろしく醜く、嫌われる存在であり、時には罵られて排除され、嘲笑される対象である。また、この三本角の鬼は、女の「胸に住む嫉妬の鬼」と考える説（評釈）の流れに、頭に三本の蠟燭を立てて火をともす、丑の刻参りの女の醜く恐ろしい姿を重ねて見る説（馬場光子『走る女』筑摩書房、一九九二年）もある。

続く「水田の鳥」「池の浮草」では、足が冷たく凍え、寄る辺なくさまよわなければならないという、鳥あるいは浮草それ自体のつらさ、苦しみに焦点が当てられて、最初の「鬼」が、人に嫌われるという外側からの視点で捉えられているのとはやや異なる。

当該今様の主体が、水辺を漂泊する遊女であったとすると、寒い冬の足の冷たさや定めなく漂わざるを得ない浮草のような境遇のつらさは、十分すぎるほどに知っているであろう。そのように身をもって知っている苦しみを相手に味わわせようとして「水田の鳥」や「池の浮草」といった素材が選ばれたと考えられるが、自らの境遇のつらさと重なるだけに、これらの素材列挙からは女の悲しみが強く伝わってくる。能面のうち、女の鬼を表す般若の面は、口元には激しい怒りが現れている一方で、目元は深い悲しみを示すが、あたかもそうした般若の面のように、この今様の激しい怒りと呪いの底には、深い悲しみと絶望が沈潜しているように感じられる。

さて、当該今様の歌われた場として、『紫式部日記』寛弘五年(一〇〇八)五月二二日(推定)の条が指摘されている(大系)。土御門殿での法華三十講の法会が終わって、貴族たちは舟に乗り、音楽を楽しんでいる。月がおぼろに照らす中で、若い貴公子たちが今様歌を歌っている。「池の浮草」と歌って笛などを吹き合わせているのは、暁方の風の気配まで格別の風情があるとの記述が見えるが、原文に「「池の浮草」と歌ひて、笛など吹きあはせたる」とある「池の浮草」が、当該今様ではないかという指摘である。

さらに、『徒然草』五三段に見える、鼎《かなえ》（三本足の金属の器）をかぶって舞っているうちに、それが抜けなくなる仁和寺の僧の失敗談において、その舞の折に、当該今様に類する歌謡を一座で合唱したのではないかとの指摘もある（木藤才蔵『新潮日本古典集成　徒然草』新潮社、一九七七年）。

いずれも推測の域を出ないが、庭園の池に浮かべた舟の上で歌う歌として、「池の浮草」の語はふさわしいいし、鼎をかぶった姿を「角三つ生ひたる鬼」になぞらえるのも面白い。これらの推測に従うとするならば、本来の歌詞の深刻な意味を離れて、今様を楽しむ場の様子というものが垣間見え、興味深い。

冠者《くわざ》は妻《め》設《まう》けに来《き》んけるは　構へて二夜《ふたよ》は寝にけるは　三夜《みよ》といふ夜《よ》の夜半《よなか》ばかりの暁《あかつき》に　袴取《はかまどり》して逃げにけるは
（四句神歌・雑・三四〇）

【現代語訳】
若い男は妻探しにきたことだよ。だまして二晩は寝たことだよ。いよいよ三日目という夜の明け方に、股立《ももだち》つかんで逃げ出したのさ。

【評】

露顕《ところあらわし》の儀式を前に逃げ出す男の様子を滑稽に歌った一首。露顕は婚儀の三日目の夜に行われる結婚披露の祝宴。新婦の家で新郎とその従者をもてなし、婿が新婦の親や親族とはじめて対面するもので、正式な結婚の成立を表す。

「冠者」は元服をして冠を着けた少年の意で、ここはまだ若い男を指すのであろう。「妻設け」は妻を定めること。

「三夜といふ夜の夜半ばかりの暁」とは、夜半と暁（夜明け前、まだ空が暗い頃）との時間帯にずれがあるため、やや不審であるが、夜半を過ぎ、暁になったそのギリギリの時間に、という時間的推移と、もう一刻も猶予がない、という男のあわてぶりを強調した表現であろうか。「夜半ばかりの」がない方が意味は通りやすいが、原本は「夜の」の二文字の脇に点を打ち、「無之」（これ無し）としているだけで、「夜半ばかりの」は消されていない。

「袴取」は、「取袴《とりばかま》」とも言い、袴の股立（左右の縫い合わせていない部分）をつかむことで、走りやすいようにするための行為である。藤原明衡《あきひら》（九八九？〜一〇六六）の『新猿楽記《しんさるがくき》』には、「氷上専当《ひかみのせんだう》が取袴」（「専当」は寺院で事務を司る僧侶）という演目があり、「山背大御《やましろおほいご》が指扇《さしあふぎ》」（大御は年長の女性を表す語。指扇は扇で顔をさし隠すこと）という演目と並べられているところを見ると、大御のもとから、取袴で急いで逃げ出す様子を滑稽に演じたものかと想像される。取袴をして逃げていく男の様子は、こうした滑稽な猿楽芸の一つともなっていたらしい。
当該今様に登場する冠者は、正式な結婚の成立直前に逃げ出す、ずるい男ではあるが、袴の左右をつかみあげ、脛も露わに不恰好に逃げていく姿は、「けるは」の繰り返しで作り出される律調とあいまって、憎めない小悪党といった風情である。

わぬしは情《なさけ》なや　わらはがあらじとも住まじとも　言はばこそ憎からめ　父《てて》や母のさけたまふ仲なれば　切るとも刻《きざ》むとも世にもあらじ
（四句神歌・雑・三四一）

【現代語訳】
あなたはなんて無情な人。私が一緒にいるまいとか共に住むまいとか言ったならば憎く思って当然でしょうけれど、父さんや母さんが間を裂こうとなさる仲なのだから、たとえこの身を切られても刻まれても、決して別れはしませんよ。

【評】
両親の反対に対して弱腰の男を責める女の歌。たとえ身を切られても別れはしないという強い決意を歌っている。はかない恋についての嘆きや不実な男への機知に富んだ切り返しなど、『古今和歌集』以後に洗練されてきた恋歌の伝統の中に置くと、このような直情的な強さは一層際立つ。むしろ、古代的な、『万葉集』や催馬楽《さいばら》（上代の民謡や流行歌謡を雅楽の曲調に当てはめたもの）など、前代の歌の中に見出せるような強さである。たとえば、『万葉集』に、

上野佐野《かみつけのさの》の船橋《ふなはし》取り放し親はさくれど我《わ》は離《さか》るがへ　（巻一四・東歌）

（上野の佐野の船橋〈綱でつなげたいくつかの船の上に橋板を置いた橋〉を取り放ちて、親は仲を裂こうとするけれど、私たちは離れるものか）

我が目妻《めづま》人はさくれど朝顔のとしさへこごと我は離るがへ　（巻一四・東歌）

（私の目妻〈目で見るだけの妻〉を人は私から引き離そうとするけれど、としさへこごと〈未詳〉私たちは離れるものか）

というような歌があり、親や他人に邪魔されても決して離れないという強い決意表明が見られる。また、催馬楽には次のような対話体の歌謡が見出される。

貫河《ぬきかは》の　瀬々の柔《やは》ら手枕《たまくら》　柔らかに寝る夜はなくて　親さくる夫
親さくる　妻はましてるはし　しかさらば　矢矧《やはぎ》の市《いち》に　沓《くつ》買ひにかむ

沓買はば　線鞋《せんがい》の細底《ほそしき》を買へ　さし履きて　上裳《うはも》とり着て　宮路《みやぢ》通はむ

「手枕を交わして柔らかく共寝をする夜もない、親の遭わせてくれない夫よ」という女の言葉に対し、「親が引き離す妻はましていとおしい、矢矧の市に沓を買いに行こう」と男が応じる。最後に女は、「沓を買うならば、線鞋の細底（絹布で作った底の細い沓）を買ってほしい、それをはいて、上裳をつけて、あなたのいる宮路の方へ通いましょう」と言う。女から男のもとへ通おうという提案は、言葉の上のこととしても、ひたむきな情熱に満ちている。

このような、上代の歌の一面は、勅撰集を中心とする和歌においては、その色合いを薄めていくが、当該今様の中には確かに受け継がれている。『梁塵秘抄』前歌（↓三四〇）から浮かび上がる逃げ腰で消極的な男と、当該今様の積極的な女の対比も面白い。

> 美女《びんぢよう》うち見れば　一本葛《ひともとかづら》にもなりなばやとぞ思ふ　本《もと》より末《すゑ》まで縒《よ》られればや
> 切るとも刻むとも　離れがたきはわが宿世《すくせ》
> （四句神歌・雑・三四二）

【現代語訳】

美女を見ると、一本の蔦葛にもなりたいと思うよ。根元から蔓の先まですっかり縒り合わされたいことだ。たとえこの身が切られても刻まれても、美女から離れがたいのは私の宿命というものよ。

【評】

赤裸々な愛欲の心を歌った一首。木とそれにからみつく蔓草は、しばしば男女の抱擁の譬えに用いられた。古くは、『日本書紀』歌謡（継体天皇七年）に、

妹《いも》が手を　我《われ》にまかしめ　我が手をば　妹にまかしめ　まさき葛《づら》　手抱《ただ》き交《あざ》はり……

（愛しい妻の手を私に巻きつかせ、私の手を妻に巻きつかせ、まさきの葛《かずら》のように抱き合ってからみつき……）

という一節があり、蔓性植物の「まさき葛」が「手抱き交はり」（抱き合ってからみつく）の枕詞として使われている。

今様にも関心の深かった源俊頼《としより》（一〇五五?〜一一二九?）の和歌には、

契ありて這ひかかるとも見ゆるかな蔦や梢の妹背なるらむ　（『永久百首』蔦）

（約束があってまつわりついていると見えることだ。蔦は梢と夫婦なのであろう）

とあり、また、時代は下るが、能「定家《ていか》」では、藤原定家の執心が蔓草となって式子内親《しょくしないしん》王《のう》の墓にからみつき、お互いが邪淫の妄執に苦しんでいるとされる。

当該今様は、燃え盛る愛欲の炎を、能「定家」のように深い罪業として捉えるのではなく、宿命として受け止め、むしろ明るく軽妙に歌い上げている。後世の有名な民謡「松になりたや有馬の松に　藤に巻かれて寝とござる」に繋がるような趣を持っていよう。

君が愛せし綾藺笠《あやゐがさ》　落ちにけり落ちにけり　賀茂川《かもがは》に川中《かはなか》に　それを求むと尋ぬとせしほどに　明けにけり明けにけり　さらさらさやけの秋の夜は

（四句神歌・雑・三四三）

【現代語訳】

あなたが大切にしていた綾藺笠《あやいがさ》が落ちてしまった、落ちてしまった、賀茂川に川の中に。それを求めよう尋ねようとしているうちに、明けてしまった、明けてしまった、すがすがしい秋の夜は。

【評】

笠をめぐる恋の歌。「綾藺笠」とは、藺草を編んで作った笠。武士が狩や流鏑馬《やぶさめ》の折に用いたもので、この笠の持ち主は若き武士であるらしい。一首の表面上の意味をとるのは比較的容易であるが、しかし、この笠を探したのは誰で、どのような状況にあり、いかなる心情を歌っているかということになると、実にさまざまな解釈がなされている。

たとえば、女の気に入っている自分の笠を失っては大変、と若き武士が笠を追いかけまわしている、あるいは、実は恋の口説に明けた一夜の譬え歌かとする説（佐藤春夫）、笠は女の譬えで、見初めた女を探し求めて一夜を明かした切ない男の歌とする説（渡邊昭五）、武士の従者が主君への忠誠心から、徹夜で主人愛用の笠を探し求めたとする説（塚本邦夫）、笠を探すのは若い男女のデートの口実であって、月明かりの河原を二人で語り合いながら明かしたロマンティックな一夜を歌ったとする説（武石彰夫）、その二人は河原ではなく舟上にいて、女は遊女だったのではないかとする説（新間進一）、恋人の笠を保持することによってもう一度その持ち主に逢えると信じた女が一人で懸命にその笠を探し求めたとする説（馬場光子）、笠を探していたので心ならずも来られなかったという男の弁解の歌とする説（浅野建二）、その言い訳を繰り返して、女が男をからかっていると解する説（吾郷寅之進）などなど。

繰り返しを多用する律調はいかにも軽やかで、どことなく滑稽であり、ほのかなからかいの気分が含まれているように思われる。これまでに提出されている説の中では、女のもとを訪ねなかった男の言い訳を、女がからかいながらもう一度繰り返しているというような解釈が最も説得力のあるもののように思われる。そう考えると、女の男に対するさらりとしたからかいが、前歌（→三四二）に見える、男の女に対するいわば粘着質な執着と対照的に配置され、恋歌の配列としても興味深い。

小磯《こいそ》の浜にこそ　紫檀赤木《したんあかぎ》は寄らずして　流れ来《こ》で　胡竹《こちく》の竹のみ吹かれ来《き》て
たんなたりやの波ぞ立つ
（四句神歌・雑・三四七）

【現代語訳】
小磯の浜には、「恋するな」と言われて紫檀や赤木は寄っても来ないで、流れても来ないで、胡竹の竹だけが「こちらにやって来る」とばかりに風に吹かれて来て、タンナタリヤと笛の音を響かせながら波が立っていることよ。

【評】
「小磯」に「恋ひそ」（恋するな、の意）を掛け、外来種の竹である「胡竹」に「此方来」（こちらへやって来る、の意）を掛ける。「たんなたりや」は笛の譜を読むとき口に出す律調で、波の音の聞きなしとして笛との関連から引き出されたものであるが、一首に躍動感をもたらしている。言葉遊びの面白さとともに、背景には漂着の竹で作った名笛の伝承があるものと思われる。古くは、『日本書紀』歌謡（継体天皇七年）に、

隠所《こもりく》の　泊瀬《はつせ》の川ゆ　流れ来る　竹の　いくみ竹よ竹　本辺《もとへ》をば　琴に作り　末辺《すゑへ》をば　笛に作り……

（泊瀬の川を流れて来る竹は繁茂した竹、よい竹、その根元を琴に作り、先端を笛に作り……）

とあり、川に流れてきた竹で、琴と竹を作ったとの表現がある。また、狛朝葛《こまのともかつ》（一二四七〜一三三二）の著した楽書『続教訓抄《ぞくきょうくんしょう》』には、「海人《あま》のたきさし」という笛について、次のような話が見える。

浜辺に流れ着いた胡竹を、海人が塩を焼くのに用いた。ある人がその焼け残りの竹で笛を作ったところ、大変優美な音がした。頭の方が少し焼けていて、ある説では、この笛は鳥羽院の御物《ぎょぶつ》であるという。

鳥羽院（一一〇三〜一一五六）の所蔵品に、このような笛があったとすると、今様の歌われた時代と重なり、当時よく知られた、まさに今めかしい素材である笛を歌い込んだこ

とになる。『古今目録抄《こ こんもくろくしょう》』料紙今様（『古今目録抄』は、法隆寺の僧・顕真《けんしん》が聖徳太子の伝記を収録したものであるが、その料紙として、今様を集めた紙を横に二つに切って用いている。上下を継ぎ合わせることでもとの今様が判読できる）には、

もろこし唐《たう》なる笛竹は　いかでかここまでは揺られ来し　ことよき風に誘はれて　多くの波をこそ分け来しか

（大唐国、唐の国にある笛竹はいったいどうやってここまで揺られ来たのだろうか。ちょうどよい風に誘われて、多くの波をかき分けかき分け来たのだろうよ）

の一首が見え、当該今様と同じように、中国から漂着した笛竹への興味を歌う。建久五年（一一九四）頃成立した『六百番歌合』において、藤原家房《いえふさ》は「寄笛思」の題で、

はるばると波路分け来る笛竹をわが恋妻と思はましかば

（遠くからはるばると波路を分けてやって来た笛竹を、私の恋しい伴侶と思えたらよいのに）

という和歌を詠んでいるが、これは藤原俊成《しゅんぜい》の判詞で「もろこし唐なる……」の今様を踏まえていることが指摘されている。この今様の広い流布が知られるのである。こうした波に揺られ来る笛竹のイメージは、人々の興味を引いたらしく、後深草院に仕えた女房の日

記『弁内侍日記《べんのないしにっき》』には、建長三年（一二五一）一一月の五節における御前の召し（天皇が一芸あるものを御前に召してその芸をご覧になる儀）で、複数の殿上人が「唐唐《たうたう》なる笛竹　この秋津洲《あきつしま》へ流れ来」と囃すと、藤原宗雅《むねまさ》が「竹になりて、伏して次第に流れ来るまねして侍りし」とあって、当該今様に類するような歌謡に合わせ、横になって転がり、岸に流れ寄って来る竹の様子を演じた宗雅の行為が、座を大いにわかせたことが記されている。

> 備後《びご》の鞆《とも》の島　その島島《しま》にて島にあらず　島ならず　螺《にし》なし栄螺《さだえ》なし石華《せい》もなし　海人《あま》の刈り乾す若布《わかめ》なし
>
> （四句神歌・雑・三四九）

【現代語訳】

備後国《びんごのくに》の鞆の島、その島は島であって島ではない、島ではないよ。巻貝もなければ、栄螺《さざえ》もない、石華もない。漁師が刈り取って干す若布もないのさ。

【評】

「島」と「なし」を繰り返す軽快な歌。「鞆の島」は鞆の浦（鞆の津とも。広島県福山市南部の海湾）にある島を言うかとする説（考）もあるが、鞆の浦そのもの（海湾）を指すとする通説に従いたい。「島」は古くは、四面を水に囲まれた陸地に限らず、水に面した土地をいうこともあり、『万葉集』には加古川の河口の辺りを「加古の島」と言った例（二五三）や、旅の途中で船の停泊するところを「島」と言った例（三五九三）がある。このような例を参照すると、鞆の浦は半島状なので、「島」と言えば言えるけれど、本当の「島」ではないとして、面白おかしく歌を展開したものか。「螺」は巻貝の総称、「石華」は節足動物カメノテ。海岸の岩礁に付着するので「石華」の字をあてる。島にならば当然あるべき、貝や海藻がない、と興じているのである。

　さて、この一首を言葉遊びの歌と捉えれば、現実性を問題にする必要はないとも言えるが、実景とすると腑におちないところもある。鞆の浦に螺、栄螺といった貝や、石華、若布が全くないとは考えにくいからである。あるいは、一つの可能性として、貝や若布が女性を暗示しているとは捉えられないだろうか。「鞆の浦」は古代から要港としてにぎわい、遊女らも多くいた。『平家物語』巻六「飛脚到来」には、四国の混乱を鎮めた備後国の住人・西寂《さいじゃく》が、鞆で遊女たちを呼び集めて酒盛りをしたという記事が見える。一方、『土佐日記』や催馬楽《さいばら》「我家《わいへ》」などに、鮑《あわび》や栄螺などの貝類や海胆《うに》が女性を暗示している例があり、若布《わかめ》は若女と音が通じる。水辺の「島」なのに、その水辺にいるべき遊女たちがいないではないか、と、彼女らに会うことのできなかった旅人が半分腹を立てながら戯れた歌とも読んでみたい一首である。

明石《あかし》の浦の波　浦や馴れたりけるや　浦の波かな　この波はうち寄せて　風は吹かねども　や　小波《ささらなみ》ぞ立つ
（四句神歌・雑・三五〇）

【現代語訳】
明石の浦の波よ、浦になじんだのだね、浦の波よ。この波は岸にうち寄せて、風は吹かないけれど、ほら、さざ波が立っているよ。

【評】
風光明媚な明石の浦の様子をのびやかに歌った一首。風が吹き波が立つことは、仏教歌謡の中で、しばしば極楽浄土の池の描写として現れる（→一七七）。そのような極楽の風景にも重なるさざ波は、風も吹かないのに立っていると歌う。風が吹かないということで、航海の無事も約束されるような、より穏やかな情景が浮かび上がってくる（馬場光子「風の歌」『日本歌謡研究』三三号、一九九三年一二月）。一方、さざ波は、しばしば、止むことのない恋心の譬えに用いられる。たとえば、古く、『万葉集』巻四に、

千鳥鳴く佐保《さほ》の川瀬のさざれ波止む時も無しあが恋ふらくは　（大伴坂上郎女《おおとものさかのうえのいらつめ》）

（千鳥のなく佐保の川瀬のさざ波のように止む時もありません、私が恋しく思うことは）

と見える。こうしたさざ波の例を背景に置くと、浦に「馴れ」るという表現とあいまって、一首にはほのかに恋の情趣も漂う。波が浦を慕って寄っていく、いつもいつも、風の吹かない時でさえ、恋心のさざ波が立っている、というように、美しい自然を官能的に把握した歌と見ることができよう。（↓一一）

上馬《じやうめ》の多かる御館《みたち》かな　武者《むさ》の館《たち》とぞ覚えたる　呪師《じゆし》の小呪師《こずし》の肩踊《かたをど》り　巫《きね》は博多《はかた》の男巫《をとこみこ》

（四句神歌・雑・三五二）

【現代語訳】

立派な馬の多いお屋敷だなあ。武士のお屋敷と思われるよ。呪師や小呪師が肩踊りをしてさ、神楽舞を舞う巫は博多の男巫だよ。

【評】

今まさに勢力を伸ばしつつある武士の屋敷で繰り広げられる芸能を歌った一首。

「呪師」は素朴な演芸を行う芸能者。本来は寺院の法会において加持祈禱などの密教的行事を司る法師で、法会の後には雑芸を行ったが、やがて芸能化が進み、寺院からも自立した。当該今様で歌われている呪師はそうした芸能化の進んだ後のものであり、武士の屋敷に招かれて肩踊りを披露しているのであろう。小呪師は少年の呪師を指し、肩踊りは、少年が大人の肩の上に乗って演じる芸を言うものと思われる。鎌倉時代前半に成立した説話集『宇治拾遺物語』七八話には、「呪師小院といふ童」が「肩に立ち立ちして」、見る者を驚かせたという記述が見られる。中国伝来の舞楽や雑芸を描いた『信西古楽図《しんぜいこがくず》』（平安時代末までには原画が成立していたとされる）には、「四人重立」として大人の肩の上に子どもが立ち、さらにその子どもの肩の上に別の子どもが乗り、さらにもう一人の子どもが乗って、四人が重なって立つ様子が描かれている。また、「柳肩倒立」として、一人の肩の上にもう一人が逆立ちをしている図がある。

「博多の男巫」の「博多」の所在については、河内国（現在の大阪府東部）、和泉国（現在の大阪府南部）、伊予国（現在の愛媛県）、筑前国（現在の福岡県北部）など諸説がある。神に仕える巫《みこ》（「きね」「かむなぎ」ともいう）は本来、女であるが、承平年間（九三一～九三八）に成立した辞書『和名類聚抄《わみょうるいじゅうしょう》』には「覡」を「をとこかむなぎ」と読んでいて、男の巫も存在した。

呪師のアクロバティックな芸に加え、女ではなく男巫の神楽舞を取り合わせることで、武士の屋敷らしい、勇壮な男の世界を描き出していると言えよう。

御馬屋《みまや》の隅《すみ》なる飼猿《かひざる》は　絆《きづな》離れてさぞ遊ぶ　木に登り　常磐《ときは》の山なる楢柴《ならしば》は　風の吹くにぞ　ちうとろ揺るぎて裏返《うらがへ》る

（四句神歌・雑・三五三）

【現代語訳】
お馬小屋の隅にいる飼猿は、綱を離れてあんなに遊んでいるよ。木に登ってね。常磐の山の楢柴は、風が吹く度にチウトロと揺れて裏返るのさ。

【評】
貴族あるいは武士の広い屋敷の様子を、背後の常緑樹が茂る山の風景とともに歌った一首。前歌（↓三五二）は馬のたくさんいる武士の邸宅の庭で繰り広げられる芸能に焦点を当てていたが、当該今様は厩舎に飼われている猿から屋敷周辺の山へ、あたかもカメラを引いていくようにして鮮やかな映像を浮かび上がらせる。
厩舎に猿を飼うと、馬の病気を防ぐと信じられ、『石山寺縁起絵巻《いしやまでらえんぎえまき》』『一遍聖絵《いっぺんひじりえ》』などの絵巻物を繙《ひもと》くと、厩舎の柱に繋がれた猿の姿が散見する。しかし、当該今様の猿は綱を離れて屋敷の庭の木に登り、自由に遊んでいるらしい。のびやかでほほえましい風景である。猿は人間に近いこともあって最も擬人化されやすい動物と言えるが、伝統的な和歌の世界では、木に登ったり、枝の間を器用に移動したりする猿の動きにはほとんど注意が払われていない。漢詩の影響から、もっぱら哀愁に満ちた鳴き声が聴覚的に表現され、猿の動きを「遊ぶ」と捉える今様とは対照的である。

「常磐の山」は常緑樹の茂る山。京都市右京区常盤付近の丘を指す歌枕でもあるが、ここでは固有の地名ととらなくてもよいであろう。松などに代表される、変わらぬ緑は、祝賀の気分を含んでおり、「常磐の山」を歌うことで、のどかで平和な屋敷とその主人を寿ぐことにもなっている。「楢柴」はコナラの異名。ブナ科の落葉高木で、各地の山野に生える。「楢」は広義では、コナラ、ミズナラ、ナラガシワなどの総称であり、狭義ではコナラを指す。この、楢柴や楢についても、和歌においては、風や雨・霰によって葉がたてる音、あるいはその音から感じられる清涼感や寂寥感に中心があり、聴覚的な把握が主であって、この今様が「ちうとろ」という擬態語を使って風に翻る楢の葉を視覚的に捉えるのとは異なっている。このように動植物の動きに興味を寄せ、その視覚的な面白さを歌うのは今様の一つの特徴と言える。

頭《かうべ》は白き翁《おきな》ども　仏事《ぶつじ》を勤めよ千度《せんたび》は　頭《かしら》白かる鶴だにも　沢には千歳年《せんざいとし》経《ふ》なり

（四句神歌・雑・三五四）

【現代語訳】
白髪頭のお爺さんたち、仏事をお勤めなさい、千度はね。頭の白い鶴でさえ、沢には千年も生きているんだから。

【評】
鶴を引き合いに出して、翁に仏事を勧める歌。『梁塵秘抄』の中で「翁」は、揶揄や嘲笑の対象になることが多いが、当該今様では長寿のめでたさを響かせながら、翁を静かな仏道修行の世界へとつなげていく点、やや異色である。三八四番歌では、「娑婆にゆゆしく憎きもの」として「頭《かしら》白かる翁どもの若女《わかめ》好み」が取り上げられているが（↓三八四）、そうした好色な翁像を軽やかに裏切っている。皮肉ととれないこともないが、めでたい鶴を持ち出している点からも、無邪気な励ましと見ておきたい。

翁の白髪頭は霜や雪に譬えられることが多いが、鶴に譬えた例として、承安二年（一一七二）三月一九日に行われた尚歯会《しょうしかい》（高齢者が集まり、詩歌を作るなどして風雅を楽しむ会）

に詠まれた和歌がある。

鶴の髪かしづくことはいにしへのかせぎの園のふることぞこれ　（『古今著聞集《ここんちょもんじゅう》』巻五）

（皆さんが鶴のような白髪の老人にかしずいておられることは、鹿野《ろくや》苑《おん》で釈迦が説法に立つところそのままです）

性阿上人《せいあしょうにん》は、八十四歳になる藤原敦頼《あつより》に対し、周囲の者が、装束の裾を持ったり、沓をはかせたりする様子に感心して右の和歌を詠んだ。承安二年は、『梁塵秘抄』が完成した後ではあるが、時期的に近い用例で参考になる。この和歌に対する敦頼の返歌は、

つるの羽かきつくろひしうれしさはしかありけりな鹿の園にも

（年寄りの鶴の羽をかきつくろい皆さまにお世話していただいたうれしさは、まさに昔の鹿野苑での喜びもこうであったろうと思われました）

というものであった。返歌の表現は、藤原公任《きんとう》（九六六〜一〇四一）撰『和《わ》漢朗詠集《かんろうえいしゅう》』巻下「僧」の、

鶴閑《しづ》かにしては翅《つばさ》千年《せんねん》の雪を刷《かいつくろ》ふ　僧老いては眉八字《まゆはちじ》の霜を垂《た》る　（源為憲《ためのり》）

（千年も生きるという鶴が、静かに真っ白な翼をかいつくろっている。老僧は八の字の形

をした霜のように白い眉を垂らしている)

を踏まえている。ここには千年と鶴、さらに老僧との連想関係が見出され、当該今様の表現にも影響を与えているだろう。このように当該今様は漢詩の発想を根底に置き、千歳と千度を対比させて、軽快な一首に仕立てている。

鵜飼《うかひ》はいとほしや　万劫《まんごふ》年経る亀殺し　また鵜の首を結《ゆ》ひ　現世《げんぜ》はかくてもありぬべし　後生《ごしやう》わが身をいかにせん

(四句神歌・雑・三五五)

鵜飼は悔《くや》しかる　何《なに》しに急いで漁《あさ》りけむ　万劫年経る亀殺しけむ　現世はかくてもありぬべし　後世《ごせ》わが身をいかにせんずらむ

(四句神歌・雑・四四〇)

【現代語訳】
鵜飼はかわいそうなことだよ。鵜の餌に万劫《まんごう》も長生きをする亀を殺し、また鵜の首を縄でしめては鮎を吐かせて。現世はともかくも過ごせよう。しかし来世の自分の身をいったいどうしようというのだろう。

鵜飼は残念なことだ。どうしてあくせくと漁をしたのだろう。なぜ万劫も長生きをする亀を殺したのだろう。現世はともかくも過ごせよう。しかし来世の自分の身をいったいどうしようというのだろうか。

【評】

生活のために殺生の罪を犯さざるを得ない鵜飼の嘆きを代弁した歌。鵜飼は、鵜を飼いならして魚(主に鮎)をとらせる人。鵜が魚を丸呑みする習性を利用して、首を縄でしばり、舟から放って魚をとらせる。頃合いを見計らって、鵜を舟に引き上げ、たまった魚を吐き出させる。効率をあげるため、漁は、魚の動きの鈍くなる夜に行った。「万劫」の「劫」は仏教語で、測ることも数えることもできないほどの長い時間の単位。「万劫」は途方もなく長い年月を表す。それほどに長生きをする亀を殺し、鵜を酷使し、魚をとらえるという幾重もの罪を犯す鵜飼は、地獄へ堕ちるほかはない。その運命を憐れむ歌であるが、他人事として突き放すのではなく、鵜飼に寄り添い、「わが身」のこととして引き受けていくような表現になっている。なお、亀を鵜の餌にすることは、『平家物語』巻六「祇園女御」の章段に、山陰《やまかげ》中納言の北の方が、「桂の鵜飼が鵜の餌にせんとて亀をとつて殺さんとしける」のを見て、小袖と引き換えに亀の命を助けたという話に見えるので、当時は一般に行われていたものらしい。江戸期にはスッポンを食べさせたという記録があるが、スッポンが減少してからは、フナ、ナマズ、ドジョウが本餌となったという（可児弘明『鵜飼』中公新書、一九六六年）。こうした鵜の餌としての亀を取り上げる点には、漁の実際に興味を寄せる今様のあり方が窺えよう。

今様以前の和歌において、鵜飼はさほど詠まれていないが、詠まれる場合には、舟にともした篝火《かがりび》の美しさを称賛することがほとんどであった。

大堰川浮かぶ鵜舟の篝火におぐらの山も名のみなりけり　（『業平集《なりひら》』）

（大堰川に浮かぶ鵜舟の篝火はまばゆく輝き、薄暗いという名の「小倉（暗）」の山も、名ばかりで、辺りは煌々と明るいことだなあ）

夕闇の鵜舟にともす篝火を水なる月の影かとぞ見る　（『赤染衛門集《あかぞめえもん》』）

（夕闇の鵜舟にともした篝火を、水に映った月の光かと見たことですよ）

しかし、今様の流行した平安時代末期から鎌倉時代初期にかけて、鵜飼人が来世に受けるべき報いを詠む和歌が集中的に現れる。

早瀬川みをさかのぼる鵜飼舟まづこの世にもいかが苦しき　（『千載《せんざい》和歌集』崇徳院）

（速い流れの川の水脈をさかのぼって漁をする鵜飼舟。罪の報いを受けて来世で苦しむの

に先立って、まず現世でもどんなにか苦しいことだろう）

後の世を知らせ顔にも篝火の焦がれて過ぐる鵜飼舟かな　（『六百番歌合』藤原有家《ありいえ》）

（後世で地獄の業火に焼かれる苦しみを知らせるかのように、篝火が燃え焦がれて過ぎていく鵜飼舟よ）

風景としての鵜飼ではなく、鵜飼人の罪業を見据えた和歌が詠まれ始めた頃、鵜飼の罪深さを歌う今様も作られた。その今様がまた契機の一つともなって、殺生戒を犯す存在としての鵜飼が和歌の中に頻繁に現れる一時期が到来した。鵜飼は、堕地獄の恐怖を身近に感じる人々にとってまさに「わが身」と一続きの存在であった。生きるために罪を犯さねばならなかった者の代表者として、鵜飼は深い嘆きの中に歌われたのである。

室町時代に至って、鵜飼を主人公とした能「鵜飼」が作られた。能「鵜飼」では、旅の僧の前に、殺生禁断を犯して処刑された鵜飼の亡霊が現れ、漁のありさまを見せて闇に消えてゆく。仏教的罪業の認識に責められ、わが身を嘆く能の鵜飼は、最終的には仏の救済を得て、極楽に生まれ変わる。しかし、今様に歌われた鵜飼は、生きるためにひたすら漁を続け、地獄に堕ちる運命をただ見つめるばかりなのであった。

嵯峨野《さがの》の興宴《きょうえん》は　野口《のぐち》うち出でていはさきに　禁野《きんや》の鷹飼敦友《たかがひあつとも》が　野鳥合《のとりあ》はせしこそ見まほしき

（四句神歌・雑・三五六）

【現代語訳】

嵯峨野のおもしろさといえば、野の入り口を出て岩さきに行くあたり。禁野の鷹飼の敦友が、鷹に野鳥をとらせたとかいうありさまこそ見たいものよ。

【評】

嵯峨野の見どころを、鷹飼の逸話を取り入れて生き生きと歌う一首。「野口」は野の入り口の意で、嵯峨野には限らない。「いはさき」は多くの注釈書が地名と捉えた上で、未詳とするが、あるいは地名ではなく、「岩の突き出たところ」の意味の普通名詞か。『平家物語』巻九「老馬」の章段に、一谷の地形を説明して、

三十丈の谷、十五丈の岩さきなんど申す所は、人の通ふべきやう候はず。

（三十丈〈一丈は約三メートル〉の谷、十五丈の岩の突き出たところなどは人の通れるところではありません）

とあり、寛元二年（一二四四）のうちに成立したと考えられている『新撰和歌六帖《しんせんわかろくじょう》』に、

山川の落ち舞ふそばの岩さきによどめる水のわきかへりつつ　（藤原家良《いえよし》）

（山川の流れが落ちて来るそばの岩の突き出たところには、よどんだ水がわき返ってくることだよ）

と見える。嵯峨野にあるのは、さほど険しい「岩さき」ではなかろうが、大堰川べりの目立つ岩を想定し得るのではないだろうか。「禁野」は天皇の狩猟場として一般の使用を禁じた場所、「鷹飼」は、鷹を飼いならして狩をさせる人、鷹匠。敦友は承保三年（一〇七六）一〇月の白河天皇の嵯峨野行幸に奉仕した鷹匠で、平康頼《やすより》の編んだ説話集『宝物集《ほうぶつしゅう》』巻一に「片野《かたの》の鷹飼下野《しもつけ》の敦友が野鳥合はせけるこそおもしろかりけれ」と見える。「片野」は皇室の遊猟地のあった大阪府枚方《ひらかた》市・交野《かたの》市一帯を指すか。平康頼は、今様の名手として名高く、後白河院の今様の弟子の一人であった。康頼は鹿ケ谷事件に連座して鬼界ヶ島に流されていたが、都に戻った治承三年（一一七九）には、『梁塵秘抄』はほぼ完成していたと思われるから、康頼は当該今様を意識し、類似した表現を用いて敦友の逸話を記した可能性もある。

時代は下るが、至徳三年（一三八六）序、二条良基《よしもと》著『嵯峨野物語』によれば、敦友の放った鷹は、すぐさま雉をとらえて白河天皇の輿の前に落としたので、天皇ははなはだ感

心したという。続いて下野敦久《あつひさ》が同じく雉をとらえようとしたが、雉は西の山に入り、鷹は東の山にそれていってしまったため、人々は大笑いし、敦友の素晴らしさがより際立ったとされている。

この白河天皇の鷹狩行幸について記したものは多いが、たとえば、堀河天皇（一〇八六～一一〇七在位）の時代に成立した歴史書『扶桑略記《ふそうりやつき》』承和三年一〇月二四日条は、「大井河に行幸す。御鷹逍遥なり」とした上で、和歌の会と船遊びについてふれ、嘉応二年（一一七〇）序の歴史物語『今鏡《いまかがみ》』すべらぎの中「紅葉の御狩」は、この折の白河天皇の詠歌を記す。また、『宝物集』は放鷹楽《ほうようらく》という楽曲を演奏したことに言及する。これらに対して今様は、鷹狩以外のさまざまな遊びにふれていない。散文ほどの情報量を持ち得ない、韻文としての制約が前提とはなるが、和歌や奏楽ではなく、鷹狩にこそ焦点を当てている点に、今様の嗜好が窺われよう。

羽なき鳥の様《やう》がるは　炭取鑰取《すみとりかいとり》かいもとり　石取《いしなとり》　虎杖垣穂《いたどりかきほ》に生ふてふ菝葜《さるとり》や
弓取筆取小弓《ゆみとりふでとりこゆみ》の矢取《やとり》とか
（四句神歌・雑・三五七）

【現代語訳】

羽のない鳥で変わった風情のあるものは、炭取、鑰取、かいもとり、石取、虎杖、垣根に生えるという蒺藜よ。弓取、筆取、小弓の矢取といったようなもの。

【評】

末尾に「トリ」がつくものを並べた言葉遊びの歌。「様がる」は一風変わっていておもしろそうであるといった意味で、『梁塵秘抄』には多くの用例がある。当該今様では「鳥」という音を持っていても、鳥ではないため「様がる」（風変わりだ）としており、言語遊戯的な側面が強いが、伝統的なもの、ありふれたものに対して、やや変わっているもの、珍しいものを「様がる」と評価していく姿勢は、流行の最先端を追っていこうとする今様という歌謡の性質をよく表していると言えよう。

「炭取」は、炭を入れる容器。「鑰取」は、原文「かいとり」とあり、従来「楫取《かぢとり》」の音便とされてきたが、「ぢ」が「い」音便となるには無理があるという説（新大系）に従う。鑰取《かぎとり》は文永五年（一二六八）成立の語源辞書『名語記《みようごき》』によって「カイトリ」とも読まれたことがわかる（巻九・一八オ）。中央官庁や諸国の倉などの鍵を保管して開閉を司る役のこと。「かいもとり」は、もののまわりを動いて回ることを原義とし、もがく、まとわりつく、といった意味もある。『梁塵秘抄』に、川を渡る樵夫が波に足をとられ、杖も手から離れてしまってもがいている様子を、「波に折られて尻杖捨ててかいもとるめり」（↓三八五）と表現した例があり、室町時代末期の流行歌謡を集めた『閑吟集《かんぎんしゅう》』には、「恋風が来ては袂にかいもとれてなう」（恋風が吹いてきては袂にまとわりついてね）の例がある。「石取」は小石を投げ上げたり取ったりするお手玉のような遊戯、「虎杖」「菝葜」はそれぞれ植物の名、「弓取」は弓を持つ武士、「筆取」は文字を書く人、「小弓の矢取」は遊戯用の小弓で射た矢を集める人。

取り上げられた素材は「トリ」の音を持つだけで、雑多であり統一がないとも評される（評釈）が、各素材の間にはゆるやかな連想が働いていると見られる。「炭取」と「鑰取」は日常生活において必須の身近な道具（またはその道具を扱う人）であり、「カイトリ」から「カイモトリ」の音が引き出され、手に石が「かいもとる」（まとわりつく）ような遊戯「石取」を挟んで、植物名が二つ並ぶ。「弓取」と「筆取」は文武両面を表し、最後に「弓取」との連想で結ばれながら、また遊戯に関わる「小弓の矢取」が置かれている。リズムと意味上の連想関係から巧みに組み立てられていると言えよう。

この中に見える「虎杖」について、『枕草子』は「見るにことなることなきものの文字に書きてことごとしきもの」（実物を見るとたいしたことはないのに、文字に書くと大げさなもの）の物尽くし章段で例にあげている。「虎の杖」と書く漢字表記が問題になっており、同じ素材を取り上げても、今様が「トリ」という音に注目するのと対照的である。『梁塵秘抄』と『枕草子』は、ともに物尽くしという形式を特色の一つに持っているが、耳で聞いた音を問題にする今様と、漢字を思い浮かべられなければおもしろみがわからない『枕草子』は、作者や享受層の違いからそれぞれ独自の世界を切り開いているのである。

> 聟《むこ》の冠者《くわざ》の君《きみ》　何色《なにいろ》の何摺《なにずり》か好《この》うだう　着まほしき　麴《き》塵《ぢん》山吹止摺《やまぶきとめずり》に花村濃《はなむらご》
> 御綱柏《みつながしは》や　輪鼓《りうご》輪違《わちがへ》笹結《ささむすび》　纐纈《かうけち》まへたりのほやの鹿《か》の子結《こゆひ》
>
> （四句神歌・雑・三五八）

【現代語訳】

聟の冠者の君は、何色の何摺をお好みか。着たいと思われるか。麴《き》塵《じん》、山吹の色。止摺に花村濃の染め。御綱柏、輪鼓《りゅうご》、輪違《わちがえ》、笹結の文様。纐纈染《こうけちぞ》めにまへたりのほやの鹿の子絞り。

【評】

聟の着物の色や染めや文様についてあれこれ思いをめぐらした歌。妻の家における聟の装束選びの様子か。あるいは女（または女の親）と聟との対話ともとれる。「麴塵」は渋い黄緑色。しばしば天皇だけが着用できる禁色と説明されるが、『平家物語』

には「麴塵の直垂《ひたたれ》」の例が見られ、『梁塵秘抄』の時代には禁色という意識はなかったものと考えられる。「山吹」は山吹の花の色のような鮮やかな黄色。『梁塵秘抄』には、

武者《むさ》の好むもの　紺《こん》よ　紅《くれなゐ》山吹《やまぶき》濃《こ》き蘇芳《すはう》……　（四三六）

と見え、武士の好む色として、紺、紅に並んで山吹色があげられている。

「止摺」は形木にのりをつけてその上に布を止め、染色する方法。

「花村濃」は、花色（薄い藍色）でところどころ濃淡をつけた染め方。

「御綱柏」は三裂した葉の形が角《つの》に似るところから三角柏《みつのがしわ》ともいう。「輪鼓」は真ん中がくびれた鼓の胴のような形の紋、「輪違」は二つの輪を交差させた形の紋。「笹結」は笹の葉を紐で結んだような形の紋か。笹の紋には、葉を三枚、五枚と重ねた「三枚笹」「五枚笹」、雪を戴いた「雪持笹」など多くの種類があるが（沼田頼輔『綱要　日本紋章学』新人物往来社、一九七七年）、「笹結」は管見に入らず、推測の域を出ない。

「纐纈」は模様を彫った薄板二枚にはさんで染める絞り染めの一種。「鹿の子結」は鹿の子の毛のように白い斑点の模様を出す絞り染めの一種。「まへたりのほや」は「前垂の寄生」と漢字をあてる注釈書が多いが、意味はよくわからない。「前垂」は平安時代末に成立した辞書『伊呂波字類抄《いろはじるいしょう》』に「韎韐」の表記で出ている。「マヘタリ」の読みと膝を覆うものとの注とが付されるが、色や染め、文様などを問題としている当該今様の中で、衣

服の種類が出てくるのはやや不審である。寄生は他の樹木に寄生する植物（ヤドリギ）をいうが、紋所としても用いられた。『平家物語』巻一一「那須与一」の章段に「丸寄生摺《まろぼや》ったる鞍」と見え、寄生を丸く図案化した文様を鞍の側面に青貝などで象眼したものだとされる。また、源俊頼《としより》（一〇五五？～一一二九？）の歌集『散木奇歌集《さんぼくきかしゅう》』には、「狩衣《かりごろも》寄生の藍摺《あゐずり》」と見え、藍を用いて狩衣（もと、公家が鷹狩の折などに用いた活動的な衣服。のち、公家、武家の常用服となった）に寄生の摺り文様を染め出したらしいことが窺われる。「纐纈」「鹿の子結」と並べられているところから、「まへたりのほや」は、絞り染めに関わるものと見たいところではある。

一首全体は、おおよそ、色の種類、摺り染めの種類、文様の種類、絞り染めの種類、の順に構成されていると考えられよう。

時代は下るが、室町時代末期の流行歌謡である小歌にも、聟に着せる着物をテーマにしたものがある。

聟に着せうとて　目づくしの小袖《こそで》に　京上下《がみしも》を　京上下を（『宗安小歌集《そうあんこうたしゅう》』）

〈聟に着せようと用意したよ。目づくし〈白い斑点模様を多くちりばめた染めか〉の小袖と京で織られた上等の肩衣《かたぎぬ》と袴《はかま》をね〉

小歌よりも長い詞章を持つ当該今様は、多くの色や染めや文様を並べていくことによって華やかな衣装の豪勢さを鮮やかに示し、それを用意する人々の浮き立つような気分をも巧みに伝えている。

遊びをせんとや生《う》まれけむ　戯《たはぶ》れせんとや生《む》まれけん　遊ぶ子どもの声聞けば
わが身さへこそ揺《ゆ》るがるれ
（四句神歌・雑・三五九）

【現代語訳】
遊びをしようとしてこの世に生まれてきたのだろうか、戯れをしようとして生まれてきたのだろうか、一心に遊んでいる子どもの声を聞くと、私の体まで自然に動きだしてくることだよ。

【評】
子どもの遊びに引き込まれていく大人の感慨を歌った一首。子どもたちの遊ぶ姿をほほえましく眺めているうちに、自分も浮き浮きと楽しくなってくるという経験は、多くの大人が持っているものであろう。
遊女を主体とみて、無邪気な子どもに対置される罪深いわが身を、身を揺るがすような悔恨をもって見つめているとする説（考）、そのような罪の意識を抱えながらも、今様唱歌へと引き込まれ、生業に執着せざるを得ない遊女がわが身を認識する歌ととる説（馬場光子『走る女』筑摩書房、一九九二年）、罪業観からは離れて、遊女が遊ぶ子どもの声を契機として、自らも歌を歌うという行為、つまりアソビへとそそのかされることを歌ったと見る説（西郷信綱『梁塵秘抄』筑摩書房、一九七六年）などもあるが、軽やかな繰り返しの律調からは、少なくとも、罪深い生活を悔いるといった暗さは受け取りにくいように思われる。主体を遊女に限定すべき強い根拠は見出しにくく、ある程度の年齢を重ねた大人一般の感慨と見ておきたい。

『梁塵秘抄』が発見され、刊行されて間もない大正初期の詩歌作品には、『梁塵秘抄』今様の影響を受けた作が少なからず見出されるが、当該今様を引いた例は特に多く、好まれた一首であったことが窺われる。

うつつなるわらべ専念あそぶこゐ巌《いは》の陰よりのびあがり見つ　（斎藤茂吉）
一心に遊ぶ子どもの声すなり赤きとまやの秋の夕ぐれ　（北原白秋）
おもてにて遊び子供の声きけば夕かたまけてすずしかるらし　（古泉千樫《ちかし》）

また、川端康成は一九五四年に書いた舞踊劇「船遊女」において、白拍子たちに歌わせるという設定で、当該今様を次のような替え歌にしている。

遊びしたくて生まれ来た　戯れしたくて生まれ来た　遊ぶ子供の声聞けば　わが身の
春も思はるる　散らぬものかは咲く花の　手を取りかけて　いざや遊ばん

この替え歌では、子どもの遊びから、白拍子（遊女）の遊びが連想され、にぎやかな宴の場を彩るようなものになっている。

甲斐国《かひのくに》よりまかり出《い》でて　信濃《しなの》の御坂《みさか》をくれくれと　はるばると　鳥の子にしもあらねども　産毛《うぶげ》も変はらで帰れとや
（四句神歌・雑・三六一）

【現代語訳】
甲斐国《かいのくに》から出て参って、信濃の神坂峠《みさかとうげ》を苦労しながらやっと越え、はるばる都に上って来たのです。それなのに、鳥の子でもないというのに、産毛も生え変わらないまま、国に帰れとおっしゃるのでしょうか。

【評】
うら若い乙女の嘆きの歌。主体を巫女とみて、勧請のための苦しい旅を続ける中で、乙女のままではいられなくなってしまった自らを嘆く歌と見る説もある（馬場光子『今様のこころとことば』三弥井書店、一九八七年）。当該今様はそうした嘆きを装いながら、実は、男の気を引こうとする遊女の手管《てくだ》の歌と読めるのではないか。「産毛も変はらで帰れとや」によく似た表現として、前歌に「色も変はらで帰れとや」がある。

御前《おまへ》に参りては　色も変はらで帰れとや　峰に起き伏す鹿だにも　夏毛《なつげ》冬毛《ふゆげ》は変はるなり（三六〇）

（神社にお参りしたのに、色も変わらないで〈周辺の巫女や遊女と逢いもしないで〉帰れというのか。峰に起き伏す鹿でさえ、夏の毛と冬の毛では色が変わるのに）

三六〇番歌は、神社周辺に集まっている遊女らとの情事を匂わせた一首であり、男が「遊女に逢いもせず帰ってくるのは無理だ」と開き直っている歌と捉えられるが、実は、遊女らが巧みに客を引く言葉であり（集成・新大系）、三六一番歌も同様の趣を持っているのではないだろうか。三六一番歌の主体を田舎出の若者と見て、「色町をひやかしだけでは帰れない」と訴えた歌と見る説（集成）もあるが、自らを鳥の子に譬えるところにはどちらかというと、女性的な口吻が感じられる。

「甲斐国」は現在の山梨県、「卵《かひ》」との掛詞で後の「鳥の子」と響き合う。「信濃の御坂」は長野県下伊那郡の神坂峠。美濃国（現在の岐阜県南部）に抜ける難所。平安時代後期の説話集『今昔物語集』巻二八−三八話には、信濃守《しなののかみ》藤原陳忠《のぶただ》が、任期を終えて上京するために御坂を越えた時、懸橋を踏み外して馬もろともに谷底に落ちたことが見える。陳忠は木に引っ掛かって無事であったが、人々は、「底いくらばかりとも知らぬ深さ」の谷なので、助かるはずがないと思っていた。この峠の険阻であったことを示す逸話であろう。当該今様は、このように険しい場所を提示して、都に来るまでの苦労を具体的に描出し、強調している。

さて、大治二年(一一二七)頃に完成した第五番目の勅撰集『金葉《きんよう》和歌集』には、次のような一首が収められている。

甲斐国より上りて、をばなる人のもとにありけるが、はかなき事にて
そのをばが、なありそ、とて追ひいだしければよめる　　読人不知

鳥の子のまだかひながらあらませばをばといふ物はおひいでざらまし

(鳥の雛がまだ卵のままであったならば、尾羽など生え出ないだろうに——私もまだ甲斐国にいたならば、叔母〈伯母〉が追い出すこともなかったろうに)

この和歌は、かひ(卵―甲斐)、をば(尾羽―叔母または伯母)、おひ(生ひ―追ひ)の三種の掛詞が趣向となっているが、内容の類似から、同一事件の歌謡化が三六一番歌であるとする説(評釈)もある。しかし、三種の掛詞が眼目となる和歌と当該今様との掛詞の一致は

「かひ」だけであり、今様には肝心の「をば」が出て来ない。さらに、特定の個人的な事件が歌謡として流布するにはやはり相当の理由が必要ではないだろうか。したがってここでは、先のように、男たちを責めるように誘う女の、媚を含んだ歌と見ておきたい。旅の苦労を訴え、自らの若さと純情さを誇示し、この私をこのまま国へ帰すの、と恨む、そのような装いの中に歌われた甘い誘惑の歌と捉えられよう。

王子《わうじ》の御前《おまへ》の笹草《ささくさ》は　駒《こま》は食《は》めどもなほ茂し　主《ぬし》は来ねども夜殿《よどの》には　床《とこ》の間《ま》ぞなき若ければ
（四句神歌・雑・三六二）

【現代語訳】
王子の社前の笹草は馬が食むけれどもまだまだ茂っている。あの人は来ないけれども寝所では、床の空く間もないことよ、私が若いゆえに。

【評】
巫女の奔放な夜の生活を歌った一首。
「王子」は、諸注、熊野の若一《にやくいち》王子社と見る。「王子」という神の「若さ」が、巫女の若さとも響き合って巧みである。

「笹草」はイネ科の植物。葉は竹に似て、漢方では利尿薬とする（『図説 花と樹の大事典』柏書房、一九九六年）。承徳三年（一〇九九）に書写された『承徳本古謡集《しょうとくぼんこようしゅう》』所収の風俗歌（地方の歌謡）に「信濃笹草や　馬に飼ふなや　や　はれ　駒に飼うなや」と見え、馬の飼料となったことがわかるが、ここでは笹草を食べさせるな、と禁止している。当該今様では、笹草の繁茂する様子を、共寝をする相手が常にいる様子と重ね合わせた。

『古今和歌集』雑上には、

大荒木《おほあらき》の森の下草老いぬれば駒もすさめず刈る人もなし　（よみ人知らず）

（大荒木の森の下に生える草が老いさらばえてしまったので、馬も好まず、刈る人もない）

という一首が見える。この老いを嘆く和歌は、『蜻蛉《かげろう》日記』（天延二年〈九七四〉四月、同一〇月）や『源氏物語』（紅葉賀、蛍）に引用され、下草が女に、駒が男に譬えられて、もっぱら性的な比喩として取り入れられた。「駒もすさめぬ草」といえば男に顧みられない女を、「駒なつく森」といえば頻繁に男が通っていく女を表すことになる。こうした性的比喩表現の流れの中で、当該今様はさらに、「床の間ぞなき若ければ」と、直接的な表現で若さを謳歌していると言えよう。しかし、一方では、「主」が来ない現実があり、やがて迫る老いへの恐れもある。『古今和歌集』の和歌を当該今様の源泉とするならば、この今様の歌い手も聞き手も、今の若さに対置される老いを意識せざるを得ない。当該今様を、女の精一杯の強がり、あるいは「主」へのあてこすりと見れば、どことなく哀感も漂うだろう（宇津木言行「巫女の変容と四句神歌」『国語国文研究』八一号、一九八八年一二月）。

わが子は十余《じふよ》になりぬらん　巫《かうなぎ》してこそ歩《あり》くなれ　田子《たご》の浦に潮《しほ》踏むと　いかに海人集《あまびとつど》ふらん　正《まさ》しとて　問ひみ問はずみなぶるらん　いとほしや
（四句神歌・雑・三六四）

わが子は二十《はたち》になりぬらん　博打《ばくち》してこそ歩くなれ　国々の博堂《ばくだう》に　さすがに子なれば憎かなし　負《ま》かいたまふな　王子《わうじ》の住吉西宮《すみよしにしのみや》
（四句神歌・雑・三六五）

媼《おうな》の子どもの有様《ありさま》は　冠者《くわざ》は博打の打ち負けや　勝つ世《よ》なし　禅師《ぜんし》はまだきに夜《や》行《かう》好むめり　姫が心のしどけなければいとわびし
（四句神歌・雑・三六六）

【現代語訳】
わが子はもう十余歳になったことだろう。巫女をして歩いていると聞く。田子の浦の辺りをさすらっているとか。どんなにか多くの漁師が集まってくることだろう。占いが当たっているよと言って、あれこれ口を出してはなぶりものにしているだろう。かわいそうに。

わが子はもう二十歳になったことだろう。博打をして歩いていると聞く。諸国の博打場を渡り歩いているとか。やくざ者でもやはりわが子だから、憎くはない。どうかわが子を勝負に負けないようにしてやってください。王子の宮、住吉、西宮の神々よ。

ばばの子どもたちの有様といったら、冠者《かじゃ》は博打で負け通しでね、勝つ時なんかありゃしない。禅師はほんの子どもなのに、夜遊び好きのようなのさ。姫の気持ちはだらしがないから、まったくもってつらいことよ。

【評】

子を思う痛切な親心を歌った三首。連続して置かれている。前の二首は、何らかの理由で生き別れになった、漂泊するわが子の噂を聞いて、その境遇を思いやっているもの。

三六四番歌の「巫」は特定の神社に属する巫女ではなく、歩き巫女と呼ばれた、諸国を巡り歩く下級の巫女を指していると考えられる。彼女らは春をひさぐこともあったため、男たちの好色な目から逃れることは難しかった。占いを口実にからかわれ、なぶられる幼い娘の様子は具体的で、歌の主体として想定される母親自身がかつてそのような経験をしたのではないかと想像されるほどである。田子の浦は静岡県富士市の海岸で有名な歌枕。百人一首にも「田子の浦にうち出でて見れば白妙《しろたへ》の富士の高嶺《たかね》に雪は降りつつ」（田子の浦に出て眺めると、真っ白な富士の高嶺に雪は降りしきっていることだ）の一首がある。風光明媚な場所であればあるほど、美しい風景の中で辛酸をなめる娘のあわれさが際立ち、「いとほしや」（かわいそうに）の呻きが痛々しい。

三六五番歌に歌われる「子」は、博打うちになって流浪しているらしい。「博堂」は、原本「はくたう」で、これまで「博党」の字を当てて、博打仲間と解されてきたが、他に用例がない。「博堂」は博打の行われる場所の意で、『今昔物語集』巻一三－一〇話や鎌倉時代の歌謡・早歌《そうか》の一曲「双六」の中に例が見えるので、博打場の意にとった（植木朝子『梁塵秘抄』の職人たち」『中世人の軌跡を歩く』高志書院、二〇一四年）。博打場から博打場へ渡り歩くわが子の落魄を嘆きながら、それでも、勝負運を祈らずにはいられない親心があわれである。祈りの対象としての神々が具体的にあげられているところに、親の思いの切実さが表れていよう。「王子の住吉西宮」の「の」は調子を整えるために添えたもので、熊野の若王子社《にゃくおうじ》、住吉大社（大阪市住吉区）、西宮神社（兵庫県西宮市）の三社をあげたものと考えられる。「住吉西宮」は、「関より西なる軍神《いくさがみ》」を列挙した『梁塵秘抄』今様（二四九）の中にも結句に並んで置かれている。戦に勝つことを祈る「軍神」としての「住吉西宮」を、博打の勝利を祈る対象として選んだ親の心情は、冷めた目で見れば大げさで滑稽であるが、それだけに切なく胸を打つ。

　三六六番歌は、年老いた母親が、手元にいる子どもたちの無軌道な生活ぶりを嘆いた一首。「嫗」は「翁」の対で、老女のことだが、当該今様では自称として用いている。「冠者」はもともと、元服をして冠を着けた少年の意だが、ここでは老女の長男を指すのであろう。「禅師」は僧侶の称であり、僧体の次男のことか。「まだし」はその時期に達しない、という意味で、まだ幼いのに夜歩きばかりしている、と母の嘆きが強調される。「姫」は本来、貴人の娘をいうが、ここでは末娘を指すと見られる。「しどけなし」は、だらしがない、の意で、ここは男性関係の乱れを言うのであろう。三人が三人とも勝手気ままに過ごしており、そばにいながら母はどうすることもできない。「いとわびし」とため息をつくばかりである。

『後撰《ごせん》和歌集』に収められた藤原兼輔《かねすけ》の和歌「人の親の心は闇にあらねども子を思ふ道にまどひぬるかな」（親の心は闇ではないのに、子を思う道には、理性を失って迷ってしまうことだよ）は、『源氏物語』にもしばしば引かれて著名であるが、これらの今様は、親の「まどひ」を、切実な感情語と共に具体的に描き出している。

このごろ京《みやこ》に流行《はや》るもの　肩当腰当烏帽子止《かたあてこしあてえぼうしとどめ》　襟《えり》の竪《た》つ型錆烏帽子《かたさびえぼうし》　布打《ぬのうち》の下《した》

の袴《はかま》　四幅《よの》の指貫《さしぬき》　（四句神歌・雑・三六八）

このごろ京に流行るもの　柳黛髪々似而非鬘《りうたいかみがみえせかづら》　しほゆき近江女女冠者《あふみめをんなくわざ》　長刀《なぎなた》持たぬ尼ぞなき　（四句神歌・雑・三六九）

【現代語訳】

このごろ都に流行るものは、肩当、腰当、烏帽子止、襟が角張って立つ型、錆烏帽子、布で裏打ちをした下袴、四幅で仕立てた指貫。

このごろ都に流行るものは、眉墨《まゆずみ》で描いた柳眉、さまざまな髪型、ごまかしの鬘《かつら》、しほゆき、近江女、男装の女、長刀を持たない尼などいないことだよ。

【評】

都に流行るもの尽くしの二首。前者は男性の、後者は女性の風俗を取り上げている。三六八番歌の「肩当」「腰当」は角張らせるために布の裏の肩の部分あるいは腰の部分につける布。「烏帽子止」は烏帽子が頭から落ちるのを防ぐため、後ろにさす串。「錆烏帽子」は皺を多くつけた烏帽子。「四幅の指貫」は、普通八幅・六幅（「幅」は布の幅を表す単位で約三〇センチメートル）の布で仕立てていたところを四幅で仕立てた、細身で丈の短い指貫。指貫は裾をくくるようにした袴。全体として歌われているのは、衣に糊や当て布をつけたり、烏帽子に漆を塗ったりして、硬くこわばらせた強装束《こわしょうぞく》の様子である。嘉応二年（一一七〇）序の歴史物語『今鏡《いまかがみ》』みこたち「花のあるじ」によれば、ゆったりとした柔らかな萎装束《なえしょうぞく》から強装束への移行は、鳥羽院（一一〇三〜一一五六）や源有仁《ありひと》（一一〇三〜一一四七）らを中心に進められていったという。まさに流行歌謡の素材としてふさわしい最先端のファッションであった。

三六九番歌は本文にやや読みにくいところがあるが、「柳黛」「髪々」「似而非鬘」は女性の化粧に関わる事柄を並べたもの、「しほゆき」「近江女」「女冠者」はそれぞれ特徴のある女性の集団を並べたものととっておきたい。

「柳黛」は、眉墨で描いた柳の葉のように細く形のよい眉。平安時代末に成立した辞書『色葉字類抄《いろはじるいしょう》』には、「柳黛　美女分　リウタイ」とあって、「りうたい」の読みが示され、美女の一要素という意義分類がなされている。「髪々」をさまざまな髪型と解すると、これは特に評価を含まないものであるが、「似而非鬘」（「えせ」はまやかしものの意。「鬘」は頭髪を補うための毛）となれば、「ごまかし」といった負の評価が入り込むことになる。すなわち、美女の要素である「柳黛」から、醜さを隠すものへという並びになっていると見られるのである。

「しほゆき」は未詳、「近江女」は近江国（現在の滋賀県）を根拠地とする遊女の類であろうか。「女冠者」は「冠者」が若い男の意なので、男装の若い女ということか。長刀を振り回す尼とあわせ読むと、「しほゆき」「近江女」「女冠者」はいずれも、活発な勢いを持った女性の集団だったかと推測される。「近江女」には、『源氏物語』で「今姫君」として現れ、活発に動き回り、早口でしゃべり続ける「近江君《あふみのきみ》」も思い合わされるところである。男女の風俗が大きく変化していく様子は乱世の反映とも見られるが、そのような時代のダイナミックなうねりがよく伝わってくる。

清太《せいた》が作りし刈鎌《かりかま》は　何《なに》しに研《と》ぎけむ焼きけん作りけむ　捨てたうなんなるに
逢坂《あふさか》奈良坂《ならざかふ》不破《は》の関《せき》　栗駒山《くりこまやま》にて草もえ刈らぬに
（四句神歌・雑・三七〇）

【現代語訳】
清太が作った刈鎌は、何のために研いだのだろう、焼きを入れたのだろう、作り上げたのだろう。いっこうに切れず、捨てたくなるのに。逢坂《おうさか》、奈良坂、不破《ふわ》の関、栗駒山で、草も全く刈りとれないのに。

【評】

清太の切れない草刈鎌をからかった一首。これまでの注釈書の説は、農夫の間に歌われたものとして、特に寓意を見ない説（考・評釈・大系・新全集）と、清太から平清盛を連想し、平氏政権の弱体ぶりを諷刺したものと考える説（集成・新大系）とに大別される。後者の説について、清盛は、平家の太郎（長男）という意味で、「平太」と呼ばれるべきであり、『平家物語』巻二「西光被斬」には、清盛が若い頃、「高平太《たかへいだ》」（高足駄をはいた平家の長男）とあだなされたことが見えるから、「平太」ならともかく、「清太」と清盛とを直接結びつけるのは難しいように思われる。諸注、指摘するように、平安時代末期に成立した書簡文集『明衡往来《めいごうおうらい》』にも「清太」の名が見え、「清太」は格別珍しい名前ではなかったようであるから、特定の個人とは、必ずしも結びつかないだろう。

清太の草刈鎌が全く役立たずであるのをからかう歌として読むことも可能であるが、三六二番歌で見たように、下草を女に譬え、「草を刈る」ことを、男女の情交の比喩とする表現の流れからは（→三六二）、当該今様も、裏に、女を得られない清太をからかう意味を込めているると見られるのではないだろうか（渡邊昭五『梁塵秘抄の風俗と文芸』三弥井書店、一九七九年も同様の理解で捉えている）。

「逢坂」は京都と滋賀との境に位置し、関が置かれて、東国への出入り口となっていた。和歌の中では「逢ふ」との掛詞で詠まれることがきわめて多い。

「奈良坂」は京都から奈良へ抜ける奈良山越えの坂道。特定の景物と結びついて詠まれるような歌枕ではないが、「なら」の音を含み、「風は夕べにならなら坂や」（『草根集《そうこん》』）、「光も雨にならなら坂や」（『逍遥集《しょうよう》』）など、ある状態に「なる」の意と掛けられることがある。恋の成就することも「なる」と表現するので、「逢坂」同様、音の上で、恋と結びつく要素を持つ地名である。

「不破の関」は岐阜県不破郡関ヶ原町にあった関所。延暦八年（七八九）には廃されており、平安時代末以降、無人の関屋の荒れ果てた風景を詠む和歌が多い。不破の関には限らないが、関は人やものを留める場所でもあり、しばしば「過ぐ」「止まる」「留める」などの語とともに詠まれる。

「栗駒山」は京都府宇治市にあり、狩猟地として名高い所であった。平安時代中期に成立した歌物語『大和物語』には「栗駒の山に朝たつ雉よりもかりにはあはじと思ひしものを」（栗駒の山に朝飛び立つ雉が、狩をする人に出会わないようにしようと思う以上に、私もかりそめには契りを結ぶまいと思っていましたのに）、「み狩する栗駒山の鹿よりもひとり寝《ぬ》る身ぞわびしかりける」（あなたが狩をなさる栗駒山の鹿もつらいでしょうが、それよりも、ひとりで寝る私の身の方がいっそうつらいことですよ）といった例が見られる。当該今様においては女を得ることを狩猟のイメージと重ねたものか。

すなわち、これらの地名が言語遊戯的に並べられたものと考えると、想い人に逢えるという逢坂でも、恋が「なる」（成就する）という奈良坂でも、人を留めておいてくれるはずの不破の関でも、獲物がとれるはずの栗駒山でも、結局、清太は女をものにすることはできないのだな、というからかいが効果的に印象付けられるのである。

清太が作りし御園生《みそのふ》に　苦瓜《にがうり》甘瓜《あまうり》の熟《な》れるかな　紅南瓜《あこだうり》　千々《ちぢ》に枝させ生瓢《なりひさご》
ものな宣《のた》びそ蘞茄子《えぐなすび》
（四句神歌・雑・三七一）

【現代語訳】
清太が作った御園に、苦瓜や甘瓜が実ったことだ。紅南瓜も。たくさんに枝を伸ばせ、瓢《ひょう》簞《たん》よ。熟しすぎて割れて口を開けなさるなよ、えぐい茄子よ。

【評】
清太の作った瓜類を並べ、擬人化した一首。前歌（→三七〇）を平氏政権への諷刺と見る説は、当該今様も平家一門の隆盛を茶化したものと捉え（集成・新大系）、また、前歌（→三七〇）から男女の情交を読み取る説は、当該今様の瓜類をさまざまな女の比喩と見る（渡邊昭五『梁塵秘抄の風俗と文芸』三弥井書店、一九七九年）。しかし、植物や動物の、物尽くしや擬人化に重点のある今様は多く、当該今様にことさら寓意を読み取る必要はないであろう。

「御園生」は植物の生育している場所（園生）を尊んで言う語。皇室、貴族や神社の領有する農園。「苦瓜」は蔓茘枝《つるれいし》。実は長楕円形でいぼがある。「甘瓜」は真桑瓜《まくわうり》。実は楕円形で緑黄色に熟し、縦に縞がある。単に「瓜」と言えばこの真桑瓜を指すことが多く、平安時代末に成立した『扇面古写経《せんめんこしやきよう》』『鳥獣人物戯画《ちようじゆうじんぶつぎが》』『信貴山縁起《しぎさんえんぎ》絵巻』などの絵巻物には縞のある瓜がしばしば描かれている。「紅南瓜」は金冬瓜《きんとうが》。実は赤く丸い。「生瓢」は瓢簞。「ものな宣びそ」は「ものをおっしゃるな」の意で、茄子が熟しすぎて割れることを、口を開けてものを言う様子に譬えた。茄子はその姿形からして、どことなく滑稽で親しみを感じる果菜であるが、平安時代中期の歌集『赤染衛門《あかぞめえもん》集』や『伊勢大輔《いせのたいふ》集』などには、茄子で細工物を作ったことが見える。前者では、蓮の蕾を体にし、「おそろしげに節つきたる」茄子の実（おそらく茄子の実に鼻のような突起が生じた生理障害果であろう）を顔にして「法師」を作っており、後者では、一本の茄子を「猿」に作っている（植木朝子「茄子の歌」『梁塵』一九号、二〇〇一年一二月）。時代は下るが、島根県美濃郡の田植歌に、

高い山からひよつくり上て谷底見れば　瓜が三味《しやみ》弾く胡瓜《きうり》がはやす　日焼茄子が出て踊る

と見える。ここには、茄子と共に、瓜や胡瓜《きゆうり》も並列されるが、茄子は結句に置かれており、詞章の中で繰り広げられる芸能において、茄子の踊りは、瓜の弾く三味線や胡瓜の囃子を従え、中心的な役割を担っているらしい。さらに「日焼」の語が親しみと滑稽味を増している。当該今様も、種々の瓜の名を挙げた最後に、あくが強くえぐい味の茄子を配し、積極的な擬人化によっておかしみのある一首に仕立てている。

山城茄子《やましろなすび》は老いにけり　採《と》らで久しくなりにけり　あからみたり　さりとてそれをば捨つべきか　措《お》いたれ措いたれ種《たね》採らむ

（四句神歌・雑・三七二）

【現代語訳】
山城茄子は古びてしまった。採らないで長い時間が経ってしまった。すっかり熟してしまった。そうかといってそれを捨ててしまってよいだろうか。そのままにしておけ、そのままにしておけ、種をとろう。

【評】
古びた山城茄子をめぐる歌。第三句原本「あこかみたり」は、「あからみたり」（「あからむ」は「熟す」の意）の誤写と見たが、「吾子嚙みたり」（私の子がかじってしまった）、「あかがみたり」（ひび割れてしまった）と読む説もある（植木朝子「茄子の歌」『梁塵』一九号、二〇〇一年一二月に諸説を整理した）。

当該今様は、農作歌として読むことも可能だが、山城茄子は女性の譬えで、歳をとったとはいっても、子孫繁栄の役には立つだろうという寓意を読み取る説も多い（集成・新大系・全注釈）。植物の実りと、人間の子孫繁栄とを重ね合わせることはしばしば見られ、豊年の予祝行事として男女の交渉の様子を演じることは現在まで各地の民俗芸能に残っているし、植物の実りを祈る言葉が、子を授かるための祈りとなる例も多い。特に、茄子は「親の意見（教え）と茄子の花は千（万）に一つの無駄（あだ）もない」という諺があるように、収穫に無駄のない果菜の代表と言える（植木朝子「「なれなれ茄子」の歌」『歌謡』一一号、二〇〇七年一二月）。当該今様は、そうした茄子の性格をよく捉えていよう。

風に靡《なび》くもの　松の梢《こずゑ》の高き枝　竹の梢とか　海に帆《ほ》かけて走る船　空には浮《うき》雲《ぐも》　野辺《のべ》には花薄《はなすすき》

（四句神歌・雑・三七三）

【現代語訳】

風に靡くものは、松の梢の高い枝、竹の梢とか。海に帆をかけて走る船、空には浮雲。野辺には花薄。

【評】

風に靡くもの尽くし。陸・空・海の風物を並べている。今様は物の動きに注意を寄せることが多いが、当該今様は風に靡くさまざまなものの躍動感ある動きに注意を払い、素材配置にも工夫をこらしている。

松と竹は、植物としての共通性を持ち、両者とも「梢」の語を伴う。竹は、常緑であること、節が多く連なっていることから不老長寿を想起させるめでたい植物とみなされ、「色変へぬ松と竹との末の世をいづれ久しと君のみぞ見む（『拾遺和歌集《しゅういわかしゅう》』賀・斎宮内侍《さいぐうのないし》）」（常緑で色を変えない松と竹との行く末の世を、どちらが久しいか、わが君だけが生き長らえて見ることができるだろう）のように、松とともに賀歌に詠まれることが多い。いずれも風に靡き、さわやかな、時にはものさびしい音をたてるものである。

海上に浮かぶ船と空に浮かぶ浮雲は、広大な場所に頼りなく存在しているという点で共通し、孤独やはかなさを感じさせるものでもある。『枕草子』の「ただ過ぎに過ぐるもの」の章段に「帆かけたる船」とあり、船のスピードに焦点が当てられている一方、「たのもしげなきもの」の章段に「風早きに帆かけたる船」とあって、その不安定さ、はかなさにも注意が向けられている。「浮雲」は浮いている状態から定めないものの譬えとされ、はかない自分の身によそえて和歌に詠まれることも多い。小野小町の長歌に「ひさかたの空にたなびく浮雲の　うけるわが身は……」(『小町集』)とある。

最後に視点が身近な野辺に戻り、「花薄」が取り上げられる。「花薄」は穂の出た薄。平安時代前期から中期の和歌において、薄の穂が風に揺れるさまを人を招き寄せるしぐさに見立てることが広く一般化する。たとえば、『拾遺和歌集』に、「女郎花《をみなへし》多かる野辺に花薄いづれをさして招くなるらん(秋・よみ人知らず)」(女郎花《おみなえし》が多く咲いている野辺で、花薄はいったいどの花をさして招いているのだろう)とあり、女郎花を女に、花薄を男によそえている。「靡く」の語を伴うとより一層恋の情緒が高められ、たとえば、『新古今和歌集』には「野辺ごとに訪れわたる秋風をあだにも靡く花薄かな(秋・八条院六条)」(どの野辺にも訪れる秋風であるのに、なまめかしく靡く花薄よ)とあって、秋風を男に、花薄を女に譬えている。「船」と「浮雲」で描き出された孤独感が、最後のあだっぽい「花薄」で打ち消されていくような変化に富んだ構成になっているのである。

すなわち、一首全体は、素材の置かれた場所としては、地上(視点は相対的に高い)↓海上↓空↓地上(視点は相対的に低い)と動き、素材の種類としては植物―人工物―天象―植物で組み立てられ、素材が内包する気分としては賀―無常―恋と構成されていると言えよう。

すぐれて速きもの　鶬《はいたか》　隼《はやぶさ》　手《て》なる鷹《たか》　滝の水　山より落ち来《く》る柴車《しばぐるま》　三所五所《さんじよごしよ》に申すこと
（四句神歌・雑・三七四）

【現代語訳】
とりわけ速いものは、鶬、隼、鷹匠の手に止まって出番を待つ鷹、滝の水、山から落ちて来る柴を積み載せた大きな木、熊野の三所権現と五所王子への願い事。

【評】
速いもの尽くし。スピード感のあるものを並べ、最後に意表をつくもので歌い収めている。「鶬」は小型の鷹。鳩ほどの大きさで森林の中や周辺を速い速度で飛ぶ。「隼」は中型の猛禽類。鳩より大きく烏より小さい。高空を高速で飛ぶ。繁殖はおもに海辺の断崖。「手なる鷹」は、手に止まっている大鷹の意であるが、じっと止まっていることは速さと直接には結びつかない。おそらく狩のために鷹匠の手に止まって出番を待っていることを示し、飛び立った後の速さを表現しようとしているのであろう。大鷹は平地から山地で見られる大型の鷹。「柴車」はこれまで、柴を丸く束ねたものとされてきたが、この根拠は連歌用語を解説した『産衣《うぶぎぬ》』で、元禄一一年（一六九八）刊と時代が下る。それより早く、応安七年（一三七四）〜宝徳四年（一四五二）の間に成立した歌学書『六花集注《ろっかしゅうちゅう》』に「柴車とは大なる木の枝を切て其上に多く枝をのせて峰よりおとす也」とあるから、小枝を積み載せた大きな木と解するべきである。

「三所五所」は、ほとんどの注釈書で、熊野の三所権現と五所王子のことと考えられているが、神々に申すことが「速い」という点については、神に申す唱えごとが早口であるとする説（大系・新全集・全注釈）、霊場案内人の説明が早口であるとする説（評釈）、神の霊験がたちどころに現れるとする説（集成・新大系）がある。次のように「はやき神」で霊験あらたかな神を表現するような用例から、願い事がすぐさま聞き届けられるという霊験の現れの速さを言っているものと解したい。

蔵人にならぬことを嘆きて、としごろ賀茂の社に詣で侍りけるを、二千三百度にも余り侍りける時、貴船の社に詣でて、柱に書き付け侍りける　平実重《さねしげ》

今までになど沈むらん貴船川かばかりはやき神を頼むに

（今までどうして沈淪していたのだろう。貴船川の流れの速さのようにこれほど効験の速い貴船明神を頼みにしていたのに）

かくて後なん、ほどなく蔵人になり侍りにける、近衛院の御時なり

（『千載《せんざい》和歌集』神祇）

当該今様は、鵜、隼、大鷹という猛禽類を並べ、自然のものである滝の水、山の木を利用した素朴なものながら人の手が加わった柴車、そして神の霊験というように、自然、人間、神、と対象の範囲を巧みにずらしている。特に結句は、それまでの物理的なスピードとは異質な時間的速さを表現して意表をついたものになっている。次々に並べられていくものを耳から聞く今様の場合、最後の「おち」の工夫が重要であるから、当該今様はその点で巧妙に仕立てられた一首と言えよう。

楠葉《くすは》の御牧《みまき》の土器造《どきつくり》　土器は造れど女《むすめ》の貌《かほ》ぞよき　あな美しやな　あれを三《み》車《くるま》の四車《よくるま》の愛行輦《あいぎやうてぐるま》にうち乗せて　受領《ずりやう》の北《きた》の方《かた》と言はせばや

（四句神歌・雑・三七六）

【現代語訳】

楠葉の御牧の土器造は土器なんかを造ってはいるが、娘はとっても器量よし。ああ、なか

なかの美人だよ。あの娘を三台も四台も連ねた婚礼用の手車に乗せて、受領の奥様と言わせたいものだなあ。

【評】

庶民の玉の輿願望を生き生きと歌った一首。「楠葉の御牧」は大阪府枚方市にあった朝廷の牧場で、早く、藤原実資《さねすけ》の日記『小右記《しょうゆうき》』永観二年（九八四）一一月二三日条に「楠葉御牧」と見える。古来、良質な粘土を産し、土器造の根拠地の一つであった。鎌倉時代末に成立した高僧の伝記『寺門高僧記《じもんこうそうき》』所収の「和讃」の一節に「久須和美未岐乃度岐津久利（楠葉御牧の土器造）」とあり、平安時代後期に成立した短編物語『堤中納言物語《つつみちゅうなごん》』「よしなしごと」には、「楠葉の御牧に作るなる河内鍋」とあって、土鍋が作られたことがわかる。古代、土器造から葬礼、陵墓を管理した氏族に土師《はじ》氏がいたが、『梁塵秘抄口伝集』巻一が語る今様起源譚においては、土師の連《むらじ》という歌の名人が今様の起こりに関わっているとされる。とすると、土器造は今様との因縁浅からぬ存在ということにもなるが、ここでは、社会の最下層を代表するような貧しい職人として取り上げられている。『栄花物語』巻三九では、延久六年（一〇七四）、藤原頼通が没した折に、身分の上下を問わず人々が嘆き悲しんだことを記して、「何の数ならぬ下部《しもべ》」（人の数にも入らないような下部）が取り乱して泣き、「土器造などいふ者さへ」声も惜しまず泣く様子が痛ましいと表現している。そのような低い階層の者にとって、地方官の最高者であり、多くの富を蓄えた「受領」（→三二〇）の身分は羨望の的であった。受領の妻の座は土器造の娘にとってどれほどの憧れであったことか。『源氏物語』玉鬘巻には、次のような場面がある。

光源氏との密会の夜、物の怪のためにはかなく命絶えた夕顔には、一人の娘・玉鬘があった。玉鬘は乳母らと共に筑紫から上京し、長谷寺に詣でる。たまたま長谷詣でにやってきていた夕顔の元女房で今は光源氏に仕えている右近が玉鬘一行に気づく。玉鬘に仕える下女・三条は、長谷寺に参詣した大和国の受領の北の方を見て、その威勢に圧倒され、「あが姫君、大弐《だいに》の北の方ならずは、当国の受領の北の方になしたてまつらむ。三条らもずいぶんに栄へてかへり申しは仕うまつらむ」（私の大切な姫君、玉鬘さまを、大弐の北の方か、そうでなければこの国の受領の北の方にしてさしあげたい。願いがかないましたら、私三条も身分相応に出世して、お礼参りをいたしましょう）と、手を額に当て、一心にお祈りをしている。

ここで、下女である三条は、玉鬘の結婚相手として、自らが知る最高の権威者としての大弐（大宰府の次官）をあげ、ついで、長谷寺で目の当たりにした大和守《やまとのかみ》の妻の羽振りのよさから、大和国の受領を考えている。三条にとって、受領の北の方は素晴らしい立場なのであった。当該今様の土器造やその周辺の人々にとっても同じである。一方、この祈りを聞いた右近は「いとゆゆしくも言ふかな」（姫君を受領の妻になどとは、縁起でもないことを言うものだ）と思い、三条を「いといたくこそ田舎びにけれな」（ずいぶん田舎びてしまったこと）と非難する。光源氏に仕える右近にとっては、「受領の北の方」など低すぎるのであり、中流階級である受領の身分がよく示されている。

岡本綺堂『修善寺物語』では、面打ち・夜叉王の二人の娘のうち、野望に満ちた姉が、職人と結婚した妹に向かって、「職人風情などを夫には持たぬ、今に関白大臣将軍家にも召し出されよう」と豪語し、身分違いだとたしなめられる。一方、当該今様は、娘の立場から直接歌われた願望ではなく、周囲の人々が美しい娘に夢を託して送る応援歌のような趣を持ち、共同体のあたたかさをも感じさせる。

尼《あま》はかくこそ候《さぶら》へど　大安寺《たいあんじ》の一万法師《いちまんほふし》も伯父《をぢ》ぞかし　甥《をひ》もあり　東大寺にも

修学《しゆがく》して　子も持たり　雨気《あまけ》の候《さぶら》へば　ものも着で参りけり

（四句神歌・雑・三七七）

【現代語訳】

尼はこんな風にみすぼらしい格好をしておりますが、大安寺の一万法師も伯父なのですよ。

甥もあるのです。伯父さまは東大寺にも学んで、子どもだって持っているのです。雨が降りそうなので私はいい着物も着ないで参ったのですよ。

【評】

零落した尼が見栄を張って歌う一首。

さて、この一首の「子」について、ほとんどの注釈書では「尼」の子と解し（評釈・大系・集成・全注釈）、一部の注釈書で「甥」の子としている（新全集）が、伯父である「一万法師」の子と見る説（宇津木言行「巫女の変容と四句神歌」『国語国文研究』八一号、一九八八年一二月）に従いたい。「甥もあり」は「伯父ぞかし」に応じて、囃し詞的に後から挿入されたものと考えられるだろう。『梁塵秘抄』今様にはそのような例が多く、たとえば次のような歌の中の傍線部は挿入句と見ることができるからである。

近江《あふみ》の湖《みづうみ》に立つ波は　花は咲けども実《み》も熟《な》らず　枝ささず　や　比叡《ひえ》の御山《おやま》の西裏《にしうら》に
こそ　や　水飲《みづのみ》ありと聞け　（二五四）

熊野へ参るには　紀路《きぢ》と伊勢路《いせぢ》のどれ近し　どれ遠し　広大慈悲《くわうだいじひ》の道なれば　紀路も
伊勢路も遠からず　（二五六）

甲斐国《かひのくに》よりまかり出でて　信濃《しなの》の御坂《みさか》をくれくれと　はるばると　鳥の子にしもあら

ねども　産毛《うぶげ》も変はらで帰れとや　（三六一）

楠葉《くすは》の御牧《みまき》の土器造《どきつくり》　土器は造れど女《むすめ》の貌《かほ》ぞよき　あな美しやな　あれを三車《みくるま》の四《よ》車《くるま》の愛行輦《あいぎやうてぐるま》にうち乗せて　受領《ずりやう》の北《きた》の方《かた》と言はせばや　（三七六）

これらの例の傍線部は直前の内容を繰り返したり、ほぼ同様の内容を添加するもの、あるいは反対側からの問い直しであって、強調の意味を持つものの、それがなければ一首の意味が成り立たないというわけではない。当該今様の「甥もあり」は、二五四番歌の「実も熟らず」に対して「枝ささず」を重ねて「実も熟らないし（それだけではなく）枝も伸びない」と表現した例のように（↓二五四）、「伯父もいるし（それだけではなく）甥だっている」というような強調表現であろう。「甥もあり」をいったん除いて考えると、一首は伯父自慢で貫かれていることになる。そもそも、自分の父や子といった直接的な肉親でなく、伯父や甥を持ち出すところに、自慢の強引さが窺われ、滑稽感が増す。

「大安寺」は南都七大寺の一つ。インドの祇園精舎《ぎおんしようじや》は兜率天《とそつてん》をうつし、中国の西明寺《さいみようじ》は祇園精舎をうつし造ったが、大安寺はその西明寺の一院をうつしたものとされる（『大鏡』藤原氏物語）。中世には衰退したが、平安時代には東大寺とならぶ大規模な寺であった。「東大寺」は大仏で名高い南都最大規模の寺。「一万法師」は未詳だが、いかにも立派な名前で、強い印象を残す。

大安寺という大きな寺の法師であり、東大寺という最高の場所で学んだ一万法師はしかし子を持っているという。僧が子を持つことは最も目につきやすい破戒行為であり、これを揶揄する芸能は、古くから存在する。たとえば、百済《くだら》から伝わり、飛鳥・奈良時代に最盛期を迎えた伎楽《ぎがく》の中には「婆羅門《ばらもん》」という曲があるが、天福元年（一二三三）成立の楽書『教訓抄《きょうくんしょう》』巻四はこの曲に「これ、ムツキアラヒと謂ふ」と注記している。婆羅門はインドの四姓制度における最上位で、僧侶・司教の階級であるが、僧侶が襁褓《むつき》（おむつ）を洗うことの背後には女性と子どもの存在を想像させる。また、藤原明衡《あきひら》（九八九？～一〇六六）著『新猿楽記《しんさるがくき》』の寸劇の題名に「妙高尼《めうかうあま》が襁褓乞ひ」があり、「妙高」といういかにも気高く清らかな名前の尼が「襁褓」を求めて奔走する様子を滑稽に演じたもので、子を抱えた破戒の尼を諷刺する演目だったと思われる。時代は下るが、慶長九年（一六〇四）八月、豊臣秀吉七回忌を期して執行された祭礼の記録『豊国大明神臨時御祭礼記録《とよくにだいみょうじんりんじごさいれいきろく》』には、「比丘尼胎《はら》みたるを先に立て、坊主の後より団扇を持つて仰ぎさすりつめりたる風情も有り」と見え、大きなお腹を抱えた尼を先に歩かせ、後ろからゆく僧侶が団扇で仰いだり、尼の体をさすったりつねったりしている様子を滑稽に演じたものがあったらしい。

このような揶揄の対象となる行為を、悪びれもせず自慢する当該今様の尼の滑稽さは際立っている。この尼の言葉は、あるいは猿楽のような芸能の中で発せられたものではないだろうか。ぼろをまとった尼が、自慢にならぬ自慢を得意げに言い立てる。「立派なお坊様である伯父さんは、子どもだって持っているのです」と高らかに宣言して観客の爆笑を誘い、さらに、「雨気」に「尼」を響かせた言葉遊びで締めくくる。「雨気」は雨の降りそうな気配のことで、『源氏物語』藤裏葉巻に「雨気ありと、人々騒ぐに」と見える。この一首から老いた尼の「哀感」を読み取る説（新全集）もあるが、むしろ、人間の虚栄心と僧侶の破戒を滑稽に描き出して諷刺した演劇性の高い一首と捉えたい。

> 池の澄めばこそ　空なる月かげも宿るらめ　沖よりこなみの立ち来て打てばこそ　岸も後妻《うはなり》打たんとて崩るらめ
>
> （四句神歌・雑・三七八）

【現代語訳】

池の水が澄んでいるからこそ、空にある月も水面に宿るのであろう。沖から小波（前妻）が立ってきて岸を打つからこそ、岸も後妻を打とうというので崩れるのであろう。

【評】

後妻打ちを歌い込んだ洒落の一首。後妻打ちとは、前妻が後妻に乱暴を働くことで、記録上早い例として、『御堂関白記《みどうかんぱくき》』寛弘九年（一〇一二）二月二五日条に「輔親の宅家に雑人多く至りて濫行を成すと云々……是蔵云女方宇波成打《うはなりうち》と云々」と見える。承平年間（九三一〜九三八）に成立した辞書『和名類聚抄《わみょうるいじゅうしょう》』に「後妻」の訓として「宇波奈利」が見えるから、後妻の家に前妻（蔵という名の女房）側の人々が押し寄せて乱暴を働いたことがわかる。後白河院の今様の弟子である平康頼《やすより》が編んだ説話集『宝物集《ほうぶつしゅう》』巻二には、天皇の后の嫉妬について語った後、「まして、あやしの下衆ども、うはなりうちとかやして、髪かなぐり、取り組みなどするは、ことはりにぞ侍るべし」（まして、身分の低い女性たちが、後妻打ちとかいうことをして、髪をひきむしったり、争って取っ組み合ったりするのは当然のことでありましょう）と述べており、「後妻打ち」と称して後妻の身体に危害を加えることが見て取れる。

「こなみ」は「小波」に「前妻」を掛けている。『和名類聚抄』には「前妻」の訓として「古奈美」が見える。古く、『古事記』歌謡に「古那美《こなみ》が　肴乞《なこ》はさば　立ち柧棱《そば》の実の無けくを　こきし削《ひ》ゑね　宇波那理《うはなり》が　肴乞はさば　厳榊《いちさかき》　実の多けくを　こきだ削《ひ》ゑね」（前妻がおかずを欲しがったら、柧棱の実の少ないところをたくさんそぎ取ってやれ。後妻がおかずを欲しがったら、厳榊の実の多いところをたくさんそぎ取ってやれ）と見え、「こなみ」と「うはなり」が対になって歌われている。

　当該今様は、前半で澄んだ池に月が映ることを歌い、静かで清らかな風景を描き出しているのに対し、後半では騒がしく荒々しい情景に転じている。八幡宮の縁起や霊験譚を記した鎌倉時代の『八幡宮巡拝記《はちまんぐうじゅんぱいき》』に、説法の言葉として「仏ノ具シ給ヘル至誠心ヲ思ヘハ、行者ノ心ノ中ニカヨフ也。池水スメハ空ノ月ノカヨフ也」とあることを参照すれば、前半と後半で、悟りの境地と嫉妬心という煩悩の苦しみとを対置しているとも見られる。こうした対比と言語遊戯で巧みに織りなされた一首と言えよう。

月かげゆかしくは　南面《みなみおもて》に池を掘れ　さてぞ見る　琴《きん》の琴《こと》の音《ね》聞きたくは　北の岡の上に松を植ゑよ
（四句神歌・雑・三七九）

【現代語訳】
月が見たいならば、屋敷の南面に池を掘れ。そうして眺めよう。琴《きん》の琴《こと》の音が聞きたいならば、北の岡の上に松を植えよ。

【評】
池に映った月を眺め、松風を琴の音と聞きなす一首。自然の味わい方に一種の屈折があり、和歌を中心とした文学的伝統の上に成り立っている。
池に映った月を賞玩することは、『古今和歌集』にすでに見える。

池に、月の見えけるを、よめる　紀貫之

ふたつなき物と思ひしを水底《みなそこ》に山の端《は》ならでいづる月かげ　（雑上）

（月は一つだけで二つとはないものだと思っていたのに、この水の底に山の端からでなく出ている月影よ）

また、絵画のテーマとしてもしばしば描かれ、『拾遺《しゅうい》和歌集』秋部には、池に映った月を描いた絵を見て詠んだ、次のような和歌の例が見える。

屏風に、八月十五夜池ある家に人あそびしたる所　源順《したがふ》

水の面《おも》に照る月波をかぞふれば今宵ぞ秋の最中《もなか》なりける

（波の立つ池の水面に映っている月を見て、月日の数を数えてみれば、今宵は秋の真ん中の八月十五夜であったよ）

廉義公の家の紙絵《かみゑ》に、秋の月おもしろき池ある家ある所　源景明《かげあきら》

秋の月西にあるかと見えつるは更け行く夜半《よは》の影にぞありける

（秋の月が西の方にあると見えたのは、夜が更けて、池の水面に映った夜半の月影であったよ）

「琴《きん》の琴《こと》」は十三絃の「箏《そう》の琴《こと》」に対し、七絃の琴を言う。奈良時代に中国から伝来し、

『うつほ物語』や『源氏物語』にはその名が見えるが、平安時代末期にはほとんど廃れてしまった。したがって当該今様が琴《きん》を歌っているのも、身近で具体的な楽器としての七絃琴を強く意識したからではなく、松風の音を琴《きん》の音と聞きなす文学的伝統によったためと考えられる。

松風と琴の取り合わせに関して、後代の和歌や物語に最も大きな影響を与えたのは、『拾遺和歌集』の次の一首であろう。

野宮に斎宮の庚申し侍りけるに、松風入夜琴といふ題を詠み侍りける

斎宮女御

琴《こと》の音《ね》に峰の松風通《かよ》ふらしいづれのをより調べそめけん　（雑上）

（琴の音に、峰の松風が似通っているように聞こえる。いったいあの松風は、どの山の峰《を》から、すなわちどの琴の緒《を》〈絃〉から美しい音を奏ではじめたのだろうか）

当該今様は、以上のように、伝統的美意識にのっとった作であるが、池に照る月と琴に通う松風の音とを楽しむために、「南面に池を掘れ」「北の岡の上に松を植えよ」と、南と北、池と岡の対比をはっきりと示して命令形を重ねている点には、和歌に見られない表現の強さがあり、楽しみを進んで享受しようとする積極性がある。

遊女《あそび》の好むもの　雑芸《ざふげい》鼓《つづみ》小端舟《こはしぶね》　簦《おほがさ》翳《かざし》艫取女《ともとりめ》　男の愛祈《いの》る百大夫《ひやくだいふ》

（四句神歌・雑・三八〇）

【現代語訳】

遊女の好むものは、今様の歌々、鼓、小端舟、簦を翳す人、舟を漕ぐ女。男の愛情を得られるようにと祈る百大夫の神。

【評】

遊女にとっての必需品が並べられた物尽くしの一首。道具（芸そのものおよび芸に直接必要なもの、乗り物）→伴う人々→信仰する神の順に素材が配置されており、遊女の芸との関係性がごく強いものから周辺的なものへ移っていく。結句でやや意表をつくという、物尽くしによく見られる構成方法である。

「雑芸」は広義今様のことで、しばしば鼓の伴奏で歌われた。『法然上人行状絵図』巻三四には播磨国（現在の兵庫県西部）室津についた法然（一一三三～一二一二）の船に近づく遊女の小舟が描かれているが、鼓を抱えた遊女に傘をさしかける女性と、艪を漕ぐ女性が描かれており、この今様の歌っている状況と重なって三人一組で行動する遊女の様子がよく分かる（カバー絵参照）。平安時代の遊女を主人公とする能「江口」でも、遊女は舟の作り物に三人並んで乗る姿で登場する。

百大夫は道祖神（さえのかみ・どうそじん）の別名で、峠や村境などの境界にあって悪霊疫病などを防ぐとともに、恋愛を司る神でもあった。堀河天皇（一〇八六～一一〇七在位）の時代に成立した歴史書『扶桑略記《ふそうりやつき》』天慶二年（九三九）九月二日条や、長久年間（一〇四〇～一〇四四）に成立した仏教説話集『本朝法華験記《ほんちようほつけげんき》』下－一二八には、男女の性器を象った道祖神のあったことが記される。鎌倉初期までには成立していた「吒枳尼天祭文《だきにてんさいもん》」（高山寺蔵）は配偶者を請い求める男女がその成就を願うためのもので、妻を求める男性用、夫を求める女性用と二種類の祭文があるが、願いをかける対象の神として「柿本ノサヘ」「ソリ橋ノサヘ」「出雲道ノサヘ」「木辻ノサヘ」といった道祖神の名が見える。これらは柿の木の下、橋のたもと、道の入り口や出口、辻など、境界の地に祀られた道祖神であろう。境界を守り、恋の成就を導くという道祖神の性格がよく表れている。しかし、『今昔物語集』『宇治拾遺物語』など、平安時代から鎌倉時代にかけての説話集をひもとくと、道祖神は、あるいかがわしさをもった格の低い神として扱われており、このような神に対して篤い信仰を寄せる遊女らの社会的地位を暗示しているとも見られよう。

大江匡房《まさふさ》（一〇四一～一一一一）の記した『遊女記《ゆうじよき》』『傀儡子記《かいらいしき》』には、遊女一人一人が道祖神の像を刻んで持っていたことや、傀儡が道祖神像の前で派手に歌い舞って祈りをささげたことが見える。

ふしの様《やう》がるは　木の節萱《かや》の節山葵《わさび》の蓼《たで》の節　峰には山臥《やまぶし》谷には鹿《か》の子《こ》臥し
翁《おきな》の美女《びんぢよう》まり得ぬひとり臥し
（四句神歌・雑・三八二）

【現代語訳】
ふしの中で一風変わっていておもしろいのは、木の節、萱の節、山葵や蓼の節。峰には山伏、谷には鹿の子が臥している。おじいさんが美女をものにできなくて寂しい一人臥し。

【評】
語尾に「フシ」のつくものを並べた物尽くしの一首。はじめに植物の「節」を並べ、ついで「臥す」という人や動物の行為に移る。結句に説明の言葉を続けた重みがあり、意表をつく滑稽な内容でまとめている。
「様がる」は風変わりでおもしろそうだ、の意だが、『梁塵秘抄』には「様がる滝」（三一四）、「小鳥の様がるは」（→三八七）、「山の様がるは」（四三〇）、「この巫女は様がる巫女よ」（→五六〇）など、例が多い。何か変わったおもしろそうなものへの旺盛な好奇心は、今様という流行歌謡の性格をよく表していよう（→三五七）。

「萱」はチガヤ、ススキ、スゲなど細長くて強い葉を持つイネ科の草の総称。葉を刈り取って屋根を葺いたり、草壁の材料にしたりする。「山葵」はアブラナ科の多年草。地下茎は香辛料として利用される。「山葵の」の「の」は並列をあらわす。「蓼」はタデ科の植物の総称。原野に最も多く見られるのはイヌタデで、秋に紅色の花穂をつけ、あかまんまとして親しまれる。食用になるのはヤナギタデで、辛味が強く香辛料になる。正倉院文書にも名が見え、奈良時代から栽培されていたことが知られる。平安時代の和歌においても、

八穂蓼《やほたで》も河原を見ればおいにけりからしや我も年をつみつつ　（『好忠集《よしただしゅう》』）

（穂の多い蓼も、河原を見るとまあ大きくなったものだなあ。つらいことには、私も、からい蓼の葉を摘んでいるうちに、年を積んで老いてしまったよ）

くれなゐの色なりながら蓼の穂のからしや人の目にも立てぬは　（『山家集』）

（目につく紅の色でありながら、蓼の穂は人が見ようともしないのは、蓼がからいようにつらいことだ）

のように、蓼の味のからいことに注目し、つらい意を掛けている例が多い。

「山臥」は山野に臥して苦行する修行者。

「鹿の子臥し」については、文字通り、鹿の子が臥していると見る説のほか、雄鹿のイメ

ージを見る説（集成）、雌雄の鹿の共寝と見る説（新大系・全注釈）がある。和歌においては、次のように「雄鹿《をじか》臥《ふ》す」が、ひとまとまりの表現として繰り返し登場し、妻を恋う雄鹿が孤独に臥している様子が想起されやすい。

雄鹿臥す茂みにはへる葛《くず》の葉のうらさびしげに見ゆる山里
（『後拾遺《ごしゆうい》和歌集』雑五・大中臣能宣《おおなかとみのよしのぶ》）
（雄鹿の臥す茂みに蔓を延ばしている葛の葉が翻り、寂しげに見える山里だよ）

独り寝やいとどさびしき小雄鹿《さをしか》の朝臥す小野の葛の裏風
（『新古今和歌集』秋下・藤原顕綱《あきつな》）
（独り寝はひとしお寂しいことであろうか。雄鹿が朝寝する野の葛の葉裏を翻して吹く秋風よ）

雄鹿臥す夏野の草の道をなみしげき恋路にまどふ比《ころ》かな
（『新古今和歌集』恋一・坂上是則《これのり》）
（雄鹿が臥している夏野の草が道もないまでに茂って人を迷わせるように、私も絶え間ない思いで恋路をさまよっているこの頃よ）

「まり」は、共寝する、妻とするの意の「まく」の連用形「まき」が転訛したものであろう。翁と若い女性の取り合わせは、『梁塵秘抄』の他の歌にも「娑婆にゆゆしく憎きもの……頭白《かしら》かる翁《おきな》どもの若女《わかめ》好み」（→三八四）のように批判的に捉えられている。

当該今様の後半は、修行者である山伏、妻を恋い求める雄鹿、独り寝の翁と、いずれもわびしい一人臥しを並べている。翁の独り寝に対しては揶揄の調子も感じられるが、三種の孤独な一人臥しのつらさが、掛詞として前半の山葵や蓼のからさと響き合っているようにも捉えられ、味わい深い。

> 娑婆《しゃば》にゆゆしく憎きもの　法師の焦《あせ》る上馬《あがりうま》に乗りて　風吹けば口開《あ》きて　頭白《かしら》かる翁《おきな》どもの若女《わかめ》好み　姑《しうとめ》の尼君《あまぎみ》のもの妬《ねた》み
> （四句神歌・雑・三八四）

【現代語訳】
この世でひどく憎らしいものは、法師が荒々しく跳ねる暴れ馬に乗り、風が吹くと口を開いている様子。頭の白いお爺さんたちが若い女を追いかけるさま。姑の尼君のやきもちやき。

【評】
憎いもの尽くし。翁や姑の尼君といった老人に批判の目を向けている。最初に登場する法師の年齢ははっきりしないが、荒馬を乗りこなせず、口を開けてぜいぜいと息をしているような描写からは若々しい感じは伝わってこない。したがって、当該今様は、年をとって衰えていることを自覚せずに暴れ馬に乗ったり、年甲斐もなく色に迷い、嫉妬するといった老人への容赦ない嘲りに貫かれている一首と言えよう。

「焦る」は荒々しく躍り上がる意。文永五年（一二六八）成立の語源辞書『名語記《みょうごき》』巻三・三四オに「馬ノアセリサハク」とあり、巻八・八一オには「馬ノ沛艾ナルヲアセルトイフ」とある。「沛艾《はいがい》」とは、馬が暴れ躍り上がるように行くさま。「上馬《あがりうま》」は前足を跳ね上げ後ろ足で立つようなかんの強い暴れ馬。

「姑の尼君」は年をとって尼姿になった姑。嫁入り婚以前の時代であるから、仲の良い娘夫婦に嫉妬している様子と見られる。

『枕草子』「憎きもの」の章段には、不快感を与えるさまざまな人間の様子が細かに描写されている。かなり長い章段であるから、今様と一律には比較できないが、この段で老人の様子が批判的に記されているのは一か所のみで、火桶や炭櫃などに近寄って手足をこすり合わせ、意地汚いまでの態度で暖をとろうとする様子や、座ろうとする場所を扇であおいで塵を払い、座ってからも落ち着かない態度でいる不作法を「憎し」とする。人間の見苦しさはさまざまあるが、今様は特に、老人のそれに集約した形で一首を構成したのであろう。

西山通《にしやまどほ》りに来《く》る樵夫《きこり》を背《せ》を並べてさぞ渡る　桂川《かつらがは》　後《しり》なる樵夫は新樵夫《しんきこり》な
波に折られて尻杖《しりづゑ》捨ててかいもとるめり
（四句神歌・雑・三八五）

【現代語訳】

西山通りにやって来る木こりたち。背中を並べてそんな風に渡るのだね、桂川を。後ろの木こりは新米の木こりだな。波にあおられて尻杖を手放してもがいているようだ。


【評】

木こりの行列を写実的に捉えた一首。新米の木こりをハラハラしながら見つめるまなざしがあたたかい。木こりは『梁塵秘抄』三九九番歌にも「樵夫は恐ろしや」と歌われ、ある力を持った存在として関心を持たれていたらしい。

「西山」は京都西郊、桂川の流れる嵐山辺りを指すか。金閣寺裏山一帯を指すとし、木こりが桂川を渡り、西山に入って行くと見る説（全注釈）もあるが、「来る」と言っているので、山から下りてきて、桂川を渡り、都の中心部の方へやって来る様子と見たい。木こりの移動を珍しいものとして好奇心をもって眺めている様子からは、歌の主体の視点は都側にあると考えられるからである。

「波に折られて」は、波にあおられて腰を折られる様子を言うのであろう。和歌においては、

池水のみぎはならずは桜花影をも波に折られましやは　（『詞花《しか》和歌集』春・源師賢《もろかた》）

（桜の木のある場所がもし池の汀でなかったならば、桜の花の影さえも波に折られはしなかっただろうに）

のように、花の影が水に映っているのを、花が波に折られたと見なすものや、

浦近き高嶺《たかね》を風の渡らずは波に紅葉の折られましやは　（『月詣《つきもうで》和歌集』十月・藤原範綱《のりつな》）

（浦近くの山の高嶺を風が渡らなかったならば、波に紅葉が折られることもなかっただろうに）

のように、海上に散った紅葉を波に折られたと見なすものがあるほか、

岸近み植ゑけん人ぞ恨めしき波に折らるる山吹の花　（『山家集』）

（岸に近いため、波に折られる山吹の花を見ると、そんなところに植えた人が恨めしく思われることだよ）

のように、実際に波の力で折れた山吹の枝を歌った例がある。いずれにしても、和歌において波が折るのは、美しい花や紅葉の枝であるが、当該今様では、波が木こりの体を折るようにぐらつかせることを歌い、ほのかなおかしみを誘う写実的な表現になっている。
「尻杖」は休息の時などに背中の荷物の下にあてがって体を支える杖。明応九年（一五〇〇）末に成立した、歌合形式をとった職人絵『七十一番職人歌合《しちじゆういちばんしよくにんうたあわせ》』一二番には「木伐《きこり》」と「草刈《くさかり》」が番えられているが、木こりは、背中に柴を背負い、左手にT字型の杖を持った姿で描かれている。

烏《からす》は見る世に色黒し　鷺《さぎ》は年は経《ふ》れどもなほ白し　鴨《かも》の頸《くび》をば短しとて継ぐものか　鶴《つる》の脚《あし》をば長しとて切るものか
（四句神歌・雑・三八六）

【現代語訳】
烏は見るからに色が黒い。鷺は何年たってもやはり白いままだ。鴨の頸が短いからといって継ぎ足してよいものか。鶴の脚が長いからといって切ってしまってよいものか。

【評】

あるがままの自然なあり方を主張する『荘子』の二つの比喩を合成した鳥尽くし。『荘子』天運に「夫《そ》れ鵠《こく》は日ごとに浴せざるも白く、烏は日ごとに黔《くろ》めざるも黒し」とあり、同じく駢拇《べんぼ》に「鳧《かも》の脛《すね》は短しと雖《いへど》も之《これ》を続《つ》がば則ち憂《うれ》へ、鶴の脛は長しと雖も之を断たば則ち悲しむ」とあるものを合わせた。

前半部分について、『荘子』においては鵠（白鳥）と烏の対比だったものを、今様では鷺と烏の対比にしている。時代は下るが、お伽草子の『鴉鷺《あろ》物語』は、さまざまの鳥が烏方と鷺方に分かれて戦う物語で、鷺と烏の対比が見られる。水墨画の素材としてもしばしば鷺と烏が組み合わされて登場する（長谷川等伯「松に鴉・柳に白鷺図屏風」「烏鷺図屏風」など）。

後半部分について、『荘子』においては鴨と鶴それぞれの「脛」が取り上げられているのに対し、今様は「鴨の頸」と「鶴の脚」にずらしておもしろみを出している。『荘子』は比喩を用いて無為自然の理を説いているが、当該今様は、四種類の鳥を出して、黒と白、「頸」と「脚」、「短し」と「長し」といった対比を楽しむことに主眼を置く。軽妙な言葉遊びの一首として巧みに仕立てられていよう。

小鳥の様《やう》がるは　四十雀鶸鳥《しじふからめひはどり》　燕《つばくらめ》　三十二相《さんじふにさう》足らうたる啄木鳥《てらつつき》　鴛鴦《をし》鴨《かも》鴗《そひ》鳰《にほ》鳥《どり》川に遊ぶ

（四句神歌・雑・三八七）

【現代語訳】
小鳥の中で一風変わっていておもしろいのは、四十雀《しじゅうから》、鶸《ひわ》、燕《つばめ》、三十二相を備えている啄木鳥《きつつき》。鴛鴦《おしどり》、鴨、翡翠《かわせみ》、かいつぶりは川に遊ぶよ。

【評】
鳥尽くしの一首。『枕草子』には「鳥は」の章段があり、否定的評価を与えられているものも含めて十八種類の鳥の名前があげられているが、当該今様と重なるのは鶸鳥と鴛鴦だけである。『枕草子』が長い評を付し、和歌にも頻繁に詠まれている鶯《うぐいす》・時鳥《ほととぎす》について、当該今様が全くふれていないのも興味深い。文芸の世界であまりにも頻繁に取り上げられているものはあえてはずす、というのが今様の目指すところであったのだろう。「四十雀」は雀ぐらいの大きさで、頭の黒、頰・腹の白、背中の灰色とコントラストがはっきりしている。「鶸鳥」は金翅雀とも書く。ふつう真鶸《まひわ》をいう。雀より小さく体色に黄色みがある。「鴗」は翡翠の異称。雀ぐらいの大きさで、頭から背にかけては青色、胸から腹にかけてはオレンジ色である。長い嘴を持ち、水中の小魚などをとらえる。「鳰鳥」はかいつぶりの異称。鳩ぐらいの大きさで、全体に茶色の体色である。尾がなく、丸みを帯びた体型で、頻繁に潜水を繰り返す。

この今様で重みをもたされているのは「三十二相足らうたる」で形容されている啄木鳥らしい。なぜ啄木鳥が三十二相（仏の体が備えている三十二の具体的な特徴）を具足しているとされたのかについては、聖徳太子に討たれた物部守屋の怨霊が啄木鳥となり、太子の建立した四天王寺をつつき壊したという伝説と、守屋を地蔵菩薩の生まれ変わりとする伝説を重ねあわせて、守屋を媒介に啄木鳥から地蔵菩薩が連想され、そこからさらに仏の三十二相が連想されたとする説（評釈）、「てらつつき」の「寺」から仏の三十二相が連想されたとする説（考）、木をつつく音を三十二相の一つである梵声相《ぼんじょうそう》（仏教を守る神・梵天《ぼんてん》のように五種の音声を出す）と対応させる説（新大系）など、諸説がある。

藤原家隆（一一五八～一二三七）の歌集『壬二集《みにしゅう》』には「ふりにける森の梢に移り来てあかずがほなる啄木鳥かな」（年月を経た森の梢に移って来て、飽きることもない顔つきで木をつついている啄木鳥よ）とあって、飽きもせずせっせと木をつつく啄木鳥は、いかにも人間の感情移入を誘うものであった。藤原実資《さねすけ》の日記『小右記《しょうゆうき》』寛和三年（九八七）正月六日条には「啄木舞」という舞の名も見え、高い木の枝に上って啄木鳥のように舞う舞があったらしい。一般に鳥といえば飛翔のさまを連想するが、啄木鳥は空を飛ぶことに加えて、木を素早くつつきながら、幹の周囲を器用にめぐることができる。その優れた身体能力への関心が「三十二相」の譬えを導き、また、「啄木舞」を生んだものであろう。

当該今様全体を見ると、素材配列にもさまざまな工夫がなされていることがわかる。まず、「四十雀」から「啄木鳥」までの陸地の鳥と、「鴛鴦」から「鳰鳥」までの水鳥との対比があり、陸地の鳥の中で、四十と三十二の数字を対比している。「川に遊ぶ」はその前の四種の鳥すべてにかかるとも考えられるが、特に直前の「鳰鳥」はしばしば潜水をし、潜ったところからかなり離れた、思いがけぬ場所にひょっこり顔を出すので、「遊ぶ」と擬人化されるのには最もふさわしい。陸地の鳥の最後が木をつつく啄木鳥、水鳥の最後が潜水するかいつぶり、と、「様がる」（風変わりな）小鳥の中でも特におもしろいものを強調するような配置になっているのである。

西の京行けば　雀　燕《つばくらめ》　筒鳥《つつどり》や　さこそ聞け　色好《いろごの》みの多かる世なれば　人は
響《とよ》むとも　麿《まろ》だに響まずは
（四句神歌・雑・三八八）

【現代語訳】

西の京を行けば、雀や燕や筒鳥が鳴き立てて飛び回っているってね。そう聞いているよ。色好みの多い世の中だから、人は騒ぎ立てるだろうが、私さえ騒がなかったらよいではないか。

【評】

旅先で遊女の誘いに乗ったりはしないと妻あるいは恋人に言い訳するような趣の一首。「西の京」は、平安京の右京。一一世紀半ばに成立した漢詩文集『本朝文粋《ほんちょうもんずい》』所収、慶滋保胤《よししげのやすたね》（九三三？〜一〇〇二）の「池亭記《ちていき》」には、「予、二十余年以来、東西の二京を歴見《れきけん》するに、西京は人家漸《ようや》く稀なり。殆ど幽墟に幾《ちか》し。人は去ること有りて来ること無く、屋は壊るること有りて造ることなし」とあり、その荒廃ぶりが窺われる。

「雀」「燕」「筒鳥」は、「色好み」との関連からすると、遊女・傀儡の類を指していると思われる。『梁塵秘抄』には、稲荷大社周辺の遊女を「鳥」に譬えた例もあり（→五一四）、軽やかに飛び回る鳥は遊女の譬えになりやすかったらしい。当該今様で、なぜこの三種の鳥が遊女を表すのかについて、評釈は、雀・燕の語尾には「め（女）」が含まれ、筒鳥は渡り鳥であるからとするが、「メ」は鳥類を意味する接尾語で、ほかにも四十雀《しじゅうからめ》などがあり、渡り鳥は燕や雁など筒鳥以外にも多く存在するため、この三者が特に取り上げられる理由としてはやや弱いであろう。「すずめのいろごと」「はぐろ（歯黒）」「つつ（筒）」の隠語が見られるとする説（全注釈）もあるが、これらのような明確な隠語としての用例が平安時代末まで遡れるかどうかについては疑問が残る。

　雀と燕は卑近な鳥として対のように取り上げられることがしばしばあるが、さらに陳《ちん》渉《しょう》が、小人物には英雄の志がわからないことを「燕雀安《えんじゃくいづく》んぞ鴻鵠《こうこく》の志を知らんや」と嘆いたという『史記』陳渉世家《ちんしょうせいか》の故事から、「燕雀」が小人物を表す場合があり、『凌雲集《りょううんしゅう》』や『本朝文粋』など、平安時代の日本漢文にも用例が見られる。時代は下るが文化四～八年（一八〇七～一八一一）刊、曲亭馬琴の読本『椿説弓張月《ちんせつゆみはりづき》』には「小ざかしき燕雀の共《とも》囀《さへづ》り、汝等が知る所にあらず」と見える。すなわち、燕と雀には、愚かでつまらないものが、うるさく騒ぎまわるというイメージがあり、当該今様において、遊女たちがうるさくつきまとい、袖を引くさまとよく通い合うように思われるのである。

　雀、燕と並べられた「筒鳥」は、実際の鳥名としても比喩表現としても用例がほとんど見出せないが、竹筒をポンポンと打つような声によって筒鳥と名付けられたらしいことからすると、やはりその声に特徴があり、つきまとってくる遊女たちの嬌声を印象的に表現していると考えられる。さらに言えば、筒鳥はホトトギス科の鳥で、見た目は時鳥《ほととぎす》と酷似しており、ほとんど区別がつかないにもかかわらず、その声は時鳥の美声に遠く及ばないので、時鳥に対してひどく劣っているというマイナス面は、燕雀が小人物の譬えになるという性質と重ねられるとも言えるのではないか。また、「筒」は「拙ない」という意味を持っており、藤原明衡《あきひら》（九八九？〜一〇六六）著『新猿楽記《しんさるがくき》』では、裁縫に関して不器用なことを「手筒《てづつ》」と表現している。名前からして「拙ない鳥」であるとして「筒鳥」を軽んじた可能性もあろうか。

このように、雀、燕、筒鳥に対する、かしましく騒ぎ立てるつまらないものというやや差別的な把握は、妻や恋人に言い訳している男が遊女を譬えてみせるものとしてはふさわしいと言えるだろう。

> をかしく屈《かが》まるものはただ　海老《えび》よ弶《くびち》よ牝牛《めうし》の角《つの》とかや　昔冠《むかしかぶり》の巾子《こじ》とかや　翁《おきな》の杖《つゑ》ついたる腰とかや
> （四句神歌・雑・三九一）
>
> 直《すぐ》なるものはただ　連枷《からさを》や篦竹仮名《のだけかんな》のし文字《もじ》　今年生《ことしは》えたる梅楚《むめずはえ》　幡鉾刺鳥竹《はたほこさいとりだけ》とかや
> （四句神歌・雑・四三五）

【現代語訳】

おもしろく曲がっているものは、何より海老よ、弶よ、牝牛の角とかいうことだよ。昔風の冠の巾子とかさ。おじいさんが杖をついた腰とかね。

まっすぐなものは、何より連枷《からさお》だね。それに篦竹、仮名の「し」の文字、今年生えた梅の細枝、幡鉾、刺鳥竹とかいうことだよ。

【評】

曲がっているもの尽くしとまっすぐなもの尽くし。身近なものへの細かな観察眼が光る。「弶」は獣を捕らえる罠の一種。承平年間（九三一～九三八）に成立した辞書『和名類聚抄《わみょうるいじゅしょう》』に「久比知」の読みと「取獣械也」（「械」はしかけのある道具）の意味が記される。「巾子」は冠の後部に高く突き出た部分。髪を束ねた髻《もとどり》を入れ、根元を笄《こうがい》でとめる。「連枷」は脱穀用の農具。竿の先に短い棒や割竹をつけ、振りまわして稲や麦を打つ。「篦竹」は矢の柄にする竹。「梅楚」は梅の細くまっすぐに伸びた若枝。「幡鉾」は上部に小旗をつけた鉾。法会などで用いる。鉾は両刃の剣に長い柄をつけたもの。「刺鳥竹」は上部に鳥黐《とりもち》をつけ、小鳥をとる竹竿。

三九一番歌は結句に翁への笑いを置き、「ふしの様がるは……翁の美女《びんちょう》まり得ぬひとり臥し」（→三八二）と同様の構成になっている。直前の「昔冠」も古風な冠という意味で、老人とつながる。

四三五番歌はまっすぐな棒状の道具類を中心にあげた中に、仮名文字の「し」と、植物である梅の若枝をはさみ込み、一首の真ん中に意表をつくものを配する構成になっている。

『徒然草』六二段には、延政門院（悦子内親王）が幼かった時、父・後嵯峨天皇に対して詠んだ和歌「ふたつもじ牛の角もじすぐなもじゆがみもじとぞ君はおぼゆる」が紹介されているが、「ふたつもじ」が「こ」、「牛の角もじ」が「い」、「すぐなもじ」が「し」、「ゆがみもじ」が「く」で、恋しく思うという意味である。ここにも、仮名文字の「し」を「直《すぐ》」とする把握が見える。なお、延政門院の和歌で平仮名の「い」に見立てられた牛の角はわずかに婉曲しながらも前に伸びている牡牛の角であろう。牝牛の角は三九一番今様で取り上げられているように大きく曲がっている。牝牛の角は後ろに曲がっていて突けないところから、「牝牛に腹突かる」で、油断して思いがけない目にあうことをいう譬えにもなった。平治元年（一一五九）、二条天皇に献上された歌論書『袋草紙《ふくろぞうし》』上巻に、素人歌人と甘く見ていた相手に和歌を詠み負かされた良暹《りょうせん》が「牝牛に腹突かれたるたぐひかな」と言った話が見える。

茨小木《うばらこぎ》の下にこそ　鼬《いたち》が笛吹き猿奏《かな》で　かい奏で　稲子麿《いなごまろ》賞《め》で拍子《はうし》つく　さて

蟋蟀《きりぎりす》は鉦鼓《しやうご》の鉦鼓のよき上手《じやうず》　（四句神歌・雑・三九二）

【現代語訳】

茨の若木の下にこそ、鼬が笛を吹き、猿が舞い、舞を舞い、バッタはおもしろがって拍子をとるよ。さて、蟋蟀《こおろぎ》は、鉦鼓《しょうご》の鉦鼓の名人だ。


【評】

動物や虫を擬人化して、明るい奏楽の一場面を描いた一首。『狭衣《さごろも》物語』や『弁内侍《べんのないし》日記』にも見え、広く愛唱されたらしい。

「鼬」は後足で立ち上がり、前足を顔の前に掲げるしぐさをすることがあり、「鼬の目《ま》陰《かげ》」とよばれて、『源氏物語』の中にも出てきている。こうしたしぐさから笛を吹く動作が連想されたものであろう。

「稲子麿」は稲子を擬人化した呼び方でショウリョウバッタのこと。なぜショウリョウバッタが「拍子つく」と歌われたかについての明確な発言は西郷信綱が最初である（『梁塵秘抄』筑摩書房、一九七六年）。西郷説では、ショウリョウバッタが、神社の社人が立烏帽子を着けている姿に似ているため俗に「禰宜《ねぎ》」と呼ばれていること（『本朝食鑑《ほんちょうしょっかん》』）を引き、「禰宜」からの連想で笏拍子（笏を縦に二つに割った形で、打ちならして拍子をとる楽器）

を打つとしたのではないかと言う。さらにもう一つの可能性として、コメツキバッタの名があるように、後脚を持つと首を俯す姿に基づくかもしれないという推測をあげるが、「禰宜」からの連想の方があたっているだろうと結論する。しかし、当該今様の鼬が笛を吹くという発想が、前足を顔の前に掲げる鼬の動作から生まれ、蟋蟀が鉦鼓（雅楽で用いられる、青銅製で円形の打楽器）の上手という表現が、コロコロリンリンといった金属的な蟋蟀（今のコオロギ）の鳴き声から生まれたと考えられることからすると、「禰宜」という俗称の連想から笏拍子というのでは稲子麿と拍子との関係が間接的に過ぎるのではないか。動作あるいは鳴き声と楽器とが直接的に結びついて歌われている中で稲子麿だけが異質に感じられる。むしろ西郷論が指摘しているもう一方——後脚をそろえて持つと体を上下に動かすというショウリョウバッタの性質——をふまえた表現なのではないか。ショウリョウバッタの後脚をとらえて囃す伝承童謡の中には、「太鼓たたいてごらん」（栃木県那須地方）というものがあり、ショウリョウバッタの屈伸運動を、打楽器をたたく姿と見ていて、当該今様との関わりからは注目される。その他の童謡の例もショウリョウバッタの動きを米搗きや機織りなど、一定のリズムを刻む作業とみなしていて興味深い。当該今様のバッタも、手でとらえないまでもピョンピョン飛び跳ねる様を、拍子をとると見たのであろう。

なお、「猿奏で」の「奏づ」は調子をとって手足を動かす、舞を舞う、の意。人間に近い猿の複雑な動きを舞と見たものであろう。建長六年（一二五四）成立の説話集『古今著《ここんちょ》聞集《もんじゅう》』巻二〇には、鼓に合わせて巧みに緩急をつけた舞を舞い、終わると褒美を請う猿の話が見えている。

当該今様は、動物、虫の動きや鳴き声に細かな注意を払った上で、ふさわしい担当楽器（舞）が定められていて興味深い。

平安時代後半に制作されたと思われる絵巻『鳥獣人物戯画』（甲巻）の模本の一つに、住吉家伝来のものがあるが、その模本にのみ描かれる場面に、蛙の漕ぐ舟で、舟楽が催されているところがある。描かれている動物は、笛を吹く鼬、琵琶を弾く猿、笙を吹く兎であり、動物の奏楽というテーマが絵画の世界でも好まれたことがわかる。

室町時代後期の中国山地に流布した田植歌を収録した『田植草紙《たうえぞうし》』にも、「山が田を作ればおもしろいものやれ　猿は簓擦《ささらす》る　狸鼓《たぬきつづみ》　打つとの　打てばようなる狸の太鼓おもしろ　昔より簓は猿がよう擦る　山田の案山子《かかし》いつまで」といった同様の趣向の歌謡が見出される。昔話に目を向けると、瘤取りじいさんの昔話において、おじいさんが行き会ったのが鬼の酒宴の場ではなく、動物たちの奏楽の場であるという型もあり、猫が三味線、狸が太鼓、鼬が笛、狐が踊り（山形）、猫が三味線、鼬が拍子、狸が太鼓、狐が踊り（秋田）といったバリエーションが見られる。また、グリム童話の「ブレーメンの音楽隊」の話では、驢馬がリュート、犬が太鼓、猫が夜の音楽（セレナード）、鶏が歌を担当することを話し合っており、動物の歌舞奏楽というテーマの古今東西を問わぬ普遍性が知られる。当該今様は日本における動物の歌舞奏楽を描いた早い例と言うことができるだろう。

女の盛りなるは　十四五六歳二十三四とか　三十四五にしなりぬれば　紅葉《もみぢ》の下葉《したば》に異ならず
（四句神歌・雑・三九四）

【現代語訳】

女の盛りなのは、十四、五、六歳から二十三、四あたりまでとか。三十四、五にもなれば、紅葉の下葉と変わらないよ。

【評】

女盛りを歌った歌。貴族の女子の裳着（成人式）が十二〜十四歳くらいで行われたから、裳着を終えた頃が女盛りの起点として設定されていることになる。『平家物語』巻一「二代后」では故近衛天皇の皇后・藤原多子について、「御年二十二三にもやならせ給ひけむ、御盛りも少し過ぎさせおはしますほどなり」としており、二十二、三歳となれば女盛りも少し過ぎた時期であるとの認識が窺われる。「下葉」は枝の下の方で目立たない葉。容色の衰えを譬える。

女盛りの年齢は歌謡の普遍的なテーマとして、室町時代の小歌にもしばしば取り上げられる。小歌で取り上げられるのは、もっぱら十七、八である。

誰《た》そよお軽忽《きやうこつ》　主《ぬし》ある我を締《し》むるは　喰《く》ひつくは　よしや戯《じや》るるとも　十七八の習ひよ　十七八の習ひよ　そと喰ひついて給ふれなう　歯形《はがた》のあれば顕《あらは》るる　（『閑吟集』）

（誰よ、軽はずみな。主ある私を抱きしめたり嚙んだりして。まあいいわ、少しぐらいふざけても、十七、八の女盛りとしては許されるでしょう。でも嚙むのはそっとにしてね。歯形がついていたら、それであの人に知られてしまうわ）

十七八は早川《はやかは》の鮎候《あゆぞろ》　寄せて寄せて　堰《せ》き寄せて　探《さぐ》らいなう　お手で探らいなう　（『宗安小歌集』）

（十七、八の娘は早い流れの川を泳ぐ若鮎みたいなもの。流れを堰き止め、こちらに寄せて寄せて引き寄せて、つかまえなさい、手を伸ばしてつかまえなさいよ）

これらの小歌は、女盛りの性的魅力を官能的に歌い、若さを謳歌する趣を持っているが、当該今様は「女の盛りなるは」と歌い出したのにもかかわらず、むしろ、紅葉の下葉に異ならぬという盛りを過ぎた女の衰えの方に目を向けている。室町小歌とは対照的な歌い方になっていよう。

海老《えび》漉舎人《すいとねり》はいづくへぞ　小魚《さい》漉舎人《すいとねり》がり行くぞかし　この江に海老なし　下《お》りられよ　あの江に雑魚《ざこう》の散らぬ間《ま》に　（四句神歌・雑・三九五）

いざ給《た》べ隣殿《となりどの》　大津《おほつ》の西の浦へ雑魚《ざこ》漉《す》きに　この江に海老なし　あの江へいませ　海老まじりの雑魚やあると　（四句神歌・雑・三九六）

粟津《あはづ》の興宴《きようえん》は　東《ひんがし》大津の西浦へ　海老まじりの雑魚捕《と》りに　大津の西の浦は悪し　上《のぼ》り大路《おほぢ》ぞ何《なに》も良き　（四句神歌・雑・四四二）

【現代語訳】

「海老漉舎人はどちらへお出かけですか」「小魚漉舎人のところへ行くのですよ」「この入江に海老はいません、お下りなさい、あの入江の方へ。雑魚がいなくなってしまう前に」

「さあ行きましょう、お隣さん。大津の西の浦に雑魚すくいに」「この入江に海老はいません、あの入江にいらっしゃい。海老まじりの雑魚がいるか探して」

「粟津の面白さといえば、東の方、大津の西の浦へ海老まじりの雑魚を捕りに行くことだね」「大津の西の浦はあまり良くないよ。都の上り大路こそ何もかもが良い具合だよ」

【評】

海老すくい、雑魚すくいの芸能に関わる歌。簡単な筋を持つ猿楽芸などに用いられた掛け合いの歌と思われる。

藤原仲実《なかざね》（一〇五七〜一一一八）の歌学書『綺語抄《きごしょう》』には「小魚」の説明の中に「雑芸云、こひすき舎人はいづくへぞ　さゐすき舎人はいづくへぞ」とあり、三九五番歌と関わる詞章の一節が見える。「海老漉舎人」は海老をすくいとる舎人（貴人に仕えて雑役をつとめた者）、「小魚漉舎人」は小魚をすくいとる舎人。小魚について、『綺語抄』は田のあぜのたまり水などにいる小さい魚と説明する。なお、弘化四年（一八四七）九月開版『重訂本草綱目啓蒙』四〇に「白魚　ミゴヒ〈和名鈔〉ニゴヒ　サイノウヲ」と見え、淡水魚の似鯉の一名に「さい」があり、現在も、関東や東北に方言として残る。

藤原明衡《あきひら》（九八九?〜一〇六六）の『新猿楽記《しんさるがくき》』に記された平安時代後期の芸能に「蝦《えび》漉舎人《すきとねり》が足仕《あしつかひ》」という演目が見え、特に足さばきに焦点を当てた書き方になっているが、舎人が海老や魚を探し、追う様子をおもしろおかしく演じたのであろう。三首の今様は、このような芸能と深く関わるものと考えられる。海老をすくう様子を演じる芸は、狂言にも見られ（藤田徳太郎『古代歌謡の研究』金星堂、一九三四年）、民俗芸能においても、奈良県生駒市壱分《いちぶ》町の往馬《いこま》大社の例祭（火祭り）や新潟県柏崎市女谷《おなだに》「綾子舞《あやこまい》」に行われている。泥鰌すくいの芸などとあわせ、海老すくいの物真似芸が時代を越えて人々の興味の対象となっていたことがわかる。

三九六番歌と四四一番歌に見える「大津」は琵琶湖の南西岸の大津市付近、四四一番歌に見える「粟津」は大津市の南東。『梁塵秘抄』にも近江の名所尽くしの歌に「粟津」が見えている（三二六）。和歌においては、しばしば薄が詠まれ、粟津は閑寂な風情で捉えられるが、今様では、芸能化した賑やかな漁が取り上げられており、趣が大きく異なる。四四一番歌は、結句で、都の上り大路（京都の町を南北にはしる大通り）をほめたたえており、主題が海老すくいからややそれていく。三九五番歌も三九六番歌との関わりから大津を歌っているとすると、入江に「海老なし」、雑魚が「散る」、「浦は悪し」など、三首とも、大津をあまりよい場所として捉えてはおらず、田舎で漁に難渋する滑稽さを見せ、その田舎に対して都をほめる点は、都市の芸能、都市の歌謡としての今様の性格がよく表れていよう。

見るに心の澄むものは　社《やしろ》毀《こぼ》れて禰宜《ねぎ》もなく　祝《はふり》なき　野中《のなか》の堂のまた破《やぶ》れた

る　子産まぬ式部《しきぶ》の老いの果て　　（四句神歌・雑・三九七）

【現代語訳】

見ると心が澄みわたっていくものは、神社がこわれて禰宜《ねぎ》もおらず、祝《はふり》もいないもの。野中の堂のまた破損したもの。子を産まなかった女官の老いの果て。

【評】

心の澄むもの尽くし。荒廃したもの、時に凄惨と言ってよいようなものを見つめて、心が冴え冴えと澄みわたることを歌う。『梁塵秘抄』には、心の澄むもの尽くしとして、次のような今様も収められている。

心の澄むものは　秋は山田の庵ごとに　鹿驚かすてふ引板《ひた》の声　衣しで打つ槌《つち》の音　（三三一）

（心が冴え冴えと澄んでくるものは、秋になって山田の番小屋ごとに聞こえてくる、鹿を驚かして追い払うという鳴る子の音、家々でしきりに衣を打つ槌の響き）

心の澄むものは　霞花園夜半《よは》の月　秋の野辺　上下も分かぬは恋の路　岩間を漏り来る滝の水　（三三二）

（心が冴え冴えと澄んでくるものは、春霞、花園、夜半の月、秋の野辺。身分の上下を区別しない恋の路、岩の間を漏れ出て来る滝の水）

これらが、文学的伝統にのっとって、物寂しい趣を持ちながらも春秋の美しい風情や恋の情緒を歌うのに対し、当該今様は、荒れ果てた風景と孤独な女の老いの果てを取り上げて、新しい境地を切り開いている。「禰宜」「祝」は神官の一つで、宮司や社主の下に位置するのが禰宜、祝はさらにその下に位置する。「式部」は父や兄に式部省の役人がいる女官の呼び名で、紫式部、和泉式部などが例にあげられるが、ここでは式部に代表させて、女官一般を指していると見られる。しかるべき教養をも身につけ、華やかな宮廷生活を味わった女官が、老いて宮廷を離れ、頼るべき子もない状態に置かれた心細さは、前半生が華やかであればあっただけ、いっそう強く身に迫ったであろう。

「子産まぬ式部」に、生涯異性と未交渉の清楚な聖女の姿を見る説（新大系・全注釈）もあるが、「子産まぬ」ことがすぐに聖性と結びつくとは言えないであろう。あるべきものが欠け、荒れ果てたものを列挙する一首の構成からは、「子産まぬ式部」は、頼るべき子も欠けている、その孤独を強調しているものと考えられる。

荒廃の美とでもいうべきものへの傾斜は、西行（一一一八〜一一九〇）の和歌にも見られ、時代の美意識を考える上で興味深い。

つばな抜く北野の茅原《ちはら》褪《あ》せゆけば心すみれぞ生ひかはりける　（『山家集』）

（茅花を抜き取った北野の茅原は荒れてゆき、菫《すみれ》が生えてくるのは心の澄む光景であるよ）

西行詠は、「菫」に「澄み」を言い掛けているが、和歌史において、菫が廃園に咲く花と捉えられてきたことを考慮に入れると（「西行のすみれの歌」『久保田淳著作選集　第一巻』岩波書店、二〇〇四年）、この詠歌は当該今様と一脈通じるものがあろう。

樵夫《きこり》は恐ろしや　荒けき姿に鎌《かま》を持ち　斧《よき》を提《さ》げ　うしろに柴木《しばき》巻《ま》い上《のぼ》るとかやな　前には山守《やまもり》寄せじとて杖《つゑ》を提げ
（四句神歌・雑・三九九）

【現代語訳】

木こりは恐ろしいことだ。荒々しい姿で鎌を持ち、斧《おの》を下げ、背後には柴木が巻き上がっているとかいうことだ。前には山守を寄せつけまいとして、杖をさげているよ。

【評】

不動明王の歌（↓二八四）をもじった木こりの歌。剣《けん》が鎌に、索《さく》が斧に、火炎が柴木

(雑木を薪用に切ったもの)に、悪魔が山守に、それぞれ丁寧に対応した形で替えられており、滑稽味にあふれている。

当該今様においては、替え歌の制約から鎌・斧・杖の三つを二本の手に持たせることになり、不自然であるとの指摘もあるが（評釈・新全集）、斧を提げているのを腰と見れば、不自然さは解消する。鎌倉時代前半に成立した説話集『宇治拾遺物語』三話には「腰に斧《よき》といふ木伐《き》る物さして」とある。

「山守」は山の番人で、盗伐を監視したため、木こりとはしばしば対立した。『宇治拾遺物語』四〇話には、山守に斧を取られた木こりが、当意即妙な和歌を詠んで、山守から斧を取り返した話が見える。

また、天禄から長徳（九七〇～九九九）頃に成ったとされる『うつほ物語』菊の宴には、左大将家での霜月神楽で職芸の物真似を競い合う場面があるが、「山伏の才」「筆結ひの才」などと並んで、「樵夫の才」が見える。当該今様は、このような祝祭の場ではぐくまれたものと考えられる。その賑やかな祝祭空間では、不動明王の歌の替え歌は大いに喝采を浴びたであろう（小峯和明「木こりの歌――今様と説話」『説話の声――中世世界の語り・うた・笑い』新曜社、二〇〇〇年）。

海にをかしき歌枕《うたまくら》　磯辺《いそべ》の松原琴《きん》を弾《ひ》き　調《しら》めつつ　沖の波は磯《いそ》に来て鼓《つづみ》打てば　雎鳩《みさご》浜千鳥《はまちどり》舞ひ傾《こだ》れて遊ぶなり
（四句神歌・雑・四〇〇）

【現代語訳】

海に関する面白い和歌の材料といえば、磯辺の松は琴《きん》を弾き、美しい音楽を奏でている。沖の波は磯に寄せて鼓を打っているので、雎鳩《みさご》や浜千鳥《はまちどり》もしなだれるようにして舞い遊んでいるよ。


【評】

海辺の自然が歌舞奏楽にいそしんでいるとする聞きなし、見立ての歌。

「歌枕」は、現代語においては、古来多く歌に詠まれた名所を指すが、古くは地名に限らず、和歌に詠まれる素材を広く言った。

「琴」は七絃の琴で、日本へは奈良時代に中国から伝来し、『うつほ物語』や『枕草子』『源氏物語』などにもしばしば描かれているが、次第に衰微し、平安時代末期にはほとんど廃れてしまった（→三七九）。しかし文芸表現の上では、漢詩文の影響によって、風に吹かれて松のたてる音は琴の音と類似していると捉えられ、楽器としての琴が廃れた後も、松風と琴の音の響き合いは表現され続けた。松と琴の組み合わせは、当該今様が「歌枕」としてあげるにふさわしい事項と言ってよい。ただし、伝統的な和歌の世界では、琴の音が松風に「通ふ」「響き合ふ」といった表現にとどまっており、松が琴を「弾く」「調ぶ」とする当該今様は、松の積極的な擬人化という点で、今様としての新しさを持っていたと考えられる。続く、波が鼓を打つという発想は、和歌にはほとんど見ることができない。そもそも和歌に「鼓」が詠まれること自体、あまりないことである。

「雎鳩」は海浜に生息する猛禽で、急降下しては魚をとらえる。「浜千鳥」は浜辺にいるチドリ科の鳥の総称。日本の海辺（干潟）で多く見られるのは、シロチドリやメダイチドリ、ダイゼンなどである（蒲谷鶴彦・松田道生『日本野鳥大鑑　増補版』小学館、二〇〇一年）。両者とも海辺の鳥として和歌に多く詠まれる素材である。しかし、雎鳩は「雎鳩居る」という形で荒磯に属するものとして、固定したほとんど動きのない姿で詠まれ、また、千鳥の方は姿よりもその泣き声を詠まれる場合が多いことを考慮に入れると、雎鳩や浜千鳥の飛翔するさまを「舞ひ傾れて遊ぶ」とする表現は新鮮である。後世、芭蕉の著名な一句「古池や蛙《かはづ》飛びこむ水の音」は、伝統和歌でもっぱら扱われる「鳴く蛙」の声ではなく、伝統にない「飛ぶ蛙」の水音をとらえたところに俳諧美の発見があると評されるが、当該今様にも同様の俳諧性が認められよう。

「傾る」とは、倒れかかる、しなだれるという意味で、和歌の中で使われた例は見出だせない。「舞ひ傾る」のほか、「折れ傾る」「笑み傾る」のような複合語を作る。例をあげると次の通りである。

「まして宗教《むねのり》が舞はざらめやは、舞はざらめやは」とて折れ傾れ、身をなきになして舞ひたりし　　　（『弁内侍日記《べんのないしにっき》』）

（「まして宗教が舞わないことがあろうか、舞わないことがあろうか」と言って、体を折り曲げ、骨がないように身をくねくねさせて舞った）

「うれしや水、鳴るは滝の水」と歌ひて、折れ傾れ、折れ傾れ、一時ばかり舞ひたりける。　　　（『源平盛衰記』巻二・額打論）

（「うれしや滝の水、鳴るは滝の水」と歌って、体を折り曲げ、折り曲げ、一時ほど舞を舞った）

横座の鬼、盃を左の手に持ちて、笑み傾れたるさま、ただ、この世の人のごとし。　　　（『宇治拾遺物語』三話）

（正面の座の鬼が盃を左の手に持って〈瘤のある老人の舞を見て〉笑いころげているさまは、全く人間のようであった）

これらの例によると「傾る」という言葉は、宴における歌舞またはその鑑賞の描写に用いられるなど、芸能と関わりの深いところで使われていて興味深い。当該今様の結句で鳥の飛翔のさまを「舞ひ傾れて遊ぶ」と擬人化した表現には、芸能の場の興奮が生き生きと映し出されていると言えよう。
以上のように、「歌枕」を標題に掲げながら、当該今様の内容は、実際の和歌表現と微妙なずれを見せている。当該今様は、積極的な擬人化によって、自然がダイナミックに歌舞奏楽をなすさまを表現しており、壮大なファンタジーの世界を垣間見せてくれる。

隣《となり》の大子《おほいこ》が祀《まつ》る神は　頭《かしら》の縮《しじ》け髪《がみ》ます髪額髪《かみひたひがみ》　指の先なる拙神《てづつがみ》　足の裏なる歩《ある》き神《がみ》
（四句神歌・雑・四〇二）

【現代語訳】
隣の一の姉さんの祀る神は、頭の縮《ちぢ》れ髪、入れ髪、額髪《ひたいがみ》、指の先にくっついた不器用の神、足の裏にある浮かれ歩きの神。

【評】
隣に住む娘について、不細工で不器用で身持ちが悪いと、散々の悪口三昧の歌。ふられた男の腹いせででもあろうか。「大子」は貴人の長女のことで、本来は敬称だが、ここではわざと丁寧に言って、からかいの気持ちを込めているのであろう。

悪口の筆頭は髪に関することである。当該今様では、「神」と「髪」との同音を楽しむ言語遊戯的側面も大きいが、『徒然草』九段に「女は髪のめでたからんこそ、人の目たつべかめれ」（女性は髪が見事であってこそ、人の目をひきつけるようである）とあるように、長く豊かでくせのないつややかな髪は、女性の美の第一条件であった。したがって、髪が美しくないということは、女性への悪口の筆頭にあげられるものだったのである。

「縮れ髪」は縮れた髪。つややかな癖のない髪がよいとされていた当時、縮れ毛は最も目立つ欠点であった。『枕草子』能因本「にげなきもの」（似つかわしくないもの）の段には「しぢけたる髪に葵つけたる」とあって、賀茂祭の飾りの葵も縮れた髪には似つかわしくないと捉えられている。鎌倉時代に成立した絵巻物『男衾三郎絵詞《おぶすまさぶろうえことば》』には、珍しく縮れ髪の女性が描かれている。これは主人公男衾三郎の妻であるが、三郎は、美しい妻を持つのは武士にとって「命もろき相」であって不吉だと考え、わざと器量の悪い妻を迎えたのであった。その描写の筆頭に「髪は縮み上がりて、もとゐの際にわだかまる」とある。ひどい縮れ毛で根元の方にとぐろを巻いたようになっていると言うのである。

「ます髪」は「増髪」で入れ髪、添え髪のことと解したが、能面の「十《ま》寸《す》髪《がみ》」（女神や巫女が心の高ぶりをみせる場合に用いる面で乱れ髪に特色がある）から乱れ髪のことと見る説（考・大系・集成・新大系・全注釈）もある。いずれにしても縮れ毛と並んで、髪の美しくないさまを指している。入れ髪は、髪の豊かさを補うものであって、美を追求するための工夫ではあるが、『梁塵秘抄』には、「似而非《えせ》鬘《かづら》」としてごまかしの鬘《かつら》を揶揄するような歌もある（→三六九）。

「額髪」は額から左右の頰のあたりに長く垂れる髪で、女性が顔をあらわに見せないためのもの。「額髪」だけなら悪口にはならないが、額髪で隠さなければならないような容姿だとの主張を込めているのだろうか。

「てづつ」は不器用であること。手先が不器用なことを「てづつ神」に憑かれたと表現する。「歩き神」も同じで、浮かれ歩きを導く神が足の裏に憑いていると捉えた。

鎌倉時代前半に成立した説話集『宇治拾遺物語』八五話には、天竺の留志《るし》長者が「我に憑きて物惜しますする慳貪《けんどん》の神祭らん」（私にとり憑いて物惜しみをさせるけちで欲深い神を祭ろう）と述べる場面がある。これは多くの酒食を用意させるための偽りの言葉ではあるが、とり憑いた神が人の性質を左右するという考え方が窺われる。

なお、体の各部分に「神」が憑いて、女性に悪い行動をさせるという発想は、次にあげるような、民俗芸能の歌謡の中にも見出され（大系）、広い普遍性が知られるが、当該今様は、特に「神」と「髪」の語呂合わせによってつなげてゆく構成展開が巧みである。

女房達の所に追ふべきものあり、およそなるおぐさ神、目もとなるは眠り神、足なる

は歩き神　（愛知県鳳来寺の田楽歌謡）
女房達の所に寄るまじきものあり、目の上のねぶり神、指の先のをくさ神、足の先の
歩き神　（長野県新野の田遊詞）

滝は多かれど　うれしやとぞ思ふ　鳴る滝の水　日は照るとも絶えでとうたへ
やれことつとう　（四句神歌・雑・四〇四）

【現代語訳】

滝はたくさんあるけれど、うれしいと思うことだよ、鳴り響くこの滝の水は。たとえ日は照りつけるとも水は絶えることなく流れトウタへと鳴っている。ヤレコトットウ。


【評】

豊かに流れる滝をほめたたえる一首。「とうたへ」は『義経記』や能の「翁」などに見える後代の類歌においては「とうたり」となっていることも多いが、滝の水の張り落ちる音を表す。「やれことつとう」は囃し詞。『綾小路俊量《あやのこうじとしかず》卿記』（永正一一年〈一五一四〉奥書）の五節間郢曲《ごせちのかんえいきょく》の「鬢多《びんた》々良《たら》」などにも「やれことうとう」という囃し詞が見える。

この今様は、諸書に見え、広く歌われたらしい。

たとえば、『平家物語』巻一「額打論」には、二条院の御墓所の周囲に寺々の額を打つ際、その順序をめぐって興福寺と延暦寺の間に争いがあったことが記されるが、先例に背いた延暦寺の額を切っておとした興福寺の二人の僧・観音房と勢至房は、額を散々に打ち割って「うれしや水、鳴るは滝の水、日は照るとも絶えずとうたへ」と囃したと言う。

『明月記』建永元年（一二〇六）九月二三日条に「実信一人はやす、うれしや水、六位以上卿相以下乱舞」とあり、天福元年（一二三三）二月二〇日条には「十八日未刻南谷より無動寺を襲い合戦す。……今一手存外の谷底より打ち入る。房二宇を切る。宝積房。仙寿房。うれしや水之曲はやして南谷に帰り入る」とある。これらの記事からは、「うれしや水」が曲の名前として定着している様子が窺われる。

また、『弁内侍日記《べんのないしにっき》』の宝治元年（一二四七）の記事には、叙位が行われて昇進した者に対し、「「うれしや水」囃す」とあり、ここでも「うれしや水」が曲名として現れている。

弁内侍はこの時、

しほりつる袖の名残を引きかへて包むあまりになる滝の水

（名残の涙で袖をぐっしょり濡らしたかと思えば、打って変わって、出世した喜びを袖に包みかねて「鳴るは滝の水」と歌い囃していることよ）

の和歌を詠んでいるが、この中には「鳴る(は)滝の水」という今様の歌詞の一節が取り込まれている。

以上のように、この今様は、祝いの歌として、遊宴に囃されたり、戦の勝利を喜ぶ場面で歌われたり、官位昇進を喜ぶ時に歌われたりしており、広い流布の様子が知られる。

舞へ舞へ蝸牛《かたつぶり》　舞はぬものならば　馬《むま》の子や牛の子に蹴《く》ゑさせてん　踏み破《わ》らせてん　実《まこと》に美しく舞うたらば　花《はな》の園《その》まで遊ばせん
(四句神歌・雑・四〇八)

【現代語訳】

舞え舞え蝸牛よ。舞わないならば馬の子や牛の子に蹴らせちゃうぞ、踏み破らせちゃうぞ。本当にかわいらしく舞ったなら花園にまでも遊ばせてあげよう。

【評】

蝸牛が触角を出し入れする様子を「舞う」と表現し、蝸牛に呼びかける一首。虫への呼びかけの表現、さらには言うことをきかなければ罰を、言うことをきけば褒美を与えるとする表現は、次に掲げるように、後の伝承童謡の中にも多く見られる形式である。

まいまいつぼろ角出して見せろ

（『弄鳩秘抄《ろうきゅうひしょう》』常陸《ひたち》水戸周辺の童謡集。編者は文政七年〈一八二四〉没）

角出せ棒出せまひまひつぶり　うらに喧嘩がある

（『嬉遊笑覧《きゆうしょうらん》』文政一三年〈一八三〇〉一〇月序文の百科事典）

でんでんご　でんでんご　早よ起きて水くめ　お前の家が焼けるぞ　（香川）

蝸牛《みょう》　みょう　角出せ　角出さにゃ　家毀《こわ》す　（新潟）

蝸牛《でんで》こない　出やっせ　早よ出やな　角折るぞ　（三重）

ちんなんもう　ちんなんもう　米搗《ち》ち見《み》しらば　飛《とゥ》ん出《じ》りよー　（沖縄）

蝸牛《べこ》　べこ　角出せ　生味噌食《か》せるぁ　（青森）

蝸　牛《めえめえこんしょ》　角出せ　粉糠《こぬか》三升やろに　（愛知）

でんでんむしむし　角出せ槍出せ　蓑と笠を買うてやろ　（岡山）

火事や喧嘩であわてさせるもの、家（殻）を毀す、角を折るなどと脅すもの、米搗きや生味噌などおもしろいものや美味しいもので誘うものなどがあるが、これらと比較すると、（角、槍などを）「出せ」とする後代の童謡に対して、今様は「舞え」と歌い、殻を破るのは馬や牛の「子」であるところがほほえましい。褒美にしても「米搗き」や「生味噌」「粉糠」「蓑笠」に対して花園での遊びを出す点、相対的に優しく典雅な趣が感じられる。

なお、狂言「蝸牛《かぎゆう》」では、藪で寝ていた山伏を蝸牛と間違えた太郎冠者が、山伏に教えられるままに「雨も風も吹かぬに、出ざ釜《かま》打ち破ろう」と囃す。出てこなければ殻（釜）を打ち破るという脅し型の囃子物で、当該今様の前半と重なる。

蝸牛の童謡は、日本に限らず、世界各国に見られるが、当該今様はその中でも際立って美しい名作と言えよう。

蝸牛、蝸牛、角をお出し。角を出したらパンと大麦の粒をあげよう。
蝸牛、蝸牛、殻から出ておいで。出てこなかったら石炭のように真っ黒焦げに焼いちゃうよ。
（イギリス『マザーグース』）

蝸牛、蝸牛、角をお出し。ピローグをあげよう。
（井桁貞敏編『ロシア民衆文学』三省堂、一九七四年／ピローグはロシアの伝統的な料理で、生地の中に具を入れて焼き上げた大きなパン）

でんでん虫　でんでん虫　お前のうちが焼ける　ソシラング持って出て来い
（金素雲『朝鮮童謡選』岩波文庫、一九三三年／ソシラングは鉄製の熊手）

なお、『法隆寺祈雨旧記《ほうりゆうじきうきゆうき》』暦応三年（一三四〇）八月一二日条には雨を祈る際の芸能に「マヘマヘカタツフリト云フ事」があったと記されている。蝸牛に扮した舞い手を当該今様に類似した歌で囃すものであったと思われるが、ここでは湿気を好む蝸牛が雨を呼ぶものとして捉えられているらしい。
さて、当該今様の影響を受けたと思われる寂蓮《じゃくれん》の和歌に、

牛の子に踏まるな庭の蝸牛角のあるとて身をなたのみそ　（『夫木和歌抄《ふぼくわかしょう》』十題百首）

がある。この寂蓮詠は建久二年（一一九一）閏一二月四日に披講されたもので、書物としての『梁塵秘抄』成立後二十年ほどが経っている。寂蓮の和歌には今様の影響を受けたと見られる例が複数あるので（植木朝子『梁塵秘抄とその周縁』三省堂、二〇〇一年）、この蝸牛の和歌も当該今様を取り込んだものと考えてよかろう。今様で「踏み破らせるぞ」と脅された蝸牛に対し、寂蓮歌は「踏まれるなよ」と励ますような詠み方になっている。この寂蓮詠は、俳諧書に引用され、江戸時代の蝸牛の俳諧には、寂蓮詠の影響が散見する。

ふみころされなよやかたつぶり　（『新増犬菟玖波集《しんぞういぬつくばしゅう》』）
文七にふまるな庭のかたつぶり　（『類柑子《るいこうじ》』其角《きかく》）
たのみなき角としおもへ蝸牛　（『暁台句集《きょうたいくしゅう》』）

江戸時代には埋もれていた『梁塵秘抄』であるが、寂蓮詠を通して間接的に今様が俳諧に影響を与えていたことになる（植木朝子「舞へ舞へ蝸牛――『梁塵秘抄』の蝸牛」鈴木健一編『鳥獣虫魚の文学史　虫の巻』三弥井書店、二〇一二年）。

鏡曇りては　わが身こそやつれける　わが身やつれては男退《の》け引く
（四句神歌・雑・四〇九）

【現代語訳】
鏡は曇り、わが身こそはやつれ果ててしまった。わが身はやつれて、男も遠ざかってしまう。

【評】
容色の衰えと男の夜離れを嘆く女の歌。平安時代の鏡は、白銅または青銅で鋳造するもので、さびて曇りが生じやすかった。鏡が曇るのは、物理的には時間が経過したこと（鏡が新品ではなくなっていくこと）と手入れを怠ることによるのであろう。なお、漢詩文においては、「君の出でしより、明鏡暗くして治まらず」（魏《ぎ》の除幹《じょかん》「室思詩」『芸文類聚《げいもんるいじゅう》』）のように、恋人が去ってからというもの鏡が曇ってしまったことを詠むものや、「空閨静かにして復た寒し……鏡暗くして晩の粧ひ難し」（梁《りょう》の鮑泉《ほうせん》「寒閨詩」『芸文類聚』）のように、孤閨をかこつ女の鏡が曇り、化粧を直すこともままならぬことを嘆くものが多く見られる

（田中寛子「鏡曇りては——『梁塵秘抄』四〇九番歌の位置」『梁塵　研究と資料』二七・二八号、二〇一一年三月）。当該今様でも、鏡が曇ることの前提に男の夜離れがあり、そのために女は美しく装う張り合いも失って、やつれてしまったと言うのであろう。そしてさらに男の夜離れは加速する。結句が初句の原因にもなっており、一首は循環するような構造になっているとも受け止められるのである。

『枕草子』「心ときめきするもの」の段には「唐鏡のすこし暗き、見たる」とある。なぜ、少し曇りのある鏡を見ると「心ときめきする」（期待や不安に胸がどきどきする）のかについて、『枕草子』の注釈書は、「陰翳をおびた上等な鏡への心ときめき」（大系）、「（夜目遠目の類で）自分が高貴な美女になったように見える」（新大系）、「大切な鏡にくもりを発見した」（全集）、「自分の顔が深みを帯びて映ることを言うか。大切な鏡に曇りのあるのを発見した時の不安感か」（新全集）、「やがてひどく錆びてしまうのではないかと、未来は絶望につながって、胸もつぶれる思い」（集成）などとするが、いずれにしても鏡に対する女の関心の強さが窺われよう。

藤原道綱母《みちつな》の日記『蜻蛉日記《かげろう》』上巻には「出でし日使ひし泔杯《ゆするつき》の水は、さながらありけり。上に塵ゐてあり」と見え、夫・兼家《かねいえ》が道綱母のところから出て行った日に使った水が泔杯（洗髪などに用いる大きな容器）にそのまま残っていることが記される。水にほこりの浮いている様が、荒れていく二人の仲を象徴的に示しているが、鏡の曇りも男女の仲の荒廃を示すものとして効果的な表現となっていよう。

頭《かうべ》に遊ぶは頭虱《かしらじらみ》　項《おなじ》の窪《くぼ》をぞ極《き》めて食《く》ふ　櫛《くし》の歯より天降《あまくだ》る　麻笥《をごけ》の蓋《ふた》にて命《めい》終はる
（四句神歌・雑・四一〇）

【現代語訳】
頭で遊ぶのは頭虱。項《うなじ》のくぼみを決まっていつも食うのさ。でも結局は、髪を梳く櫛の歯の間から天降り、麻笥《おけ》の蓋でご臨終だよ。

【評】
櫛で梳き落とされ、爪でつぶされる虱を歌った一首。「天降る」「命終はる」といった大げさな表現で、害虫の虱に寄り添いながら、明るく滑稽な歌謡に仕立て上げている。「麻笥」は「をけ」とも言い、績《う》み麻《お》（細く裂いた麻を縒り合せて長くつないだもの）を入れる器。檜の薄板を曲げて円筒形にしたもの。文永五年（一二六八）成立の語源辞書『名語記《みょうごき》』に「シツノメカ持セルオコケ（賤の女が持せる麻小笥）」（巻八・二〇オ）とあって、庶民の女性の持ち物であったことがわかる。

虱が文芸作品に登場することはきわめて稀であり、江戸時代に至ってようやく用例が見出される程度である。俳諧の世界では、「夏衣いまだ虱を取り尽くさず」(『野ざらし紀行』)、「蚤《のみ》虱馬の尿《ばり》する枕もと」(『おくのほそ道』)、「うつるとも花見虱ぞよしの山」(『七番日記』)のように、虱が旅情を漂わせたり、のどかな気分を表したりなど、風流なものとして捉えられることもあり、芭蕉の俳文『幻住庵記《げんじゅうあんのき》』では、世俗を離れて隠棲し、虱をひねって過ごす時間が閑居の風情をよく表すものとして表現されてもいる。やや現実離れしたこれらの例に対し、今様はあくまでも、虱を害虫とする認識に立ち、その駆除の様子を歌っている。当該今様は、虱を取り扱うという点で、俳諧にはるかに先行するものとして注目されるが、さらに虱そのものに焦点を当て、俳諧以上に積極的な擬人化によって、軽妙な笑いの世界を作り上げているのである。

なお、害虫の一生を歌う点で、当該今様と類似した発想を持つ韓国の童謡に次のようなものがある。

ダニくん、ダニくん、どうやって暮らしているの。五月、六月の暑さの中で。牛の足にぶら下がって、振り落とされて、通りがかりの人に踏みつけられて、黒い血を吐いて死んじゃうのさ。

(ビクターファミリークラブ『時の旅人　栄　1』曲目解説)

虫は人間とあまりに隔たった姿態を持っていることもあって、不気味さや恐怖の念をかきたてることもある。たとえば、能「土蜘蛛」においては、土蜘蛛の精が妖怪として現れ、千筋の糸を出して討手を苦しめるが、建長六年（一二五四）成立の説話集『古今著聞集《ここんちよもんじゆう》』巻二〇には、人間に復讐をとげる虱が登場する。ある田舎人が都の宿屋で首に喰いついていた虱を柱の穴に押し込めて帰る。一年後に再び都にやって来た田舎人はまた同じ宿屋に泊り、虱のことを思い出して柱の穴をあけてみると、やせほそった虱がまだそこにいて生きていた。自分の腕に置いてみると、虱は喰いついて血を吸う。やがてその跡がむしょうにかゆくなり、腫れ上がり、やがてはおびただしい瘡となって田舎人は死んでしまった。虱が恨みを晴らしたということであるらしい。

しかし今様は、人間と調和し得ない害虫をも「頭に遊ぶ」と表現し、激しい嫌悪や恐怖ではなく、明るい笑いをもって捉えているのである。

般若経《はんにやきやう》をば船として　法華経《ほけきやう》八巻《やまき》を帆《ほ》に上げて　軸《ぢく》をば帆柱《ほばしら》に　や　夜叉不動《やしやふどう》
尊《そん》に　楫《かぢ》取らせ　迎へたまへや罪人《つみびと》を

（四句神歌・雑・四二二）

【現代語訳】

『般若経』をば船とし、『法華経』八巻を帆にあげて、経の巻軸を帆柱にして、ね、夜叉、不動尊に楫を取らせ、どうぞ浄土にお迎えください、罪人を。

【評】

この上なく立派な船に乗り、頼もしい楫取《かじとり》に守られて浄土に渡ることを願う一首。「般若経」は、般若波羅蜜《はらみつ》（智慧の完成の意）について説かれた経典の総称。「法華経」は、日本では古来一般に最も重んじられた経典で、天台宗の根本聖典。「夜叉」は鬼神の一つであるが、毘沙門天に属し、衆生を守る者とされた。「不動尊」は不動明王。忿怒の相で表現される仏教の守護神（↓二八四）。

早くに指摘されているように（考）、当該今様と同じような発想は、仏教関係の資料にしばしば見えている。

生死ノ大海タトヒ悪業ノナミタカクトモ般若ノ船ニノリテ観世音菩薩ニカヂヲササセタテマツリテ菩提ノカノキシニワタラムコトハホドアルベキ事ニモアラズナムハベルベキ　（『法華《ほつけ》修法《しゆほう》一百座《いつぴやくざ》聞書抄《ききがきしよう》』一一一〇年頃）

妙法蓮華ノ船ニノリ　精進《しやうじん》波羅蜜《はらみつ》帆ヲアゲテ　妙吉祥尊楫《かぢ》ヲ取リ　解脱《げだつ》ノ風ニゾマカスベキ　（『菩提心讃《ぼだいしんさん》』平安時代末頃）

これらの例と比較すると、発想は共通するものの、当該今様の場合は経を記した巻物の紙が帆として風に翻り、経巻の軸が帆柱として屹立するという具体的で細かな描写がなされており、楫取も二人である。それも、観音や妙吉祥尊（文殊菩薩）のような女性的姿、あるいは童子形に造形される優しく慈愛に満ちた菩薩ではなく、悪鬼の側面も持つ夜叉と忿怒の相を持つ不動明王であり、力強さ、頼もしさが強調される。具体性と勇猛さという、今様の性格の一面がよく表れていよう。

> 聖《ひじり》を立てじはや　袈裟《けさ》を掛けじはや　数珠《ずず》を持たじはや　年の若き折戯《たは》れせん
>
> （四句神歌・雑・四二六）

【現代語訳】

修験者として苦行を押し通したりするものか。袈裟をかけたりするまい。数珠なんか持たないよ。年の若いうちは恋をしたいものだよ。

【評】

大胆な破戒宣言の歌。「じ」は打消の意志を表し、「はや」は係助詞「は」と間投助詞または係助詞「や」が接合したもので強い感情を表す。袈裟や数珠（→三〇四・三〇六）は聖につき物であり、それを身につけないということは、聖としての修行放棄を象徴的に示す。「戯れ」はここでは色恋に溺れる意。

当該今様から「人間主義的な口吻」「人間の自由な行動を尊ぶ声」を読み取る説（全注釈）や「教団に対する偉大な抵抗精神」（新大系）を見る説もあるが、猿楽などの芸能と関わりながら僧の破戒（特に邪淫戒を破ること）がしばしば滑稽に歌われていることからすると（植木朝子『梁塵秘抄とその周縁』三省堂、二〇〇一年）、若い僧（役の役者）がいかにも開き直ったように装う戯れの歌、あるいは清僧ぶった者へのからかいの歌として、笑いを伴う一首と考えられるのではなかろうか。

凄《すご》き山伏《やまぶし》の好むものは　味気《あぢき》な凍《い》てたる山の芋《うも》　山葵《わさび》粿米《かしよね》水雫《みづしづく》　沢には根芹とか
（四句神歌・雑・四二七）

【現代語訳】

恐ろしい山伏の好むものは、わびしいね、凍った山の芋なんてさ。山葵に粿米、水雫。沢には根芹とかいうことだよ。

【評】

山伏の好むもの尽くし。「山伏」は山野をめぐって修行する者。「聖」と近い。「山伏」を形容する「凄し」の語は心に強烈な戦慄や衝撃を感じさせるようなさまを表し、ここでは、ぞっとするほど恐ろしい、鬼気迫るような山伏の様子を言う。「粿米」は洗い清めた米。承平年間（九三一～九三八）に成立した辞書『和名類聚抄《わみょうるいじゅうしょう》』に「粿米」の和名として「加之與禰」が見え、「浄米也」と見える。神仏に供えるためのものと見る説（評釈・集成・新大系）もあるが、「聖の好むもの」（→四二五）に挙げられた茸や山菜が聖自身の食用だったことを考えると、「粿米」だけを神仏に供えるものとするのは躊躇される。なお、新大系は「水雫」も神仏に供える閼伽水とするが、修行中にすくい飲む岩間の清水などを表現したものと解しておく。他に、原本「こしよね」を「こしろね（小白根）」と読んで野草のこととし、「水雫」も山菜野草の類であろうとする説もある（萩谷朴「梁塵秘抄今様歌異見」『国語と国文学』三三巻二号、一九五六年二月）。

わびしいものながらも、凍っているという状態によって清らかさを感じさせる「凍てたる山の芋」、清らかな水辺に生育する山葵や芹、洗った米、清水、と、氷や水の冷たく澄んだ様子が、山伏の修行生活の清貧ぶりを暗示して巧みである。

心凄《こころすご》きもの　夜道船道《よみちふなみち》旅の空　旅の宿　木闇《こぐら》き山寺《やまでら》の経の声　思ふや仲らひの飽《の》かで退く

（四句神歌・雑・四二九）

【現代語訳】

心細く恐ろしいものは、夜道、船での移動、旅にある身の上、旅の宿、うっそうと木々が茂って暗い山寺から聞こえる経の声。愛し合う二人が、飽きたわけでもないのに、心ならずも別れ離れてしまうこと。

【評】

心凄きもの尽くし。「心凄し」はさびしくて心細い意。

心細い旅の情景を並べた最後に、恋人同士の余儀なき別れを配置する。最後に意表をつくものを置くことは物尽くし今様の手法としてしばしば見られるが、当該今様は、特に、修行の旅らしい心細さから恋の孤独感へ、趣の急変ぶりが鮮やかである。

「思ふや仲らひの飽かで退く」は、思い合った二人が飽きてしまったわけでもないのに遠のく、の意で、不本意な離別を「心凄し」と表現するが、次に示す用例は、むしろ、飽きないうちにこそ離れようという屈折のある歌で、「飽く」ことと「退く」こととのいろいろな関係性が窺われよう。

飽かでこそ思はむ仲は離れなめそをだに後《のち》の忘れがたみに

（『古今和歌集』恋四・よみ人知らず）

（飽きないうちに思い合っている二人の間柄を切ってしまいましょう。飽きて別れたのではないというそのことだけでも、後々の忘れられない思い出の形見として）

讃岐《さぬき》の松山《まつやま》に　松の一本歪《ひともとゆが》みたる　捩《もぢ》りさの捩《すぢ》りさに　猜《そね》うだるかとや　直島《なほしま》の　さばかんの松をだにも直さざるらん

（四句神歌・雑・四三一）

【現代語訳】

讃岐国《さぬきのくに》の松山に、松が一本歪んで立っている。身をねじりひねりして悔しがっているとか。直島《なおしま》という名前があるのに、どうしてそれくらいの松さえ直さないのだろうか。

【評】

崇徳院《すとくいん》をめぐる時事批判の歌。崇徳天皇は鳥羽院の後を継いで皇位についたが、白河法皇の没後、鳥羽院と美福門院の間に体仁皇子《なりひと》（後の近衛天皇）が生まれると、鳥羽院は崇徳天皇に譲位をせまる。近衛天皇が幼くして亡くなると、それは崇徳院・藤原頼長《よりなが》らの呪詛のせいだとの世評が流れた。そのため、崇徳院の皇子である重仁皇子《しげひと》は即位できず、皇位についたのは崇徳院の弟にあたる後白河天皇であった。こうして鳥羽院・後白河天皇方と崇徳院方との対立は深まり、鳥羽院の没後、保元の乱がおこるに至ったが、崇徳院方は敗北し、院は讃岐（現在の香川県）に流されることになった。『保元物語』によると崇徳院は讃岐の松山から直島に移され、さらに鼓岡《つづみのおか》に移されている。「松山」「直島」の地名が歌い込まれた当該今様において、ゆがんだ松は院の怨念のすさまじさを巧みに表現していると言えよう。「捩りさの捩りさに」は身をねじりくねらせるさま、「猜うだる」は「猜みたる」の音便。「猜む」は憎む、恨むの意。

さらに、この今様は、ゆがんだ松を直そうとしない者たち、すなわち、崇徳院に冷酷な仕打ちをし続ける後白河院方にまで諷刺が及んでいると見ることができる。『梁塵秘抄』には、他にも保元の乱に関わると思われる今様がある。

侍藤五君《さぶらひとうごぎみ》　召しし弓矯《ゆだめ》はなど問はぬ　弓矯も箆矯《のだめ》も持ちながら　讃岐の松山へ入りにしは　（四〇六）

（侍の藤原氏の五郎君よ、崇徳院のお取り寄せになった弓矯〈弓のひずみを直す道具〉は

どうして問いあらためないのか。弓矯も篦矯〈矢の曲がりを直す道具〉も持っていながら、
讃岐の松山へ入ってしまったのはどうしてか）

四〇六番歌は意味の取りにくいところもあるが、崇徳院の北面の武士ででもあった侍が、持っていた弓矯や篦矯を十分に使うこともなく、戦に敗れて崇徳院の配所にお供していったことを歌っているらしい。崇徳院が讃岐に流されたのは保元元年（一一五六）、その地で没したのは長寛二年（一一六四）であるから、これらの今様は、成立時期がかなり新しい歌と見られる。

崇徳院はその死後、しばしば怨霊として発動し、都の人々を恐怖におとしいれた。建久二年（一一九一）、後白河院が病に倒れた時には、崇徳院の怨霊をなだめるべくさまざまの手段が尽くされたが、その甲斐もなく、翌年三月、後白河院は絶命する。崇徳院怨霊はその復讐を遂げたことになるのである。

上田秋成《あきなり》の『雨月《うげつ》物語』「白峯《しらみね》」に登場する崇徳院の亡霊は、膝元に鬼火を伴い、乱れた髪に手足の爪が獣のごとくのびているという恐ろしい姿で描かれるが、それにはるかに先行する当該今様の表現も、崇徳院の恨みの激しさをあますところなく伝えてみごとである。

春の初めの歌枕《うたまくら》　霞《かすみ》鶯《うぐひす》帰る雁《かり》　子《ね》の日《び》青柳《あをやぎ》梅《むめ》桜《さくら》　三千歳《みちとせ》になる桃の花

（四句神歌・雑・四三二）

【現代語訳】

春の初めの和歌の素材としては、霞、鶯、北に帰る雁、子の日、青柳、梅、桜、三千年に一度実を結ぶという桃の花。

【評】

春の景物を並べた物尽くし今様。「帰る雁」は冬鳥である雁が春になって北に渡っていくことをいう。「子の日」は正月の初めの子の日。またその日の行事をいう。野外に出て小松を根ごと引き抜いたり、若菜を摘んだりして、長寿を願った。中国の風俗にならったもので、奈良時代から宮中ではこの日に遊宴のあったことが知られるが（『続日本紀《しよくにほんぎ》』天平一五年〈七四三〉正月条）、平安時代に入って一般に広まり、初春の代表的な行事となった。勅撰集では『後撰《ごせん》和歌集』以後、春の部立の中に置かれる。「三千歳になる桃の花」は、仙女西王母《せいおうぼ》が漢の武帝に与えた桃の実が三千年に一度結実するものであったという故事による（『漢武故事《かんぶこじ》』〈前漢の武帝［前一五六～前八七］の生涯を描いた小説。後漢の班固［三二～

九二〕に仮託した六朝時代〔三〜六世紀〕の作〉など）。

和歌にも多く詠まれ、

三千歳になるてふ桃の今年より花咲く春にあひにけるかな

（『拾遺《しゅうい》和歌集』賀・凡河内躬恒《おおしこうちのみつね》）

（三千年に一度実がなるという桃が、今年から花咲くというめでたい春にちょうど巡り合ったことだよ）

三千代《みちよ》経てなりけるものをなどてかはももとしもはた名づけそめけむ

（『後拾遺《ごしゅうい》和歌集』春下・花山院）

（三千年に一度なるものだというのに、その桃の実を「千」ではなく「もも〈百〉」などとまあどうして名づけはじめたのであろうか）

のような例がある。

全体の構成を見ると、第二句「霞鶯帰る雁」は、視線が空にあり、後の二者が鳥であることで共通している。第三句「子の日青柳梅桜」は、子の日に小松を引くことを詠む和歌の類型を背景に置くと、松・柳という緑の木に、梅・桜という紅や白の木の花が取り合わされることになる。樹木の連想が連なって最後に紅の桃の花が歌われる。このように視線の移動、すなわち空間的対比や色の対比によって素材配列がなされていることがわかる

（→三三三・三八六）。最終句は先にふれたように仙桃の故事を踏まえているが、このように最後に説話・伝説を盛り込むのも物尽くし今様の手法の一つである（→三五六）。『梁塵秘抄』には、

春の初めの歌枕　霞たなびく吉野山　鶯佐保姫翁草《さほひめおきなぐさ》　花を見捨てて帰る雁《かり》　（一三）

の一首もある。一三番歌は和歌にほとんど詠まれない「翁草」を取り上げ、「佐保姫」の「姫」と「翁草」の「翁」を対比するところに意外性と面白さがあったものと思われる（植木朝子『梁塵秘抄とその周縁』三省堂、二〇〇一年）。このように、同じテーマの今様が、さまざまに素材を組み替えた形で歌われ、楽しまれていたのであろう。

法師博打《ほふしばくち》の様《やう》がるは　地蔵《ぢざう》よ迦旃《かせんじ》二郎寺主《らうてらし》とか　尾張《をはり》や伊勢《いせ》のみみづ新発意《しもち》
無下《むげ》に悪《わろ》きは鶏足房《けいそくばう》
（四句神歌・雑・四三七）

【現代語訳】
法師姿の博打うちで一風変わっておもしろい連中は、地蔵よ、迦旃、二郎、寺主とかいう者たち。尾張国や伊勢国のみみづ、新発意。ひどく腕の悪いのは鶏足房。

【評】

法師姿の博打うちの名を列挙した歌。仏教に関わる名を持っている者が多く、人名の羅列ながら大仰な名がおかしみを誘う。「迦旃」は釈迦の十大弟子の一人・迦旃延《かせんねん》からきた名前であろう。「二郎寺主」「みみづ新発意」をそれぞれ一人の名と見る説もある。後者については、尾張国（現在の愛知県西部）、伊勢国（現在の三重県北部）と二か所の場所が出されているので、二人と見た方がよいか。この部分を個人名とせず、「みみづ新発意」で意気地のない新発意たち（新発意は発心して新たに仏門に入ったもの、新参の僧の意）ととる説（全注釈）や「水屑《みくづ》新発意」でつまらない新発意たちととる説もある（新大系）。なお考える余地があるが、前後はすべて個人名と見られるので、この部分についても、「みみづ」「新発意」の二人の名と解した。虫の「蚯蚓」の仮名遣いは正しくは「みみず」であるが、『梁塵秘抄』現存本の仮名遣いがかなり乱れていることと、新参の僧の意味の「新発意」と並べられる名であることから、暗い土の中でごそごそしているつまらない虫といった揶揄的な意味合いで「蚯蚓」と呼ばれた可能性も捨てがたい。

「無下に悪き」は、ひどく悪いという意味であるが、何を対象としているのかについては、容貌が悪いと見る説（考）、方法があくどいと見る説（評釈）、運が悪い、ついていない、と見る説（評釈別解・集成・新大系）、腕前が悪い、下手であるとする説（新全集）など見解が分かれている。『梁塵秘抄』には、博打を歌った次のような一首もある。

博打の好むもの　平骰子《ひやうさい》　鉄骰子《かなさい》　四三骰子《しさうさい》　それをば誰《たれ》か打ち得たる　文三《もんさん》　刑三《ぎやうさん》
月々清次とか　（一七）

（博打うちが好むものは、平骰子《ひょうさい》、鉄骰子《かなさい》、四三骰子《しそうさい》。その骰子を誰が上手に打てるのか。
文三《もんさん》、刑三《ぎょうさん》、月々清次とかいう連中さ）

一七番歌では、博打うちの名人上手をあげており、博打うちにとって一番問題なのは勝負に勝てるかどうかの腕前だと考えられる。「運」も勝負を左右するものではあるが、それも博打うちの実力のうちと見て、ここでは新全集に従い、腕前の悪さを言っていると解した。

「鶏足房」は、鶏足山《けいそくせん》（釈迦の十大弟子の一人で、釈迦の信頼を得て教団の長老にもなった摩《ま》訶《か》迦葉《かしよう》が入寂したとされる山　→一八五）からきた名前であろう。

人名の解読には難しいところもあるが、法師姿で抹香くさい名を持つ博打うちたちが活発に動き回っていたことが想像されておもしろい。

ゐよゐよ蜻蛉《とうばう》よ　堅塩《かたしほ》参らんさてゐたれ　働かで　簾篠《すだれしの》の先に馬《むま》の尾縒《よ》り合は

せて　かい付けて　童《わらはべ》冠者《くわざ》ばらに繰《く》らせて遊ばせん　（四句神歌・雑・四三八）

【現代語訳】

じっとしているんだよ、蜻蛉《とんぼ》よ。堅塩をあげよう。だからじっとそのままでいて、動かないでね。篠竹の先に馬のしっぽの毛を縒り合せて、そこに蜻蛉をくりつけ、子どもや若者たちに繰らせて遊ばせよう。


【評】

蜻蛉とりに関わる童謡風の歌。前半部分は蜻蛉をとらえようとする子どもたちが蜻蛉へ呼びかけるような表現、「簾篠の先に」以下の後半部分はとらえた蜻蛉で子どもたちを遊ばせてやろうという大人の側からの表現になっている。「遊ばせん」は蝸牛に「花の園まで遊ばせん」（→四〇八）と呼びかけるのと同じ形式であり、蜻蛉への呼びかけともとれるが（宇津木言行「とんぼ」日本歌謡学会編『古代から近世へ　日本の歌謡を旅する』和泉書院、二〇一三年）、「童冠者ばらに繰らせて」と蜻蛉と遊ぶ対象を提示するところからは大人の目の介在が感じられ、前半の歌い方と直接にはつながらないように思われる。蜻蛉で遊ぶ子どもたちへのあたたかい目は加賀千代女（一七〇三～一七七五）の名句「蜻蛉釣今日はどこまで行つたやら」を思い起こさせる。

「堅塩」は精製していないかたまりになっている塩、「簾篠」は簾を作る細い竹、「冠者」は元服をして冠をつけたばかりの若者。

前半部分は蝸牛の童謡（→四〇八）と同じく、褒美（ここでは堅塩）が提示されている。高知県や兵庫県の伝承童謡として紹介された次のような歌とつながりがあろう。

とんぼ　とんぼ　とんぼ　止まれ　塩焼いて食わそ　（兵庫）
とんぼ　とんぼ　おとまり　明日の市で塩買うて　ねぶらしょ　（高知）

塩がさまざまな飲み物や食べ物に変化したものもある。

蜻蛉《あけず》　蜻蛉　お茶飲ませっから　垣の木さ　とうまれ　（宮城）
とんぷ　とんぷ　飛んで来い　粟《あわ》の御飯を煮てやるに　（長野）
蜻蛉《たんぼ》　蜻蛉とまれ　明日の市に　飴《あめ》買うてとらしょう　（石川）
蜻蛉《たんぼ》来い　虻《あぶ》くれる　（石川）
とんぼとまれ　魚《とと》の菜《さい》で飯《まま》くわす　とんぼとまれ　（大阪）
とんぼ　とんぼ　止まれ　揚《あ》げ買うてくわす　（広島）
ねんばあじょ　とまれいじょ　蠅《はえ》打っち食わしゅうで　（長崎）

これらの童謡においてあげられる現実的な餌（虻・蠅）や全く人間の食べ物といってよい

もの（粟の御飯・魚の菜・揚げ）とは異なり、当該今様では蜻蛉への褒美として塩が持ち出されている。蜻蛉は生きた虫を餌にするため、塩との取り合わせは不審だが、あるいは、腹に青白い粉を帯びた蜻蛉が塩辛蜻蛉と呼ばれるように、蜻蛉の体の白っぽい粉と塩との連想が働いたものか。

古く平安時代末に編まれた『今昔物語集』巻一六―二八話に見え、後世わらしべ長者の昔話として喧伝された話では、藁の先に虻をくくりつけて飛ばしていると、しかるべき身分の女性が興味を寄せてそれを欲しがる場面がある。このように、ただ虫を飛ばして歩くことも十分楽しい遊びになり得ようが、今様で歌われているのはオトリの蜻蛉（雌）で、篠竹を振り回してそこに組みついてくる雄の蜻蛉をとらえたのではないかと思われる。蜻蛉釣りの方法には大きく二つがあり、このようなオトリを使う方法と、もう一つは、ごく小さな砂利を二粒糸でつないで、飛んでいる蜻蛉の側に投げ上げるという方法である。小石を餌の虫と間違えた蜻蛉が近づいてきて糸にからまり、地面に落ちてくるという。沖縄には、二つの方法それぞれに独自の蜻蛉釣りの歌が伝わっている。

あーけーじゅー　給《たん》もーりー（とんぼを下さい）
たーまか精《しー》　うっ飛《とぅ》ばし（やんまの精をとばすから）
てぃんたーまよ　来いよ（大やんま来いよ）

此《く》り食《くー》らんせ　狂《ふ》り者《むん》ど（これを食わないのは狂ったやつだ）

前者はオトリを使う方法の時の歌、後者は砂粒を投げる方法の時の歌である（日本わらべ歌全集『鹿児島・沖縄のわらべ歌』柳原書店、一九八〇年）。

二〇〇九年に発見紹介された、上越市内個人蔵の『御所参内《ごしよさんだい》・聚楽第行幸図屏風《じゆらくだいぎようこうずびようぶ》』は天正一六年（一五八八）の聚楽第行幸を描いたものとされるが（狩野博幸『秀吉の御所参内・聚楽第行幸図屏風』青幻舎、二〇一〇年）、その中に、蜻蛉（あるいは紙を蜻蛉形に切り抜いたものかとも）を結びつけた糸を細い棒の先につけて持ち歩いている二人の子どもの姿が描かれている。蜻蛉釣りの遊びは時代を越えて子どもたちの心をとらえてきたのである。

当該今様は前半と後半で歌の主体の視点が変わっているように見えるが、子どもの遊びを生き生きと描写しており、楽しく明るい一首に仕立てられている。

いざれ独楽《こまつぶり》　鳥羽《とば》の城南寺《じやうなんじ》の祭見《まつりみ》に　われはまからじ恐ろしや　懲《こ》り果てぬ
作り道や四塚《よつづか》に　焦《あせ》る上馬《あがりうま》の多かるに
（四句神歌・雑・四三九）

【現代語訳】

「さあおいでよ、独楽《こま》よ。鳥羽の城南寺《じようなんじ》の祭見物に」「わたしは行きませんよ、恐ろしいこと。まったく懲り懲りしたよ。作り道や四塚《よつづか》にいらだつ暴れ馬がたくさんいてね」

【評】

子どもと独楽との対話形式の一首。

「こまつぶり」は「こま」の古称。『大鏡』には、藤原行成《ゆきなり》（九七二～一〇二七）が幼かった後一条天皇（在位一〇一六～一〇三六、九～二十九歳）に独楽を献上した記事がある。帝は独楽を見て「あやしの物のさまや。こは何ぞ」と問う。このころ宮中では独楽はまだ珍しいものであったらしい。帝は、広い建物の中をくるくると回りながら動いていく独楽に夢中になり、他の人々が献じた、金銀をふんだんに使ったような高価な玩具は皆しまいこんでしまったという。

承平年間（九三一～九三八）に成立した辞書『和名類聚抄《わみようるいじゆうしよう》』には「独楽……和名古末都《こまつ》玖利《くり》　孔有る者なり」とあって、独楽の本体に穴が穿たれていることが示される。いわゆる唸り独楽で回すと音がしたものらしい。観応二年（一三五一）成立の絵巻『慕帰絵詞《ぼきえことば》』には、独楽遊びをしている子どもたちが、地面にほとんど腹這いになり、回っている独楽に顔を近づけている様子が描かれるが、独楽の唸る音を楽しんでいるようにも見える。当該今様については、そのような独楽のたてる音を独楽の返事と捉えたとする説（中村格

「子どもの遊びと秘抄歌謡（二）」『中世文学論叢』六号、一九八五年二月）、また、軸が直立している時に呼びかけ、軸の傾いたことを独楽の返事と捉えたとする説（志田延義『梁塵秘抄評解』有精堂、一九五四年）が提出されている。比較的新しい玩具である独楽を身近によく観察した上で発想された一首と言えよう。

さて、寛治元年（一〇八七）、白河上皇は、現在の京都市伏見区竹田・中島あたりに造営した鳥羽離宮に移った。藤原季綱《すえつな》の別荘を改修したもので、以後、白河・鳥羽の上皇御所として使用され、後白河は一時、清盛によってここに幽閉された。鎮守社として離宮内に城南宮が祀られたが、城南寺はその別当寺で、城南宮の杜《もり》にあったらしい。

当該今様に歌われている祭は「城南寺明神御霊会《ごりょうえ》」「城南寺祭」などと呼ばれ、現在指摘されている最も早い記録は『中右記《ちゅうゆうき》』康和四年（一一〇二）九月二〇日条である。祭礼は毎年九月二〇日に行われたが、白河院や鳥羽院も見物に出かけており、その賑わいが想像される。流鏑馬《やぶさめ》（走っている馬の上から、矢で的を射る競技）や競馬《くらべうま》（二頭の馬を走らせてその遅速で勝負を決める競技）が祭礼の中心だったらしく、後には「城南寺祭」ではなく、「鳥羽殿競馬」「城南寺競馬」と記述されることも多い。当該今様で「上馬《あがりうま》」（気の荒い暴れ馬。→三八四／「じょうめ」と読むと立派な馬、駿馬の意。→三五二）の多さが歌われているのは、そうした祭礼の内容を反映しているのであろう。「四塚」は朱雀大路の南末、羅城門跡の四辻で、「作り道」はその四塚から鳥羽に南下した直線路。

後世の伝承童謡に、次に掲げるような田螺と子どもの対話形式のものが見られ、当該今様はその淵源として注目されるが、院政期に栄えた鳥羽離宮と城南寺の祭礼を歌い込んでいる点は、まさに今様（＝当世風）であって、時代の流行を敏感に反映しており、興味深い。

田螺《つぶ》　田螺　山へ行け　己ゃいやだ　汝ゆけ　去年の春も行ったれば　からすと申す黒鳥が　あっちへつっつき　つんまわし　こっちへつっつき　つんまわし　二度と行くまい　あの山へ　（長野）

田螺《つぶ》や田螺や抜げ田螺や　去年の春をへったれば　からすという馬鹿鳥に　ずっくらもっくら刺されたずな　（山形）

聞くにをかしき経読《きやうよ》みは　とうかく高砂《たかさご》の明泉房《みやうせんばう》　江口のふちにたのやけの君
淀《よど》には大君次郎君《おほきみじらうぎみ》
（四句神歌・雑・四四二）

【現代語訳】

聞いてほれぼれする読経上手は、とうかく高砂の明泉房、江口の岸辺にたのやけの君、淀には大君次郎君。

【評】

経読みの名人を列挙した歌。「とうかく」は未詳。「とにかくまあ第一に」の意とする説（評釈）、「同学」と読んで仏教修行をする者ととる説（評釈別解・新大系）などがある。「高砂」は兵庫県高砂市。景勝地として有名な海岸。「江口」は大阪市東淀川区の港、「淀」は京都市伏見区にあった河港で、いずれも遊女の一大拠点であった。「たのやけの君」「大君」「次郎君」はそれぞれ遊女の名であろう。

読経は本来宗教的な行為であるが、一方では芸能化が進み、今様の歌唱・鑑賞と並ぶようなものにもなっていた。『紫式部日記』寛弘五年（一〇〇八）八月二十余日の記事には、中宮彰子の出産が近づいたために宿直している人々のうち、琴や笛などの管絃には熟達していない若者たちが、「読経あらそひ」をしたり、「今様歌ども」を歌ったりしていることが見える。時代は下るが『看聞日記《かんもんにっき》』にも、「酒盛」の場で尼の「声明」が披露されている例が見られ（応永二三年〈一四一六〉三月一七日条、応永二四年閏五月四日条など）、読経のみならず仏教音楽が宴席で楽しまれていることが窺われる。

鎌倉時代前半に成立した説話集『宇治拾遺物語』三五話には小式部内侍《こしきぶのないし》が恋人・藤原定頼《さだより》の読経の声に感嘆した説話がある（『古事談《こじだん》』巻二－七七話にも）。定頼の読経は宗教者としてのものではないが、陽勝仙人がその読経に感じて聴聞に訪れたという説話も伝わり(『古事談』巻二ー七八話、『十訓抄《じっきんしょう》』一〇ー一九)、広い階層の人々の、読経の優劣が取り沙汰されているのである。なお、小式部内侍の母・和泉式部も読経の名手・道命《どうみょう》との恋愛を語られており(↓一五)、母娘ともに読経に優れた美声の恋人を持っていたことになる。

月は船星は白波《しらなみ》雲は海　いかに漕ぐらん桂男《かつらをとこ》はただ一人して(二句神歌・四五〇)

【現代語訳】

月は船、星は白波、雲は海。どんなふうに漕ぐのだろう、船頭の桂男《かつらおとこ》はたった一人で。


【評】

古歌の比喩を用いながら、天空の航海を幻想的に歌った一首。二句神歌は短歌体(五・七・五・七・七)やそれに近い比較的短い詞章を持つ。

「桂男」は月の中に住むとされた男。唐の段成式《だんせいしき》(八〇三?~八六三)著の『酉陽雑俎《ゆうようざっそ》』巻一によれば、呉剛《ごこう》という名で、月の中の桂の木を一人で切っているとする。当該今様では月の船を漕ぐ船頭に見立てている。

当該今様の発想の源としては、次のような万葉歌が指摘されている。

天《あめ》の海に雲の波立ち月の船星の林に漕ぎ隠る見ゆ　（巻七・一〇六八・柿本人麻呂）

（天の海に雲の波が立ち、月の船は星の林に漕ぎ入り隠れようとしているよ）

天の海に月の船浮け桂梶《かつらかぢ》懸けて漕ぐ見ゆ月人《つきひと》をとこ　（巻一〇・二二二三）

（天の海に月の船を浮かべ、桂の梶を取り付けて漕いでいるよ、月の若者が）

天平勝宝三年（七五一）成立の漢詩集『懐風藻《かいふうそう》』に収められた文武天皇の詩に「月の舟は霧の渚に移り、楓《かつら》の楫は霞の浜に泛《う》かぶ。……独り星間の鏡を以《も》ちて、還《さら》に雲漢《うんかん》の津《わたり》に浮かぶ」（月の舟は霧の立ち込めた渚に移り、桂の木で作った楫は霞のかかった浜に浮かぶ。……ただひとり月は星の間に照る鏡のような光を放ち、いよいよ更に天の河の渡し場に浮かぶ）という句がある。

「月」を船に譬えることはほぼ固定しているが、星、雲、霧、霞などがさまざまな比喩のバリエーションをもって表現されている。万葉歌で「林」に譬えられていた星を、当該今様は、「白波」として歌っており、比喩の具体的対応（白くきらめく星と波）が興味深い。星の美を歌った歌人として著名な建礼門院右京大夫《うきょうのだいぶ》（一一五七？〜一二三三？）は、星空を「花の紙に、箔をうち散らしたるによう似たり」（縹《はなだ》色〈薄い藍色〉の紙に金銀の箔を散らしたようだ）と表現しているが、当該今様は雲の海の中で輝く星をきらめく白波に見立てている。

春《はる》の野に　小屋構《か》いたるやうにて突い立てる鉤蕨《かぎわらび》　忍びて立てれ下衆《げす》に取らるな　（二句神歌・四五一）

【現代語訳】

春の野に、小屋を建てたように突っ立っている鉤蕨よ。こっそり立っておいで、卑しい男たちに採られるなよ。

【評】

蕨を擬人化して呼びかける一首。「鉤蕨」は、頭が鉤状に曲がっているところから言ったもの。蕨に少女をよそえたものとする説（評釈・新全集・新大系）、小屋の中のものを盗られるな、の意を掛けた言葉遊びの歌と見る説（集成・全注釈）がある。当該今様の後には撫子《なでしこ》の歌が置かれており（→四五二）、『梁塵秘抄』の配列上は、植物に見立てた少女への愛着を歌う歌が並べられたものと見られる。さらに、「鉤蕨」の「鉤」は戸締りの道具であり、盗む、盗まれるといった内容を連想させやすく、言葉遊びの要素も含んだ一首と言えよう。建長六年（一二五四）に成立した説話集『古今著聞集《ここんちょもんじゅう》』巻一二には、花山院家の山の番をしていた縁浄法師が、山の蕨がたびたび盗まれるのに閉口して、

山守のひましなければ鉤蕨盗人《ぬすびと》にこそ今はまかすれ

（いくら山の番をしても、蕨がこんなにどんどん盗まれてしまってはどうしようもない。今はもう鉤蕨のその鉤を盗人にまかせてしまうほかあるまい）

という歌を詠んだ話が見える。また、貞治三年（一三六四）成立、第一九番目の勅撰集『新拾遺和歌集《しんしゅういわかしゅう》』には、

けふの日はくるる外山の鉤蕨あけば又みんをり過ぎぬまに　（雑下・藤原知家《ともいえ》）

（今日の日はもはや暮れてしまった。外山の鉤蕨は夜が明けたら〈鉤が開けば〉見ることにしよう。折り採る時期が過ぎてしまわないうちに）

とあるが、この和歌の「くるる」は「暮るる」と「枢《くるる》」の掛詞であり、扉を回転させる装置である「枢」と戸締りの道具である「鉤」を並べたおもしろさをねらっている。

蕨の独特で可憐な形は、人々の興味を引くものであったらしく、『和漢朗詠集《わかんろうえいしゅう》』巻上「早春」所収の小野篁《たかむら》（八〇二～八五二）の漢詩では、「紫塵《しじん》の嫩《わか》き蕨は人手《ひとて》を拳《にぎ》る」と、人の手を握った形に譬えられている。今様に先行する歌謡・催馬楽《さいばら》の「庭生《にはにおふる》」には、

庭に生ふる　唐薺《からなづな》は　よき菜なり　はれ　宮人《みやびと》の　さぐる袋を　おのれ懸けたり

とあって、薺《なずな》（ぺんぺん草）の三角形の実を、宮廷に仕える人がさげている袋に見立てている例がある。当該今様とも共通する、植物への親愛に満ちた視線がよく表れていよう。

垣越《かきご》しに見れども飽かぬ撫子《なでしこ》を　根ながら葉ながら風の吹きもこせかし

（二句神歌・四五二）

【現代語訳】
垣根越しにいくら見ても見飽きない撫子を、根ごと葉ごとそっくり、風が吹き寄越してほしいなあ。

【評】
撫子に見立てた可憐な少女への恋心を歌う一首。
『新撰朗詠集《しんせんろうえいしゅう》』巻下「隣家」所収の伊勢（八七二?〜九三八?）の和歌「垣越しに見れども飽かぬ桜花根ごめに風の吹きもこさなん」による。『後撰《ごせん》和歌集』春下には、「朝忠《あさただ》朝臣隣に侍りけるに、桜のいたう散りければ言ひつかはしける」という詞書とともに載り、第二・三句が「散り来る花を見るよりも」となっている。樹木の「桜」から、草の「撫子」に変化したことで、「撫でし子」（撫でいつくしんだ子）の語感とあいまって、対象となる女性の若さ、可愛らしさが強調され、歌い手の恋情もそれに連動して強められている。春の歌から夏の恋の歌へと変化し、「根ながら葉ながら」と重ねた表現にも、恋慕の気持ちの強さがよく表れていよう。

撫子は『枕草子』「草の花は」の段に「草の花は撫子、唐《から》のはさらなり、大和《やまと》のも、いとめでたし」（草の花は撫子。唐撫子〈石竹《せきちく》〉は言うまでもないが、日本の撫子も大変すばらしい）とあって、草の花としてまっさきにあげられ、貴族の庭園にも植えられて愛好されたが、山賤の垣にふさわしい花でもあって、純朴で古風な乙女を思わせるところがあるらしい。

あな恋し今も見てしか山がつの垣ほに咲ける大和撫子

（『古今和歌集』恋四・よみ人知らず）

（ああ恋しい、今も逢いたいことよ。山住みの人の垣根に咲いていた大和撫子のようなあの娘よ）

山がつの垣ほに生《お》ふる撫子に思ひよそへぬ時の間ぞなき

（山人の垣根に生えている撫子によそえて、あなたを恋しく思わない時はないよ）

（『拾遺《しゅうい》和歌集』恋三・村上天皇）

『拾遺和歌集』の和歌は、『古今和歌集』のよみ人知らず詠を下敷きにして、村上天皇が広幡御息所《ひろはたのみやすどころ》・計子《けいし》に贈ったものである。計子は、『栄花物語』巻一によると、村上天皇の後宮の女性たちの中でも「あやしう心ことに心ばせあるさま」（なみはずれて格別たしなみ深い様子）で、帝も特に目をかけていたという。ここでの撫子の比喩は、ことさらにいとおしく思う女性を表していると言えよう。このような撫子の比喩を十分生かし、当該今様は、一途な恋心をまっすぐに歌い上げている。

> 吹く風に消息《せうそく》をだにつけばやと思へども　よしなき野辺《のべ》に落ちもこそすれ
>
> （二句神歌・四五五）

【現代語訳】

吹く風に恋しい人への手紙だけでもことづけたいと思うけれど、とんでもない野原におちてしまいそうだ。はてさて困ったこと。

【評】

恋心を伝えるすべのないことを嘆く歌。「消息」は手紙の意。なだらかで優美な、洗練された調べが感じられる。芸術至上主義的な感覚を持つ抒情詩人と言われる佐藤春夫に、当該今様に触発された詩があることもうなずけよう。

かくまでふかき恋慕とは
わが身ながらに知らざりき
日をふるままにいやまさる
みれんを何にかよはせむ

空ふく風につてばやと
ふみ書きみれどかひなしや
むかしのうたをさながらに
よしなき野べにおつるとぞ

（佐藤春夫『殉情詩集』大正一〇年刊）

この詩の中の「むかしのうた」は、明らかに当該今様を指している（ただし「つけばや」を「つてばや」と誤って引用している）。

恋しくは疾《と》う疾うおはせわが宿は　大和《やまと》なる　三輪《みわ》の山本《やまもと》杉立てる門《かど》

（二句神歌・四五六）

【現代語訳】

私を恋しく思うならば、早く早くおいでなさい。私の家は、大和国にある三輪山の麓、杉の立っている門です。

【評】

三輪山伝説がさまざまに変容していく中で生まれた歌の一つ。三輪山は奈良県桜井市にあり、山麓の大神《おおみわ》神社（三輪明神）の神体とされる。『古事記』崇《す》神《じん》天皇条に見える著名な三輪山伝説は、大物主大神《おおものぬしのおおかみ》と活玉依毘売《いくたまよりびめ》との神婚伝承である。夜ごと通って来る男によって姫は懐妊するが、その男の正体がわからない。そこで着物の裾に麻糸を通した針をつけて跡を追ってみると、糸は鍵穴を抜けて三輪山の神の社に留まっていたので、男は蛇身の大物主大神であるとわかった。ここには、当該今様に類するような歌謡は記されていないが、延喜五年（九〇五）に勅命のあった『古今和歌集』雑下には、

わが庵《いほ》は三輪の山もと恋しくはとぶらひ来ませ杉立てる門

の一首がよみ人知らずとしてとられている。それが後代の歌集、歌論書においては、少しずつ異同を持ちながら、三輪明神の歌とされていく。

三輪の御かど

わが宿は三輪の山もと恋しくはとぶらひ来ませ杉立てる門

（『古今和歌六帖《こきんわかろくじよう》』二／九七六～九八七年頃）

三輪の明神の歌　恋しくはとぶらひ来ませちはやふる三輪の山本杉立てる門

（『俊頼髄脳《としよりずいのう》』一一一五年頃）

三輪明神の御歌　恋しくはとぶらひ来ませわが宿は三輪の山本杉立てる門

（『袋草紙《ふくろぞうし》』上／一一五七～一一五八年頃）

さらに下って、能「三輪」においては、女に化身した三輪明神が、玄賓《げんぴん》僧都に『古今和歌集』所収歌を詠みかけてかき消すように姿を隠す。自分を訪ねてきてほしいと望む表現は、『古事記』の大物主大神のような男の神よりも、能「三輪」に見えるような女神にふさわしいであろう。

さて、早く『枕草子』の「歌は」の章段に「歌は風俗《ふぞく》、中にも杉立てる門」とあり、今様以前に、風俗（地方の歌謡が貴族社会に入ってきたもの）として、類歌が歌われていたことがわかる。『栄花物語』巻八によると、寛弘五年（一〇〇八）、中宮彰子が生んだ敦成《あつひら》親王の五十日の祝の酒宴で、酔った中宮大夫《ちゆうぐうのだいぶ》（藤原斉信《ただのぶ》）が盃を手に「三輪の山本謡《うた》ひて」とある。これも、先にあげたような三輪山の歌が謡い物として旋律に乗せて歌われていたことを示していよう。

当該今様は、第二句に「疾う疾う」（「疾く疾く」の音便）の繰り返し表現を含み、早く早くと相手に強く訴えるものになっている一方、三輪について「大和なる」（大和にある）と客観的に説明している。「大和なる」を除けば、当該今様は五・七・五・七・七の短歌体になるため、後からの挿入句とも考えられる。いずれにせよ、強く直接的に訴えかける表現と地理的な説明の付加は、広い範囲の聴衆を意識したものであろう。浄瑠璃や歌舞伎で知られる葛《くず》の葉伝説（信太の森の狐が陰陽師安部保名《やすな》と契り、子の晴明《せいめい》を産むが、やがて歌を書き残し、姿を消す）に見える、

恋しくは尋ね来てみよ和泉《いづみ》なる信太《しのだ》の森のうらみ葛の葉

も、三輪山の歌から生まれたバリエーションの一つと言えるが、この「和泉なる信太の森」という表現は当該今様の「大和なる三輪の山」と重なる面がある。

恋ひ恋ひて　たまさかに逢《あ》ひて寝たる夜《よ》の夢はいかが見る　さしさしきしと抱《だ》くとこそ見れ
（二句神歌・四六〇）

【現代語訳】

恋しくて恋しくて、久しぶりにやっと逢って共寝をした夜の夢はどんなだろう。「さしさしきし」と抱きしめると見るだろうよ。

【評】

恋の激情に身をまかせた一夜を歌う官能的な一首。

恋ひ恋ひて稀《まれ》に今宵《こよひ》ぞ逢坂の木綿つけ鳥は鳴かずもあらなむ
（『古今和歌集』恋三・よみ人知らず）

（恋い焦がれてきてようやくあの人に逢えた今宵、逢坂の関の木綿つけ鳥よ、どうぞ鳴かないでおくれ）

たまさかに逢ふ夜は夢の心地して恋しもなどか現《うつつ》なるらん
（『金葉《きんよう》和歌集』恋下・よみ人知らず）

（たまに逢う夜は夢のようにはかなく、恋い焦がれている苦しい時がどうして現実なのだろう）

右に掲げたように、今様に先行する和歌にも稀なる逢瀬をテーマにしたものがあり、表現も類似しているが、和歌においては、全体として逢瀬のはかなさが強調されているのに対し、当該今様は、閨の愛撫の悦楽を、擬態語、擬音語を用いて濃密に表現している。ただし、和歌の中でも例外的なものとして、貞元元年（九七六）から永延元年（九八七）までの間に成立したとされる私撰集『古今和歌六帖《こきんわかろくじょう》』には次のような例が見える（青木太朗氏御教示）。

夢にのみききききときききききときききききと抱《いだ》くとぞ見し

「き」音の繰り返しは夢の中にだけやって来たという意味で「来」との掛詞になっているが、「抱く」に続く下の句では、当該今様と同様の擬態語として働いており、発想の共通性が注目される。

つはり肴《な》に牡蠣《かき》もがな　ただ一つ牡蠣も牡蠣　長門《ながと》の入海《いりうみ》のその浦なるや　岩の稜《そば》につきたる牡蠣こそや　読む文《ふみ》書く手も八十種好《はちじふしゆがう》紫磨《しま》金色《こんじき》足《た》らうたる男子《をのこご》は産め

（二句神歌・四六一）

【現代語訳】
悪阻《つわり》のときの食べ物に牡蠣が欲しいな。たった一つでも牡蠣ならこんな牡蠣。長門の入り江のその浦にある岩の角についた牡蠣こそがね。そうすれば、読み書きに優れ、八十種好《はちじゆうしゆごう》や紫磨金色を備えた仏様みたいに立派な男の子が産めるだろうよ。

【評】
悪阻の時の栄養食として、牡蠣を歌った珍しい歌謡。ただし、後世の田植えに関わる神事歌謡やその継承歌謡には類型的な表現を見出すことができ（志田延義『日本歌謡圏史』至文堂、一九五八年）、たとえば、天保一三年（一八四二）に一応の完成を見た土佐国（現在の高知県）の歌謡集『巷謡編《こうようへん》』の安芸郡土佐おどりに、

くきのお松らがつはり薬は何々　磯《いそ》で磯物《いそもの》　山で当薬《とうやく》・蜜柑《みかん》・柑子《かうじ》・橘《たちばな》

とあって、悪阻の時に食するものとして、磯物（磯でとれる物）、当薬（植物センブリの別名。乾燥させたものは胃薬として用いられた）、蜜柑などの柑橘類をあげている。

牡蠣は古くから食用とされ、『古事記』允恭天皇《いんぎょう》条に「夏草のあひねの浜の蠣貝《かきかひ》に足踏ますな明かしてとほれ」（あいね〈地名であろうが、現在のどこに当たるか未詳。「相寝」を響かせる〉の浜の牡蠣の貝殻を足に踏んでお怪我をなさいますな。夜を明かしてからお行きなさいませ）と歌われるところから、身をとった後の牡蠣の殻が浜辺に多く捨てられていたことが窺われる。

「長門」は国名とすれば現在の山口県であるが、広島県倉橋島を当てる説もある（集成・新大系・全注釈）。倉橋島は古名長門島で『万葉集』巻一五に天平八年（七三六）遣新羅使一行が船を停泊させた場所として「安芸国長門島」が見える。正徳二年（一七一二）序の事典『和漢三才図会《わかんさんさいずえ》』に「牡蠣……芸州広島産、小而味佳」（広島産は小さくて味がよい）などとあり、現在も広島が牡蠣の産地であることから倉橋島説は興味深いが、瀬戸内海はいずれの浜でも牡蠣がよく繁殖するというので、ただちには断定しがたい。

「稜《そば》」は角の意。一二世紀の辞書『類聚名義抄《るいじゆうみようぎしよう》』（観智院本）に「稜　ソバ　カド」とある。「八十種好」は仏や菩薩の備える身体上の八十種の特色。「紫磨金色」は紫色を帯びた金で最上の黄金。仏の身は紫磨金色であるとされる。山上憶良は、

銀《しろかね》も金《くがね》も玉も何せむに優れる宝子にしかめやも
（『万葉集』巻五・八〇三）

（銀も金も玉も何になろう。どんな優れた宝も子にまさるものがあろうか）

と詠んだが、当該今様は、これから産まれる子が仏・菩薩にも匹敵するような優れた子であるよう願い、明るい予祝の気分にあふれた一首に仕立てている。

われは思ひ人は退《の》け引くこれやこの　波高《なみたか》や荒磯《あらいそ》の　鮑《あはび》の貝の片思ひなる
（二句神歌・四六二）

【現代語訳】
私はあの人を思い、あの人は私から離れていく。これがまあ、あの波の高い荒磯にすむ鮑《あわび》の貝の片思いというものなのか。

【評】
鮑に寄せた片思いの歌。鮑の殻は、一見すると二枚貝の片側だけに見えるところから、片思いに通じるものとして歌われた。よく知られているのは、『万葉集』巻一一の、

伊勢の海人《あま》の朝な夕なに潜《かづ》くといふ鮑の貝の片思《かたもひ》にして　（二七九八）

（伊勢の海人が朝に夕に潜って取るという鮑の貝のように、私は片思いのままで）

であろう。これは平安時代の私撰集『古今和歌六帖《こきんわかろくじよう》』にもとられており、『梁塵秘抄』には、

伊勢の海に朝な夕なに海人のゐて　取り上ぐなる　鮑の貝の片思ひなる　（四六二）

と少し手を加えたものが収められている。四六三番歌は四六二番歌と結句を同じくするが、「われは思ひ人は退け引く」という直截的で強い調子や「これやこの」といった強調表現によって、だいぶ趣の異なる激しさを持った一首になっている。『梁塵秘抄』には「わが身やつれては男退け引く」（→四〇九）の例があるが、あるいは衰貌によって、あるいは激しい情念のために男に去られる女のやりきれなさが、「退け引く」の語から惻々と迫ってくる。

「波高や荒磯の」は波の高い荒磯（岩の露顕した海岸）の意で、鮑の生息する場所を示すが、「恋を妨げるものというイメージが伴う」（集成）とも、「劇しい心情の動きを捉える」（新大系）とも考えられる。

室町時代末期の流行歌謡・小歌《こうた》にも、

何となる身の果てやらん　しほに寄り候片し貝
（『閑吟集』）
（これからどうなっていく私の身だろう。あの人の愛嬌にひかれて片思いをする私は、潮に弄ばれる片貝のようなもの）

のように、片し貝（二枚貝の一片）に寄せて片思いを歌ったものがあるが、小歌は、「しほ」に愛嬌の意と海の潮とを掛け、「なる身」に歌枕の「鳴海」を掛けた言葉遊びの色合いが濃く、洒落た軽やかなものになっている。当該今様の強さ、激しさとは好対照をなしていると言えよう。

高砂《たかさご》の高かるべきは高からで　など比良《ひら》の山高々《たかだか》と高く見ゆらん
（二句神歌・四六六）

【現代語訳】
高砂はその名の通りなら高くあってしかるべきなのに高くなく、反対にどうして平《ひら》という名を持つ比良の山が高く高く高くとても高く見えるのだろう。

【評】

名実そぐわないことに興じる言葉遊びの歌（→一六）。「高」を七回繰り返して軽快なリズムを作り出している。

「高砂」は兵庫県高砂市。海沿いの地である（→四四三）。「比良の山」は琵琶湖西岸沿いに連なる山地。高い峰が二か所あり、北の武奈ケ岳《ぶながたけ》は一二一四メートル、南の蓬萊山《ほうらいさん》は一一七四メートル。滋賀県で最も高い山である。

『梁塵秘抄』には、「聖の好むもの　比良の山をこそ尋ぬなれ　弟子やりて……」（→四二五）の一首もあり、比良の山が聖たちの道場として栄えていたらしいことが窺われる。音の繰り返しのおもしろさもさることながら、「高々高」は、そうした比良山を馳せる聖たちへの崇敬を含んだ強調表現とも見られよう。

東《あづま》より昨日来《きのふきた》れば妻《め》も持たず　この着たる紺の狩襖《かりあを》に女《むすめ》換へたべ

（二句神歌・四七二）

【現代語訳】

東国から昨日やって来たばかりなので、妻も持っていません。この着ている紺の狩襖《かりあお》と娘さんを交換してください。

【評】

東人の言葉をそのまま繰り返して、その武骨ぶりを笑う辛辣な一首。

「狩襖」は「狩衣《かりぎぬ》」に同じ。室町時代前期の有職故実《ゆうそくこじつ》書『名目鈔《みょうもくしょう》』に「狩襖 カリアヲ 随身《ずいじん》等之を着る。舎人《とねり》の牛飼所用又此事也。然而又狩衣と号す」とある。元来、野外の鷹狩などに際して用いた衣で、平安期貴族や身分のある武士などの平服。多様な品物があふれる広大な都の市では、何でも交換できるに違いないと考えた東人が、自分の着ている普段着と、妻になる娘とを交換したいという非常識な希望を述べた趣であり、都人の皮肉なまなざしが感じられよう。

藤原明衡《あきひら》（九八九？〜一〇六六）の記した『新猿楽記《しんさるがくき》』には「東人の初京上り《あづまうどうひきやうのぼ》」という演目が見え、はじめて上京した田舎人の愚鈍な振る舞いを滑稽に演じたものと考えられるが、当該今様は、そうした寸劇の中で演技を伴って歌われた可能性もあろう。

室町時代の狂言においても、都のすっぱ（詐欺師）が田舎者をだますという筋立てがしばしば見られ、田舎人が都人にからかわれるという構成の芸能が時代を越えて続いていくことが確認できる。ただし、狂言においては、最終的にすっぱのたくらみがばれて追い込まれることもあり、逆転による笑いも生まれている。当該今様は、こうした狂言に先行する素朴な喜劇のあり方を窺わせる点でも興味深い。

須磨《すま》の関和田《わだ》の岬《みさき》をかい廻《ま》うたる車船《くるまぶね》　牛窓《うしまど》かけて潮《しほ》や引くらん

（二句神歌・四七四）

【現代語訳】
須磨の関、和田の岬をぐるりと回った車船、牛窓を目がけていくと、そのあたりでは潮が引いてしまうだろう。

【評】
縁語仕立てで、目新しい車船とその航路を歌った一首。「須磨の関」は、現在の神戸市須磨区の海岸にあった関。『枕草子』に「関は逢坂。須磨の関。鈴鹿の関」とあるが、平安時代前期には廃されている。「和田の岬」は神戸市兵庫区にある岬。「和田」の「わ」に「輪」を掛けている。「輪」「廻ふ」「牛」「かく」「引く」は「車」の縁語。
「車船」は、嘉応元年（一一六九）に成立した藤原清輔《きよすけ》著『和歌初学抄《わかしょがくしょう》』の「物名」の

「船」の項に「クルマブネ」とあり、嘉禎元年（一二三五）以降仁治三年（一二四二）以前に成立した順徳院著『八雲御抄《やくもみしよう》』の「船」の項に「車　今様にも」と見えることから、平安時代後期に「車船」という言葉が存在したことは確かであり、『八雲御抄』の記述からすると、当該今様が「車船」の例とされていた可能性が高い。しかし、その実態はよくわからず、「車船」の名から、船体の外にある車を回転させることによって船の推進を行ったのであろうと推察される程度である。時代はかなり下るが、宝暦一一年（一七六一）夏に成った『和漢船用集《わかんせんようしゆう》』によると、「車船」とは、「左右に車を付け、水を搔きて舟をやる者也」とされている。船の左右に車輪を取り付けた車船は、外車の回転方向によって前進後退のどちらでも自由に行えるという利点があったが、波のある時や吃水の変化の激しい貨物船、高速船などには向かないので、実用性は必ずしもよくなかった（石井謙治「水車と船」『日本人の知恵』人物往来社、一九六二年）。

　このように、一般に普及したとは思えない「車船」を当該今様が「和田の岬」と共に歌うのは、この岬の北側にある大輪田泊を平清盛が大々的に修理したことと関わるものと思われる。清盛は、隠居所として構えた福原の山荘に近い大輪田泊を日宋貿易の拠点として発展させようとして、大修築を計画、困難の末、ようやく人工島を築いて「経嶋」と名づけた（『帝王編年記』承安三年〈一一七三〉条）。また、清盛は輪田浜に天台座主らを招いて度々千僧供養を行っているが、後白河院をはじめ、多くの公卿たちが結縁のために下向し

た（植木朝子『梁塵秘抄の世界』角川選書、二〇〇九年）。

「牛窓」は現在の岡山県瀬戸内市内（旧邑久郡牛窓町）に大字名として残るが、ここには清盛の「宿屋」があったという（『山槐記《さんかいき》』治承三年〈一一七九〉六月二二日条）。

このように清盛の行動と共に人々の耳目を集めていた話題の場所が、おそらく最新型の船とともに今様に歌われることはごく自然のことであったろう。当該今様は新開地の熱気を掬い取った、まさに最新流行を追う一首であったと言えよう。

淀川《よどがは》の底の深きに鮎《あゆ》の子の　鵜《う》といふ鳥に背中食《く》はれてきりきりめく　いとほしや

（二句神歌・四七五）

【現代語訳】

淀川の水底深いところで鮎の子が、鵜という鳥に背中を食われてきりきりと身もだえる。なんとかわいそうなことよ。

【評】

鵜飼の歌（→三五五・四四〇）の中でも、食われる鮎の子に焦点を当てた一首。

「淀川」は琵琶湖に源を発し、木津川・桂川を合流して大阪湾に注ぐ川。『古今和歌集』に、

淀川のよどむと人は見るらめど流れて深き心あるものを　（恋四・よみ人しらず）

（「淀」という名を持つために、淀川は浅くて流れの滞る川だと人は見ているようだけれど、本当はよく流れて深い川です。それと同じように、私の心を薄情でためらってばかりとあの人は見ているようだけれど、実は涙があふれるほどの深い思いがあるのです）

とあり、水がよどんでいるように見えながら実は流れていて、水深の深い川とされている。当該今様も、そのような川の深さを意識した歌い方であり、暗い水底は、悲劇をより一層強調する背景ともなっていよう。

「きりきりめく」は身をよじってもだえ苦しむさまを表していると思われるが、『梁塵秘抄』に先行する用例を見出せない。慶長八年（一六〇三）刊の『日葡辞書《にっぽじしょ》』には「Qiri-qiri」に「敏捷に働いたり、物事をしたりするさま」とあり、現代語と同様の意味が記される。この「きりきりめく」は鮮烈な印象を持った言葉であり、一首の眼目は身もだえする鮎の動きの描写にあったと考えられる。伝統的な和歌において、漁の対象となる鮎は、川をすばやく移動する様子を「さばしる」「のぼる」などと表現されることがほとんどである。「さばしる鮎」は『万葉集』に見えた言葉で、清涼で生き生きとした感じを与える

ものの、平安時代以降は類型的な表現として使われ、その内容も断末魔の苦しみとは遠く隔たっている（植木朝子『梁塵秘抄とその周縁』三省堂、二〇〇一年）。漁を遠くから眺めるのではなく、ごく近距離から観察し、鵜の嘴で傷ついた鮎の姿を、擬態語を使って具体的に表現するところに今様の特徴がよく表れているが、当該今様ではさらに苦しんでいる鮎が「子」であることによって、哀れさが一層強調されている。

御前《おまへ》より打ち上げ打ち下《お》ろし越す波は　つかさまさりの重波《しきなみ》ぞ立つ
（二句神歌・四七七）

【現代語訳】
神社の御前から寄せたり引いたりしながら岸を越える波は、官位昇進を知らせて次から次へと波立つことだよ。

【評】
官位昇進をめぐる祝いの歌。「つかさまさり」は官位が昇進すること、「重波」は次々に打ち寄せる波。立身出世の願いを込めて歌う場合もあれば、昇進の結果を受け、それを祝って歌う場合もあっただろう。『枕草子』「内は五節のころこそ」の段には、当該今様またはその類歌と思われる一節が引かれている。五節《ごせち》（陰暦一一月の中の卯の日に天皇がその年の新穀を神々に供え、自身も食する新嘗祭《にいなめさい》の際に、五節舞姫による舞楽を中心として行われる公式行事）の酒宴の後、酔って、着物も乱れた殿上人たちの様子を描写する箇所である。

殿上人《てんじやうびと》の直衣《なほし》ぬぎたれて、扇やなにやと拍子にして、「つかさまさりと重波ぞ立つ」といふ歌をうたひ、局《つぼね》どもの前渡る……

『梁塵秘抄』には、

南宮《なんぐ》の御前《おまへ》に朝日さし　児《ちご》の御前に夕日さし　松原如来《まつばらにょらい》の御前には　つかさまさりの重波ぞ立つ　（四一六）

（広田社《ひろたしゃ》の南宮《なんぐう》のお社《やしろ》には朝日がさし、児のお社には夕日がさし、松原如来のお社には官位昇進の波が次から次へと打ち寄せるよ）

という一首があり、四七七番歌と同様、「つかさまさりの重波ぞ立つ」の句で結ばれる。四七七番歌は神社が特定されておらず、より汎用性のある歌と言えよう。

いざ寝なむ　夜《よ》も明《あ》け方《がた》になりにけり　鐘も打つ　宵《よひ》より寝たるだにも飽かぬ心を　や　いかにせむ

（二句神歌・四八一）

【現代語訳】

さあ、寝よう。夜も明け方になってしまった。鐘も打っている。宵から寝ていてさえ満足できない気持ちなのに、ああ、こんな短い時間ではいったいどうしよう。

【評】

愛欲に溺れ、逢瀬の短さを嘆く男の歌。二人の時間が瞬く間に過ぎるのを惜しみ、飽き足らぬ心を訴え嘆く恋の歌は多いが、「いざ寝なむ」という直截的な誘いに、短い言葉をたたみかける当該今様は、過ぎていく時間に対する焦りと、自分でも持て余すような欲情に悶える男の心を鮮やかにうつしとっている。

いかで麿《まろ》　播磨守《はりまのかみ》の童《わらは》して　飾磨《しかま》に染むる褐《かち》の衣《きぬ》着む

（二句神歌・四八二）

【現代語訳】

どうにかして我は、播磨守に仕える童の手で、飾磨で染める褐の衣を着たいものだよ。

【評】

出世と恋の成就を願う歌。「麿」は自称で、男女ともに用いる。「播磨守」は播磨国（現在の兵庫県南西部）の国司（受領）。播磨は大国であったから、国司も富裕で強大な威勢を誇ったと考えられる。「飾磨」は現在の兵庫県姫路市飾磨区付近。褐染めが名物とされた。褐は藍で深く染めた青黒い色。

播磨なる飾磨に染むるあながちに人を恋しと思ふころかな

（『詞花《しか》和歌集』恋・曾禰好忠《そねのよしただ》）

（播磨の飾磨で染めたかち、かち染め、そのようにあながち、やたらと――あの人を恋しいと思う頃だよ）

のように、「強《あなが》ちに」の「かち」に「褐」を掛けたり、

いとせめて恋しき時は播磨なる飾磨に染むるかちよりぞ来る

（『金葉《きんよう》和歌集』恋・よみ人知らず）

（どうにも恋しくてならない時は、播磨の飾磨で染める褐《かち》ではないが、徒歩《かち》ででもやって来るよ）

のように、「徒歩」に「褐」を掛けるなど、掛詞を伴って恋歌に用いられることが多い。

当該今様の詞章から想定される歌の主体「磨」と播磨守の童との関係については、主体を男、童を「女童《めのわらわ》」（少女）と見る説（大系・新全集）、主体を女、童を少年と見る説（集成）、主体を男、童を少年と見る説（新大系）がある。また、評釈は、主体である「磨」（少年）が播磨守に仕える童になりたいと願う歌と見るが、「童して」を「童になって」ととるのは無理があろう。

さて、歌の主体「磨」の性別を定めるための一つの手がかりは「褐の衣」であると思われる。藍染の衣を着るのは男女ともに有り得ることであるが、「褐色」は、召具《めしぐ》の褐衣《かちえ》の当色《とうじき》（皇族、貴族の外出に供奉する下級官人の装束として、その位階・職掌に相当する色）に類する。召具の褐衣を使用したのは随身《ずいじん》（貴族の警護にあたる武官）・馬副《うまぞい》（馬脇の従者）・手《て》振《ぶり》（行列の威儀を整える従者。手に物を持たずに供奉する）である。「褐の衣」から容易に連想される褐衣はこれら官人の所用であり、当該今様において、播磨守に仕える童の手で、飾磨で染める褐の衣を着たいと願うのは、すなわち、播磨守に従者として仕えたいという願望であり、同じく播磨守に仕える童との恋の成就も共に含んでいると見られるのではないだろうか。「童」の語は男女ともに用いるので断定はできず、異性愛、同性愛両方の可能性を考えておきたい。

当該今様は、土器造の娘を「受領の北の方」と言わせたいと歌う今様（→三七六）と同様、受領の威勢のもとで働くことを出世と考える庶民の夢を歌った一首と見られよう。直後に置かれた四八三番歌は山長《やまおさ》の持ち物である鞭を恋しい人の腰に差させたいと歌っている（→四八三）。山長への憧れと恋の思いをあわせ持っているのと同様の趣が四八二番歌にも看取されるのである。四八三番歌は女が恋人の男の身の上を思う歌であり、四八二番歌は歌の主体たる男が自身の願望を歌うものであるが、詞章の中に出てくる山長の鞭や褐の衣といった小道具がその地位の象徴になっており、詞章から想定される歌の主体から見れば、その地位が憧れの対象であって、出世の目標とされている点は共通していよう。「播磨守」は、名産の「飾磨に染むる褐」との関連からあげられているとともに、大国の受領として、豊かな財力を連想させる効果もあわせ持っているだろう。さらに、遊女や傀儡女《くぐつめ》を好み、今様を愛した藤原顕季《あきすえ》や藤原家成《いえなり》といった人物が播磨守になっているところから、当該今様の背景には彼らの面影も垣間見られようか（新間進一「後白河院と歌謡圏」『国語と国文学』五四巻五号、一九七七年五月）。『平家物語』巻一「殿上闇討」には、藤原家成が播磨守だった時、娘の聟として藤原忠雅《ただまさ》を華やかにもてなしたことにつき、人々が「播磨米《よね》は、木賊《とくさ》か椋《むく》の葉か、人の綺羅《きら》をみがくは」（播磨米は木賊か椋の葉か、人を一生懸命に着飾らせているよ〈木賊や椋の葉は木材・器物などをみがくのに用いる〉と歌い囃したという逸話が見えるが、こうした歌も思い合わされる。

山長《やまをさ》が腰に差いたる葛鞭《つづらぶち》　思はむ人の腰に差させむ　（二句神歌・四八三）

【現代語訳】

山長《やまおさ》が腰に差した葛《つづら》の鞭《むち》を恋しい方の腰に差させたいものよ。


【評】

恋人の凛々しい姿を思い描く女の恋の歌。山長という地位につけたいという思いも込められていよう。

「山長」は山の番人の頭。「差いたる」は「差したる」の音便。「葛鞭」はツヅラフジなど、丈夫な蔓性の植物で作った鞭。「ぶち」は「むち」に同じ。盗人をこらしめるためなどに用いる。『今昔物語集』巻二三－一七話には「熊葛《くまつづら》の練鞭《ねりむち》」が見える。ある力の強い女が、女盗賊をこらしめるために、この鞭をふるったところ、打つたびにその鞭にえぐられた盗賊の肉がついたという。「葛鞭」はこうした強さの象徴であった。聟に着せる美しい着物をあれこれ考える今様（→三五八）からは、優美な貴公子を愛するたおやかな女性が浮かび上がるが、当該今様は、強くたくましい男に思いを寄せる素朴な田舎娘を想起させ、恋人の魅力的な姿を思い描く心情は共通しながら、優美さと強さの好対照をなしている。

さ夜更《よふ》けて鬼人《きにんし》衆こそ歩《あり》くなれ　南無《なむ》や帰依《きえ》仏《ぶつ》南無《なも》や帰依《きえ》法《ほふ》（二句神歌・四九一）

【現代語訳】
夜が更けて鬼たちが歩き回ることだ。南無や帰依仏。南無や帰依法。

【評】
百鬼夜行に出会った時の呪文をそのまま今様に仕立てた一首。さまざまな妖怪が、夜間に列をなして出歩く日は、陰陽道の説によって月ごとに決まっており、人々は外出を避ける習いであったが、百鬼夜行に出会った話は多く伝えられている。たとえば『大鏡』師輔《もろすけ》伝には、師輔が夜更けに内裏から帰宅する途中、百鬼夜行にあい、尊勝陀羅尼《そんしょうだらに》を唱えることで難を逃れた話が見える。お供の者たちには、鬼の姿は全く見えなかったという。『今昔物語集』巻一四−四二話では藤原常行《つねゆき》が女のもとに通う途中、百鬼夜行に会い、鬼にとらえられるところであったが、乳母が着物の襟首に縫い込んでおいた尊勝陀羅尼のお陰で助かったとされる。また、鎌倉時代前半に成立した説話集『宇治拾遺物語』一七話「修行者、百鬼夜行に逢ふこと」には、摂津国（現在の大阪府北部と兵庫県東部）で百鬼夜行に会った修行者が不動明王を念ずる呪文のお陰で助かった話が見える。鬼たちは手に手に火をともし、百人ほどの集団で、一つ目の鬼、角の生えた鬼など、この上なく恐ろしい姿であったという。

これらの話では、尊勝陀羅尼や不動の呪によって鬼難を逃れたことになっているが、当該今様で唱えられているのは「南無帰依仏」「南無帰依法」という呪文である。「南無帰依僧」と合わせて仏・法・僧の三宝に帰依する（自己の身心を投げ出して信奉する）意を示す。「南無」は梵語の音を写したもので、帰命《きみよう》、敬礼《きようらい》と訳す。心から従い敬う意で、「帰依」と意味が重複する。『今昔物語集』巻四－二〇話には、鬼に出会ったインドの男が、妻に教えられたとおり、「南無帰依仏、南無帰依法、南無帰依僧」と唱えると、鬼は「この法文を聞いたお陰で自分も鬼の身から天界に生まれ変われる」とかえって喜び、男を助けて、無事に家に送り返した話が見える。

物の怪や鬼への恐怖心が人々を深く支配していた時代、当該今様は、呪文そのものの力に支えられて、強い響きを有しているように感じられる。

山鳩《やまばと》はいづくか鳥栖《とぐら》石清水　八幡宮《やはたのみや》の若松の枝

（二句神歌・神社歌・石清水・四九五）

【現代語訳】

山鳩はどこがねぐらなのだろう、それは石清水八幡宮の若松の枝だよ。

【評】

二句神歌の中心をなすのは神社歌で、畿内の主要な神社と安芸国（現在の広島県西半部）の厳島神社に関する神歌が集められている。ほとんどが五・七・五・七・七の短歌体。当該今様は神社歌の冒頭に置かれている。

石清水八幡宮は京都府八幡市の男山にある神社で応神天皇を祀る。元亨二年（一三二二）に成立した伝記『元亨釈書《げんこうしゃくしょ》』五に「国俗、鳩を呼びて八幡の使鳥と為す」とあって、鳩が神の使いとされたことがわかる。「とぐら」は鳥のねぐら。

石清水八幡宮の神の使いとされた鳩を、めでたい若松の枝と取り合わせたさわやかな一首。石清水の名は社前に清水が湧き出たことに由来するとされ、当該今様の次に置かれた

ここにしも湧《わ》きて出《い》でけむ石清水　神の心を汲みて知らばや　（四九六）
（この土地にこそ湧き出たであろう石清水よ、神の心をこの水を汲んで知りたいものだよ）

は清冽な泉の印象を歌っている（『後拾遺《ごしゅうい》和歌集』神祇に増基《ぞうき》法師の歌として載る）。このような、神社の名の由来となった清水と緑の松とをあわせると、当該今様の持つ清新なすがすがしさがさらに増すであろう。

鎌倉時代末期成立、八幡神の神徳を述べた『八幡愚童訓《はちまんぐどうくん》』（続群書類従所収）に下句を「八幡の峰の榊葉《さかきば》の枝」として載る。その他、各地の伝承歌謡に類歌が見られ、広い伝播が知られる。

稲荷《いなり》なる三《み》つ群《む》れ烏《がらす》あはれなり　昼は睦《むつ》れて夜はひとり寝《ぬ》
（二句神歌・神社歌・稲荷・五一四）

【現代語訳】
稲荷三社の境内に棲む三つの群れの烏《からす》はかわいそうだよ。昼は仲良く戯れていても、夜は寂しく独り寝るのだよ。

【評】

稲荷は京都市伏見区にある伏見稲荷大社。『延喜式』神名帳《じんみようちよう》に「山城国紀伊郡稲荷神社三座」と見え、上・中・下の三社からなる。稲荷三社周辺の遊女たちを鳥に譬えて歌った一首。遊女を鳥に譬えることは三八八番歌にも見える（→三八八）。神社歌とはいいながら、信仰心を表出する歌ばかりではなく、色恋にまつわる歌が収められているところが興味深い。稲荷の神社歌にはことにその傾向が強く、失恋を神に恨んだり、八つ当たりしたりするような歌もとられている。

稲荷山社《やしろ》の数を人問はば　つれなき人をみつと答へよ　（五一五）

（稲荷山でお社の数を人が問うたならば、無情な人を「見つ」——「三つ」と答えなさいよ）

われといへば稲荷の神もつらきかな　人のためとは思はざりしを　（五二〇）

（私に関して言えば、稲荷の神も酷いことをなさるなあ。他人のためと思って祈ってきたわけではないのに）

五一五番歌は『拾遺《しゆうい》和歌集』雑恋所収、平貞文《さだふん》（?～九二三）の詠。詞書によると、稲荷詣で出会った女にものを言いかけたが何の答えもなかったので詠んだ歌という。また、五二〇番歌は『拾遺和歌集』雑恋所収、藤原長能《ながよし》（九四九?～一〇一二?）の詠。詞書によると、稲荷詣で見初めた女を他の男にとられてしまったために詠んだ歌という。

こうした恋愛に関わる歌が多いことは、稲荷の神の性格とも関わるものと思われる。鎌倉時代中末期に成立したと考えられる『稲荷記』によると、稲荷の神は「御自称は愛法神」であり、「愛と云ひ、福と云ひ、日本無双の霊神」であって、男女の仲をとりもつ神として古くから信仰を集めていたらしい。藤原明衡《あきひら》（九八九？〜一〇六六）著『新猿楽記《しんさるがくき》』には右衛門尉の第一の妻が夫の愛情を得るためにさまざまな神に祈りを捧げていることが記されるが、その中に「野干坂伊賀専《きつねざかいがたうめ》の男祭」「稲荷山阿小町《あこまち》の愛法」に参加していることが見える。伊賀専も阿小町も稲荷系の神であるが、これらが愛欲の神であることは注目される。これに対応するように、鎌倉初期写『吒枳尼天祭文《だきにてんさいもん》』（配偶者を求める男女に対しその成就を願うもの）には、願いをかける対象の神として「稲荷」「阿小町」もあげられている（植木朝子「『新猿楽記』の右衛門尉の愛欲」『国文学　解釈と鑑賞』二〇〇四年一二月）。当然予想されることではあるが、稲荷の持つ愛法神としての性格が、神歌の内容にも色濃く反映していることが確認できよう。

「睦る」は、親しんでまつわりつく意。「六つ」をかけ、「ひとり寝」の「一」とあわせて、三・六・一という数字の対比でもおもしろみを出している。

住吉は南客殿中遣戸《みなみきやくでんなかやりど》　思ひかけがねはづし気《げ》ぞなき

（二句神歌・神社歌・住吉・五四一）

【現代語訳】
住吉大社では南の客殿で巫女に思いを懸《か》けたけれど、女は中遣戸の懸け金《がね》をはずした様子もないことだよ。

【評】
住吉大社の巫女との恋の駆け引きを歌う一首。

「住吉」は大阪市住吉区にある住吉大社。境内には南北二つの客殿があった（『墨江紀略』上・考所引）。「客殿」は客に応対するための殿舎。「中遣戸」は殿舎の間の引き戸と考えられるが、隣家との隔ての垣根を意味する「中垣《なかがき》」が、仲を隔てさえぎるものの譬えに用いられるのと同じような趣が感じられよう。室町時代末の流行歌謡・小歌《こうた》に「生《な》らぬあだ花　真白に見えて　憂き中垣の夕顔や（『閑吟集』）」（実の生らないあだ花が真白に咲いているのが見えるだけ。二人の仲を隔てるつれない中垣の夕顔の花よ）と見える。

「思ひかけがね」は「思いを懸ける」の意で「懸け金」（戸締りの道具）につなげている。

『梁塵秘抄』には、

山の調《しら》めは桜人《さくらびと》　海の調めは波の音　また島巡《めぐ》るよな　巫《きね》が集《つど》ひは中《なか》の宮　厳粧遣戸《けさうやりど》はここぞかし　（三一三）

（山から聞こえる調べは催馬楽《さいばら》の「桜人」。海から聞こえる調べは波の音。また島巡りをすることだ。巫女が集まっているのは中の宮。立派に飾られた引き戸はここにあるのだよ）

といった一首が見え、厳島神社の社頭風景を歌っているかとされるが、遣戸で隔てられた場所に巫女が集まっており、そこに関心の向けられている点は、当該今様と類似している。

この巫女《みこ》は様《やう》がる巫女よ　帷子《かたびら》に後《しり》をだにかかいで　ゆゆしう憑《つ》き語《かた》る　これを見たまへ　（二句神歌・五六〇）

【現代語訳】
この巫女は風変わりな巫女だよ。帷子を着て、あられもない姿で後ろを取り繕いもせず、おそろしいほどの様子で神懸かりして語るよ。これを御覧よ。

【評】

二句神歌神社歌の後に、再び標題のない歌が十一首置かれる。当該今様はその中の一首で神懸かりをした巫女の様子を生き生きと描く。

「帷子」は裏をつけない衣。「かかいで」は「かがはで」「かがらで」の誤写と見て「破れも繕わないで」の意とする説（全書）、「とじつけないで」の意とする説（評釈・大系）、「くくりあげないで、尻からげをしないで」の意とする説（新全集・全注釈）、「尻さえ取り繕わず、丸出しで」の意とする説（集成・新大系）がある。いずれにしても乱れた姿を表していると考えている点は動かないが、評釈・大系の説は、後ろをとじつけないという状態がどのような形になるのかわかりにくく、また、新全集・新注釈の言う尻からげをしないことは、帷子と同じ汗取の単《ひとえ》である汗衫《かざみ》は裾を長く引くのが晴の姿であることを考えると、特に乱れた姿とも言えない。したがってここでは集成・新大系の説に従った（全書の訳は帷子が破れていることを前提とする点でやや限定的だが、解釈の方向は同じと見られる）。

応長元年（一三一一）頃描かれた「松崎天神縁起絵《まつざきてんじんえんぎえ》」巻四には、上半身には何も着けず緋袴をはいた物狂いの女が錫杖を振り鳴らす様子が描かれている。この女は巫女ではないが、神懸かりにせよ、物狂いにせよ、正気を失いあられもない姿となった女に対する人々の好奇心は並々ならぬものがあったであろう。

奥山にしばひく音の聞こゆるは　天稚御子《あめわかみこ》の召《み》す音ぞよ　召す音ぞよ

（二句神歌・五六一）

【現代語訳】

奥山にしきりに弾奏する楽の音が聞こえるのは、天稚御子がお弾きになる音だよ。お弾きになる音だよ。

【評】

音楽の神としての天稚御子説話を背景にした一首。

「しばひく」はしばしば（頻りに）弾くの意であろう。「しば」は本来副詞であるが、「しば立つ」「しば見る」「しば鳴く」など接頭語のように動詞に付いて用いられた。「柴引く」と読む説（考）もあるが、「柴を引く音」が比喩として殊更に取り上げられるのはやや不審であるし、「柴」を「折る」「刈る」という用例は多いが、柴を「引く」というのは一般的な表現とは言い難い。

「召す音」は、原本「みすおと」を「御簾音《みすおと》」として、天稚御子が天降る時に聞こえる御簾の音とする説もある（考・評釈）。『梁塵秘抄口伝集』巻一〇には、熊野詣の折に、神前で今様を歌うと、御簾が動いて御正体の鏡が鳴り、長い間振動していたことが記される。神の霊験の表れとして神殿の御簾が動いて音をたてることは大いに有り得るが、当該今様の場合、場所は「奥山」であるし、御簾音は神の降臨時の音として珍しくないということになれば、聞こえてくる「音」を、他のいずれの神でもない音楽神としての天稚御子がたてる音だと判断している当該今様において、取り上げられるにあまりふさわしいものではないだろう。母音のiとeの交替はしばしば見られ、『梁塵秘抄』にも、市場の呼び声として「木や召《み》す」「炭や召《み》す」の例（**三八九**）がある。

天稚御子は、天禄から長徳（九七〇～九九九）頃に成ったとされる『うつほ物語』俊蔭《としかげ》に登場し、俊蔭のために天降って三十の琴を造り与えたという。さらに天女が天降ってその琴に漆を塗り、織姫に琴の絃をすげさせた。俊蔭がその琴を与えられたのは、木を倒す斧の音を頼りに三年間尋ね回って辿りついた険しい山の中であった。天稚御子の天降る場所として「奥山」を提示する当該今様とも通い合う。また、延久から永保元年（一〇六九～一〇八一）頃に成ったとされる『狭衣《さごろも》物語』巻一では、主人公の狭衣中将が諸芸にすぐれ、特に音楽に堪能であることを評して「天稚御子の天降りたまへるにや。今日天《あま》の羽衣迎へきこえたまはむ」（天稚御子が仮にこの世に現れなさったのか。今日にでも天人がお迎えに来られるかもしれない）とする。また、帝の御前で笛を吹いた時には、そのあまりの素晴らしさに天稚御子が天降り、狭衣中将を天界に連れ去ろうとしたという。人々の前に姿を表した天稚御子は、髪をみずらに結ったかわいらしい童姿であった。

さて、この天稚御子との関連を説かれる神に『古事記』『日本書紀』に登場する天若日子《あめわかひこ》（『日本書紀』では天稚彦）がいる。この天若日子は、天孫邇邇芸命《ににぎのみこと》の降臨に先立って高天原《たかあまのはら》から地上に派遣された。しかし、地上で結婚した天若日子は八年もの間戻らず、しかも事情を尋ねるために天上から遣わされた雉《きじ》を射殺す。怒った天上の神が雉の射られた矢を投げ返すと、天若日子の胸に当たって死んでしまう。天降り、反逆する神として描かれているのである。この神話には音楽神としての性格は見えず、当該今様で歌われている音楽に関わる天稚御子は、『うつほ物語』や『狭衣物語』で語られた後は、表舞台から姿を消してしまう。まさに平安時代後期に脚光を浴びた今様（＝当世風）の流行の神だったと言えるのではないだろうか。

室町時代に下ると、蛇の姿で天上から地上の女に求婚するというお伽草子『天稚彦草子』（『七夕』とも）の主人公として、天稚彦の神が登場する。娘と契って昇天した天稚彦を追って、娘は天界の星々を尋ね回り、やがて天稚彦と再会するが、天稚彦の父に妨げらる。いくつかの試練を受けて、二人は織姫星・牽牛星となり一年に一度だけ逢うことを許された。お伽草子の主人公は、蛇身であり、海竜王、牽牛星とも一体化していくもので、記紀の神とは全く異なる。音楽神の側面も持っていないが、『うつほ物語』で天若御子の作った琴に織姫が絃を張ったというところには、七夕説話との接点が窺われる。後世にも名前だけは伝わっていく天稚御子の、音楽神としての性格は平安時代後期に注目されていたものであり、その性格を背景に、天稚御子の奏楽の音色を謎解きの形でおもしろく表現したのが当該今様だったのである。

近江《あふみ》なる千《せん》の松原《まつばら》千ながら　君に千歳《ちとせ》を譲る譲るみな譲る　（二句神歌・五六二）

【現代語訳】

近江《おうみ》にある千の松原、その「千」をそっくりそのまま全部、わが君に千年の長寿を譲ります、譲ります、みな譲ります。


【評】

歌枕「千の松原」を織り込んで長寿を祈る祝い歌。「千」と「譲る」を繰り返して快い調子を作っている。結句は「亀の齢《よはひ》をば　譲る譲る君にみな譲る」（三一八）など、類似した例が見られ、祝い歌の定型的な表現。

「千の松原」は滋賀県彦根市の北にある松原。千々《ちぢ》の松原とも。『大嘗会悠紀主基和歌《だいじょうえゆきすきわか》』に、以下のような例が見られ、祝賀の気分の中で「千々の松原」が取り上げられている。

ときはなる千々の松原色深み木だかき陰のたのもしきかな
（寛治元年〈一〇八七〉大江匡房《まさふさ》）

けふよりぞ千々の松原契りおく花は十かへり君はよろづ代
（仁治三年〈一二四二〉菅原為長《ためなが》）

君がよは契りも久しももとせを十かへりふべき千々の松原
（永和元年〈一三七五〉藤原兼綱《かねつな》）

近江の地名を列挙した『梁塵秘抄』今様に「これより東《ひんがし》は何《なに》とかや……瀬田《せた》の橋千の松原竹生島《ちくぶしま》」（三二六）とあり、「千の松原」が近江の名所として意識されていることがわかる。二例とも和歌に見える「千々の松原」ではなく「千の松原」としているが、「千々《ちぢ》」よりも撥音を含む「千《せん》」の方が、弾んだ明るい調子を持っているように感じられる。当該今様は、「千の松原」の意味と律調と両面を生かした、明るい祝賀の歌になっていると言えよう。

解説

「今様《いまよう》」とは「今めかし」と同義の普通語であり、現代的だ、当世風だ、目新しいといった意味のことばであった。それを歌謡名に用いた早い例が、一条天皇の時代に成った『紫式部日記』や『枕草子』である。

それから百六十年ほど経って、『梁塵秘抄』を編んだのが後白河院（一一二七〜一一九二）である。本来歌い捨てにされるはずであったはやり歌に夢中になった院は、保守的な貴族らに眉をひそめられながらも遊女や傀儡女《くぐつめ》など身分の低い者をそば近くに召しては今様を習い、喉を痛めて湯水も通らなくなること三度、物狂おしいまでに今様に熱中した。『梁塵秘抄』がほぼまとまったのは嘉応元年（一一六九）、院四十三歳の時である。承安四年（一一七四）九月一日〜一五日には、院の御所・法住寺殿で今様合《あわせ》が大々的に行われた。左右に分かれた公卿殿上人が毎晩二人ずつ今様歌唱を競い、その勝敗が判定されたのである。この後白河院の時代は、今様の爛熟期に当たると言ってよいが、この後、今様は衰退の一途をたどり、鎌倉時代半ば以降は、宮廷行事の一部に残るだけとなり、江戸時代にはほとんど忘れ去られてしまった。

今様の担い手

今様には、これを歌うことを専門とする女性芸能者がいた。具体的には、遊女・傀儡・白拍子の三者が挙げられる。

遊女とは、次にふれる傀儡や白拍子を含んで、広く歌舞を行う女性芸能者を指す場合もあるが、ここでは狭義の遊女について述べる。大江匡房《まさふさ》（一〇四一〜一一一一）が晩年に記した『遊女記《ゆうじょき》』によると、遊女らは水上交通の要路に住み、小舟に乗って旅客のいる船に近づいて遊芸に興じたらしい。『梁塵秘抄』には、

遊女《あそび》の好むもの　雑芸鼓《ざふげいつづみ》　小端舟《こはしぶね》　簦《おほがさ》　翳艫取女《かざしともとりめ》　男の愛祈《いの》る百大夫《ひやくだいふ》　（三八〇）

と見え、三人一組で行動していた遊女の姿が描写される。『法然上人行状絵図』巻三四には、室の遊女が結縁のため、法然（一一三三〜一二一二）の乗る船に近づいてくる場面が描かれているが、舟の前面には鼓を抱えた遊女が座り、その後ろに傘を差し掛ける女性と舟を漕ぐ女性が見え、先の今様とよく対応する図様になっている（カバー絵参照）。時代は下るが、能「江口」には、舟の作り物に乗った三人の遊女が登場し、平安時代末の遊女の様子をよく伝えていると指摘される。

大江匡房は『遊女記』と相前後して『傀儡子記《かいらいしき》』を記している。これによると、傀儡は、

陸路の要衝を本拠としつつ漂泊流浪した芸能者であった。男は狩猟を主な生業とするが、曲芸や幻術を行い、木偶《でく》を舞わせるなどの芸を見せることもあった。女は美しく装って、歌舞を行い、しばしば旅人と枕席を共にした。

遊女と傀儡の女性は、今様を歌い、枕席に侍るという点ではよく似た芸能者であるが、女性だけで集団を作る遊女と、男性とともに集団をなす傀儡、水辺の遊女と陸地の傀儡といったように、対照的な一面も持っている。

白拍子は水干（男子の用いる狩衣の一種）に立烏帽子《たてえぼし》（元服した男子がかぶる被り物の一種。烏帽子本来の形で本体を直立させている）、鞘巻（鍔のない短刀）を帯びた男装の女性芸能者で、本芸は舞にあり、足拍子を踏みならしながら旋回するところに特徴があったらしいが、今様や朗詠を歌ったことも知られる。白拍子は遊女や傀儡よりやや遅れて登場した芸能者であった。白拍子の絵画資料としては、『鶴岡放生会職人歌合《つるがおかほうじょうえしょくにんうたあわせ》』（弘長元年〈一二六一〉成立か）がよく知られているが、この白拍子は扇を持って舞う、後ろ向きの立姿で描かれ、座って鼓を抱えた遊女とつがえられている。舞う白拍子と歌う遊女が対比的に描かれ、それぞれの中心的芸能をよく示した図柄になっていると言えよう。

今様は、『紫式部日記』や『枕草子』に見えるように、また、後白河院が熱心に練習したように、男性貴族たちによっても歌われたが、専門的にはこれら女性芸能者によって歌われるものであった。大江匡房はお気に入りの傀儡・孫君《まごのきみ》について、その歌声は空に高く上って雲をとどめるほどだとほめたたえる漢詩を作っており、『更級日記』では、足柄で出会った遊女の歌声を空に澄み上ると表現している。今様は細く高く空に澄み上るような女声で歌われることを理想とした歌謡であった。

梁塵秘抄の構成

鎌倉時代末に成立した『本朝書籍目録《ほんちょうしょじゃくもくろく》』の「管絃」の項に「梁塵秘抄。廿巻。後白川院勅撰」とあるので、『梁塵秘抄』は、もと二十巻で、おそらく歌詞集『梁塵秘抄』十巻と、今様の歴史、口伝などを記した『梁塵秘抄口伝集』十巻から成っていたと推測されるが、現存するのはごく一部である。

歌詞集『梁塵秘抄』のうち、現存するのは巻一の一部と巻二で、その内容は次の通り。

巻一　長歌　一〇首（目次　一〇首）
古柳　一首（目次　三四首）
今様　一〇首（目次　二六五首）
巻二　法文歌　二二〇首（目次　二二〇首）
仏・法・僧・雑
四句神歌　二〇四首（目次　一七〇首）

神分・仏・経・僧・霊験所・雑

二句神歌　一二一首（目次　一一八首）

（無称歌）・神社歌・（無称歌）

＊（無称歌）とは本文に標題がない一群の詞章であり、今仮に（無称歌）とした。

実数と目次の記数が異なっている場合が多いが、巻一の場合は抄録されたものが残っており、現存の巻二は、いったん成立した作品に増補が施されたものと考えられている。「長歌《ながうた》」「古柳《こやなぎ》」「今様（狭義）」「法文歌《ほうもんのうた》」「四句神歌《しくのかみうた》」「二句神歌《にくのかみうた》」などは、今様の種類で、今様の中にもさまざまな種類の歌のあったことがわかる。

「長歌」は、

そよ　君が代は千代に一度《ひとたび》ゐる塵《ちり》の　白雲《しらくも》かかる山となるまで　（一）

のように、和歌一首の冒頭に「そよ」の語が付される形式である。

「古柳」は一首のみが書き留められているだけなので、詳しいことはわからないが、その歌詞は、

そよや　小柳《こやなぎ》によな　下《さ》がり藤《ふぢ》の花やな　咲き匂ゑけれ　ゑりな　睦《むつ》れ戯《たはぶ》れ　やう

ち靡《なび》きよな　青柳《あをやなぎ》のや　や　いとぞめでたきや　なにな　そよな　（一一）

といった、囃し詞を多用したものである。

「法文歌」は、仏教的内容を持つもので、七音（八音）・五音を四句連ねる、いわゆる今様形式を基本の形式とする。

「四句神歌」は、いわゆる今様形式の詞章のほか、不定型の長い詞章を持つものもあり、「二句神歌」は、それに対して五・七・五・七・七の和歌形式を基本とした短い詞章になっている。「神歌」という名称を持つが、神への信仰を歌ったものだけでなく、仏を讃嘆したものもあり、さらに世俗的な内容のものも含まれる。「二句神歌」の中には神社歌として、石清水、賀茂、稲荷、春日、住吉など十六社の、各神社への信仰をテーマとした一群の今様がある。

『梁塵秘抄口伝集』の方は、現存するのは、巻一の一部と巻一〇で、その内容は以下の通り。

巻一　序・今様起源譚
巻一〇　序・今様耽溺の日々・乙前《おとまえ》との出会い・青墓《あおはか》の傀儡女に関する逸話
　乙前の死去と供養・後白河院の今様の弟子への評・寺社参詣

今様の霊験・今様即仏道・結び・資時と師長の相承

巻一は途中で欠けているが、『聖徳太子伝暦《しょうとくたいしでんりゃく》』を引用しつつ、今様の起源を上代の土師《はじの》連《むらじ》という歌の上手に見ている。これは、歴史的には誤りであるが、蹴鞠・伎楽・猿楽など様々な芸能がその起源として聖徳太子を引き合いに出すことと同様に、今様を権威づける意味を持っているものと考えられる。

巻一〇は、後白河院の今様生活を振り返った自伝的文章である。母・待賢門院《たいけんもんいん》の影響で若いころから今様を好んだ後白河院は、多くの人々に今様を習ったが、生涯の今様の師として出会ったのが、美濃青墓の傀儡乙前であった。前半は乙前をはじめとする、青墓の傀儡らに聞いた今様にまつわるさまざまな話を記録する。後半には、院が今様を伝えようとした弟子たちの評価を記し、さらに、今様霊験譚から今様即仏道という考え方を導き出している。

現存するのはごく一部にすぎないが、今様の詞章を集成し、今様の歴史や背景、それにまつわる伝承、音楽的側面、宗教的意義などをまとめた『梁塵秘抄』全体は、はかなく消えゆく声に支えられた今様の世界を、少しでも長く残るよう、文字によって最大限に記述しようとした後白河院の情熱に満ちた書物であったと思われる。

声技の悲しきこと

後白河院は、『梁塵秘抄口伝集』巻一〇の末尾近くで、

おほかた、詩を作り、和歌を詠み、手を書く輩《ともがら》は、書きとめつれば、末の世までも朽つることなし。こゑわざの悲しきことは、我が身隠れぬるのち、とどまることのなきなり。その故に、亡からむ跡に人見よとて、いまだ世になき今様の口伝を作りおくところなり。

と記す。漢詩を作り、和歌を詠み、書を書く人々は書き留めておけば後世まで朽ちてなくなってしまうことはないのに、声技の悲しいことは、自分がいなくなった後に残ることがないという点だとし、自分の死後に人が見るようにというつもりで、この口伝を作りおいたという。情熱を傾け、鍛錬に鍛錬を重ねて習得した今様も、わが肉体と共に滅びてしまう。院の無念と焦りはいかばかりであったろうか。その嘆きのままに、後白河院の今様の流れはおろか、今様という歌謡そのものが絶えて久しい。しかし、わずかに残された『梁塵秘抄』という書物によって、私たちは今様の揃いあげた時代の風を身近に感じることができるのである。

流行歌謡に夢中になった権力者がいたこと、その権力者が流行歌謡に関する書物をまとめようと思い立ち、それを成し遂げたこと、物語や和歌のような需要もなく、広く書写されることもなかったであろう今様集が一部でも今に伝えられたこと、これらの一つ一つは、考えてみれば奇跡と言ってよい。そしてあなたがこの本を手にとってくださったこともまた、一つの奇跡である。本書が、豊かな今様の世界への入り口となり、多くの方々が今様に親しんでくださるならば、この上ない喜びである。

梁塵秘抄歌謡索引

歌を罫で囲んで掲出したページは太字とした。（　）内は歌番号を示す。

【首句索引】

旧仮名遣いで五十音順に掲出した。

あ

か

さ

た

【歌番号索引】

（五一五）稲荷山社の数を人問はば　二四、三一三
（五二〇）われといへば稲荷の神もつらきかな　三四
三四
（五四一）住吉は南客殿中遣戸　三一六
（五六〇）この巫女は様がる巫女よ　二三、三一七
（五六一）奥山にしばひく音の聞こゆるは　三一九
（五六三）近江なる千の松原千ながら　三三

本書は「ちくま学芸文庫」のために新たに書き下ろされたものである。

江戸の想像力　田中優子

日本人の死生観　立川昭二

頼山陽とその時代(上)　中村真一郎

頼山陽とその時代(下)　中村真一郎

平家物語の読み方　兵藤裕己

定家明月記私抄　堀田善衞

定家明月記私抄　続篇　堀田善衞

都市空間のなかの文学　前田愛

増補 文学テクスト入門　前田愛

平賀源内と上田秋成という異質な個性を軸に、江戸18世紀の異文化受容の屈折したありようとダイナミックな近世の〈運動〉を描く。（松田修）

西行、兼好、芭蕉等代表的古典を読み、「死」の先達から「終(しま)い方」の極意を学ぶ指針の書。日本人の心性の基層とは何かを考える。（島内裕子）

江戸後期の歴史家・詩人頼山陽の生涯は、病による異変とともに始まった――。山陽や彼と交流のあった人々を活写し、漢詩文の魅力を伝える傑作評伝。

江戸の学者や山陽の弟子たちを眺めた後、畢生の書『日本外史』をはじめ、山陽の学藝を論じて大著は幕を閉じる。芸術選奨文部大臣賞受賞。（揖斐高）

琵琶法師の「語り」からテクスト生成への過程を検証し、「盛者必衰」の崩壊感覚の裏側に秘められた王権の目論見を抽出する斬新な入門書。（木村朗子）

美の使徒・藤原定家の厖大な日記『明月記』を読みとき、大乱世の相貌と詩人の実像を生き生きと描く名著。本篇は定家一九歳から四八歳までの記。

壮年期から、承久の乱を経て八〇歳の死まで。乱世を生きぬき宮廷文化最後の花を開いた藤原定家の人と時代を浮彫りにする。（井上ひさし）

鷗外や漱石などの文学作品と上海・東京などの都市空間――この二つのテクストの相関を鮮やかに捉えた近代文学研究の金字塔。（小森陽一）

漱石、鷗外、芥川などのテクストに新たな読みの可能性を発見し、〈読書のユートピア〉へと読者を誘なう、オリジナルな入門書。（小森陽一）

平安朝の生活と文学　池田亀鑑

服飾、食事、住宅、娯楽など、平安朝の人びとの生活を、『源氏物語』や『枕草子』をはじめ、さまざまな古記録をもとに明らかにした名著。（高田祐彦）

紀貫之　大岡信

子規に「下手な歌よみ」と痛罵された貫之。この評価は正当だったのか。詩人の感性と論理的実証によって新たな貫之像を創出した名著。（堀江敏幸）

現代語訳 信長公記（全）　太田牛一　榊山潤訳

幼少期から「本能寺の変」まで、織田信長の足跡をつぶさに伝える一代記。作者は信長に仕えた人物で、史料的価値も極めて高い。（金子拓）

現代語訳 三河物語　大久保彦左衛門　小林賢章訳

三河国松平郷の一豪族が徳川を名乗って天下を治めるまで、主君を裏切ることなく忠勤にはげんだ大久保家。その活躍と武士の生き方を誇らかに語る。

雨月物語　上田秋成　高田衛／稲田篤信校注

上田秋成の独創的な幻想世界「浅茅が宿」「蛇性の婬」など九篇を、本文、語釈、現代語訳、評を付しておくる〝日本の古典〟シリーズの一冊。

古今和歌集　小町谷照彦訳注

王朝和歌の原点にして精髄と仰がれてきた第一勅撰集の全歌訳注。歌語の用法をふまえ、より豊かな読みへと誘う索引類や参考文献を大幅改稿。

枕草子（上）　清少納言　島内裕子校訂・訳

芭蕉や蕪村が好み与謝野晶子が愛した、北村季吟の注釈書『枕草子春曙抄』の本文を採用。江戸、明治と読みつがれてきた名著に流麗な現代語訳を付す。

枕草子（下）　清少納言　島内裕子校訂・訳

『枕草子』の名文は、散文のもつ自由な表現を全開させ、優雅で辛辣な世界の扉を開いた。随筆文学屈指の名品は、また成熟した文明批評の顔をもつ。

徒然草　兼好　島内裕子校訂・訳

後悔せずに生きるには、毎日をどう過ごせばよいか。人生の達人による不朽の名著。全二四四段の校訂原文と、文学として味読できる流麗な現代語訳。

ちくま学芸文庫

梁塵秘抄《りょうじんひしょう》

二〇一四年十月 十 日 第一刷発行
二〇二二年二月二十日 第三刷発行

編訳者 植木朝子（うえき・ともこ）
発行者 喜入冬子
発行所 株式会社 筑摩書房
東京都台東区蔵前二―五―三 〒一一一―八七五五
電話番号 〇三―五六八七―二六〇一（代表）
装幀者 安野光雅
印刷所 株式会社精興社
製本所 株式会社積信堂

ISBN978-4-480-09631-9 C0192